나는 누구도 숭배하지 않는다

여성 예술가 8인의 삶과 사랑

나는 누구도 숭배하지 않는다
ⓒ 들녘 2004

초판 1쇄 발행일 | 2004년 6월 5일
초판 2쇄 발행일 | 2004년 10월 3일

지 은 이 | 주자네 헤르텔 · 막달레나 쾨스터
옮 긴 이 | 김명찬 · 천미수
펴 낸 이 | 이정원

펴 낸 곳 | 도서출판 들녘
등록일자 | 1987년 12월 12일 | 등록번호 10-156
주　　소 | 서울시 마포구 합정동 366-2 삼주빌딩 3층
전　　화 | 편집 (02) 323-7366 / 마케팅 (02) 323-7849
팩　　스 | (02) 338-9640
홈페이지 | www.ddd21.co.kr

값은 뒤표지에 있습니다. 잘못된 책은 구입하신 곳에서 바꿔드립니다.
ISBN 89-7527-434-9 (03800)

나는 누구도 숭배하지 않는다

여성 예술가 8인의 삶과 사랑

주자네 헤르텔 · 막달레나 쾨스터 지음
김명찬 · 천미수 옮김

들녘

차 례

지치지 않는 열정으로 평생토록
예술을 부여잡았던 여덟 명의 여성

성공한 예술가를 특징짓는 것은 무엇일까? 그것은 아마도 상당한 정도의 자의식과 이기심일 것이다. 그들의 전기를 보면 대개의 경우 이런 점이 분명하게 드러난다. 많은 예술가들은 확실한 예감을 가지고 자신이 부여받은 재능을 지켰고, 시류의 흐름에 동요하지 않았으며, 전적으로 작품에 헌신하기 위해 의식적으로 사회의 규범을 깨뜨렸다.

이제 막 열아홉 살이 된 화가 막스 베크만은 약혼녀인 민나에게 그를 위해 그녀가 미술 학업을 포기해야 할 것이며 자기한테서도 많은 것을 기대하지 말라는 편지를 쓰고 있다.

"나는 필생의 과업을 위해 힘겹게 싸워야 하기 때문에 항상 네 발 아래 엎드려 있을 수는 없어."

재능 있는 그 젊은 여성은 유감스럽게도 이 제의에 응했고, 그녀의 일을 포기하고 말았다.

하지만 우리가 이 책에서 소개하는 여성 예술가들은 남다른 추진력을 보여주었고, 아마도 그 많은 숭배자들에게 '나는 누구도 숭배하지 않을 것이다'라고 미리 경고한 것으로 보인다. 왜냐하면 일찍이 그들은 자신의 재능을 확신했고, 자신의 직업적인 구상에 온힘을 집중적으로 쏟아부었기 때문이다.

독일의 조각가인 엘리자베트 나이는 20대에 들어서면서 이미 알렉산더 폰 훔볼트나 아르투어 쇼펜하우어처럼 유명한 사람들의 초상을 조각하기 시작했다. 또한 동화 속에나 등장할 것 같은 그 까다로운 바이에른의 왕 루트비히를 자신의 예술로서 사로잡았다. 마찬가지로 화가인 가브리엘레 뮌터와 레오노라 캐링턴도 일찍이 그들이 타고난 사회적 환경에서 벗어났다. 특히 캐링턴은 막강한 힘을 지닌 돈 많은 아버지와 특별한 방식으로 싸워야 했다. 하지만 아버지에 대한 증오는 그녀에게 예술의 원동력이었고, 이후 그녀가 극작가로서 활동하는 데에도 계속해서 영감을 불어넣었다. 그녀의 초현실주의적 작품에는 '그를 끓여라, 그를 구워라, 그를 저며라'라는 표현이 나온다.

서정 시인인 잉게보르크 바흐만은 이미 열여덟 살 때 '나는 항상 나다'라는 시를 썼다. 바로 그때부터 그녀는 자신에게 쏟아지는 경멸적인 악평에 저항해야 했다. 그럼에도 그녀는 곧 독일어권의 서정시 분야에서 최고가 되었다. 또한 러시아 시인인 안나 아흐마토바와 프랑스의 계관 작곡가인 릴리 불랑제도 마찬가지로 화려하게 등장했다. 이미 열여섯 살 때 다섯 가지 악기를 다루었던 릴리 불랑제는 단연코 자신의 목표는 음악 교사가 아니라 작곡가임을 분명히 했다. 에디트 피아프는 젊은 시절 거리의 가수로 파리를 전전하면서도 큰 무대에 서고야 말겠다는 야심을 버린 적이 없었다. 약물 과다복용과 스캔들로 얼룩지기도 했지만 그녀의 인기는 전설적이었다. 그녀는 최초의 대중매체 스타 중의 한 명이 되었고, 권력과 사랑을 건 게임에서 정열적으로 도박을 벌였다.

성공한 여성들의 공통점은 혼자 살거나 아니면 아이가 생길 경우 공동으로 책임을 질 정도로 관대한 파트너를 찾는다는 것이다. 엘리자베트 나이는 자신의 '가장 좋은 친구'인 에드먼드 몽고메리를 그런 상대로 택했다. 그는 평생 현명한 반려자로서 여성들이 그러하듯 겸손하게 아내의 뒷전에 머물렀고, 일생 동안 엘리자베트가 일을 하도록 뒷받침해주었다. 만약 스무 살의 이 재능 있는 여성이 가부장적인 막스 베크만과 사랑에 빠졌다면 그녀의 삶은 어떻게 되었을까? 아마도 그녀는 적절한 때에 그에게서 빠져나왔을 것이다. 이 여성 조각가는 자신이 무엇을 원하는지 알았고, 남성들의 막강한 영향력을 끊임없이 자신에게 유리하도록 이용할 줄 알았기 때문이다.

여배우로 활동하다 후에 정치가가 된 멜리나 메르쿠리와 감독 줄스 대신의 결합은 분명 행운이었다. 줄스 대신은 그리스 상류 가문 출신의 응석받이 소녀의 신경질적인 성격을 고쳐 그녀와 함께 「일요일은 참으세요」와 같은 영화를 찍어 세계적인 성공을 거두었다. 마찬가지로 화가 커플인 레오노라 캐링턴과 막스 에른스트, 가브리엘레 뮌터와 바실리 칸딘스키, 그리고 작가인 잉게보르크 바흐만과 막스 프리쉬의 결합 역시 그들의 작품을 창작하는 데 있어서 도움이 되었다. 비록 이들 관계의 종말이 충격적이기는 하지만, 이 여성들은 자신의 고유한 작품을 창조해내면서 파트너에게 영감을 주는 한편, 그들에게서 이익을 얻는 대등한 관계로 인정받았다.

또한 종종 희생적 역할을 감수해야 했던 에디트 피아프 역시 잦은 연애 사건으로 고통스럽기만 한 것은 아니었다. 이브 몽탕은 평생토록 그녀의 숭배자이자 남자친구로 남았다. 이런 점에서 보면 안나 아흐마토바는 오히려 불행해 보인다. 이 러시아 여성은 늘 그녀를 '한 지방에서만 의미 있는 시인'으로 과소평가하려는 비우호적인 배우자를 만났다. 또한 '침실과 기도실 사이를 왔다갔다하면서 이리저리 몸을 던지는 미친 귀부인 창녀'라는 공산당 이론가들의 모욕적인 비방과 악의에 찬 평가를 받았지만, 그녀의 서정적 언어의 힘 앞에서는 아무 소용이 없었다. 이 '퇴폐적' 시인이 출판금지 조치로 고통당하기 전까지 아흐마토바의 신간은 판을 거듭하며 팔려 나갔다. 지금까지도 그녀는 러시아에서 여전히 숭배되고 있다.

레오노라 캐링턴은 예술의 힘을 통해 스스로 정신병의 올가미에서 빠져나왔고, 엘리자베트 나이는 농장 경영자로 머물며 오랜 칩거생활을 했으나 다시 조각을 시작하여 70세의 나이에 미국 남부에서 가장 유명한 여성 예술가로 인정받았다. 조국 그리스가 군사정권에 의해 억압당하자 멜리나 메르쿠리는 자신의 유명세를 정치적 투쟁에 적절히 이용함으로써 저항했다. 그녀가 전 세계의 수많은 텔레비전 인터뷰에서 종종 언급했던 말, 즉 "나는 그리스인으로 태어났고 그리스인으로 죽을 것입니다. 파타코스는 파시스트로 태어났고 파시스트로 죽을 것입니다"라는 말은 나중에 군사정권을 해체하는 데 기여했고, 마침내 그리스 문화부장관직에까지 오르게 된다.

이 책에 소개되는 여성들은 자신의 일에 대한 대단한 에너지와 지치지 않는 열정으로 한평생을 살았고, 좌절과 위기를 이겨냈으며, 그것을 창조적으로 활용할 줄 알았기에 모두의 숭배를 받은 것이리라.

막달레나 쾨스터와 주자네 헤르텔

나는 항상 나다

Ingeborg Bachmann
잉게보르크 바흐만(1926~1973, 서정시인 · 작가)

_잉게보르크 바흐만

오스트리아에서 태어나 철학, 심리학, 독문학을 공부했다.
독일 점령 시기에 보낸 어린 시절은 그녀의 자의식에 상처를 주었고,
이는 그녀의 작품세계에 반영되어 현실 참여적 시들을 발표했다.
그녀의 새로운 언어들은 매력적인 서정시를 잉태했으며,
서정시의 여왕이라는 칭호를 부여받게 했다.
'47그룹' 상을 타면서 본격적으로 작품 활동을 시작한 후
「삼십세」로 독일 비평가협회 문학상을 받았다.

치유될 수 없는 전쟁의 상처

어느 햇살 좋은 봄날에 어린 소녀가 학교에서 집으로 가고 있다. 갑자기 길 건너편에서 키 큰 소년 하나가 소리를 친다.

"너, 너, 이리 와봐, 너에게 줄 게 있어!"

소녀는 기뻐하며 그에게로 달려가 기대에 가득 찬 얼굴로 그 앞에 서 있다. 소년은 손을 쳐들어 소녀의 뺨을 후려친다. 이유도 없고 경고도 없었다.

그것은 내가 처음으로 뺨을 맞은 것이었고, 타인 즉 때리는 사람의 깊은 만족감을 처음으로 의식한 것이었으며, 고통에 대한 첫 인식이었다. 책가방 끈을 손으로 잡은 채 울지 않고 일정한 걸음으로 언젠가 나였던 누군가가 집으로 가는 통학로를 터벅터벅 걸어가고 있었다. 이번에는 길가에 있는 울타리 나뭇가지의 수를 세지도 않았고, 처음으로 사람들 속에 섞여 가고 있었다. 그렇지만 때때로 사람들은 그것이 언제, 어디서, 어떻게 시작되었는지, 그리고 어떤 눈물이 나왔는지 알고 있다.

잉게보르크 바흐만의 삶은 고통과 죽음에 대한 두려움, 그리고 무력감으로 가득 채워져 있었다. 그녀는 두려움을 이겨내는, 아니면 최소한 두려움에 대처하는 단 한 가지 방법을 알고 있었다. 그녀는 글을 썼다. 그녀는 홀린 듯이, 때로는 격분한 듯이 글을 썼다. 천재적인 그녀는 빨리 쓰는 적도 드물었지만 쉽게 쓰는 적은 결코 없었다. 글쓰기는 불꽃이 그녀의 목소리를 질식시킬 때까지 그녀에게 살아남는 것을 가능하게 해주었다.

잉게보르크 바흐만은 1926년 6월 25일에 오스트리아 국경 지방 케른텐 주에 있는 클라겐푸르트에서 태어났다. 그녀는 어린 시절 제한된 주변 환경 속에서 성장했다. 작은 골짜기, 시골티 나는 마을, 그리고 국경이 가깝다는 의식이 자신에게 먼 곳을 향한 동경심을 심어주었다고 그녀는 나중에 말했다. 집은 좁았다. 두르히라스 거리에 있는 셋집에서 아이들은 신발을 벗고 양말을 신은 채로 놀아야 했다. 아래층에 집주인이 살고 있었기 때문이다. 아이들에게는 속삭이는 것만 허락되었고, 그 속삭이는 버릇은 이런 생활에서 고쳐지지 않았다.

잉게보르크는 두 동생 이졸데와 하인츠와는 달리 병약한 아이였고 예민했다. 그녀는 가족 중에서 특별한 지위를 차지했고, 집안 일을 도울 필요가 없었다. 그녀는 뒤로 물러나 책 속에서 세상을 대신해주는 대상을 추구했으며, 자신의 머릿속에 떠오르는 모든 것을 글로 썼다. 아버지인 마티아스 바흐만은 지방 중등실업학교의 교사였다. 그녀는 아버지 덕분에 이웃 나라들, 그리고 모든 외국에 대해 개방성과 관용을 갖게 되었다. 그녀는 나중에 제2의 고향이 된 이탈리아의 언어를 아버지에게서 배웠다. 잉게보르크의 어머니인 올가 바흐만은 니트웨어 사업을 하는 가톨릭교 집안 출신이었다. 재능이 많았음에도 그녀에게는 '살림공부'만이 허용되었다. 그녀는 딸의 독서 욕구를 너그럽게 이해했으며, 경제적으로 어려운 시기에도 장래성이 별로 없는 학문인 철학에 헌신하겠다는 딸의 소망에 반대하지 않았다.

고요한 클라겐푸르트에 밀려온 정치의 소용돌이는 이미 열한 살인 잉게보르크의, 그렇지 않아도 불안정했던 정신상태를 더욱더 흔들리게 했다. 1938년 3월 15일 오스트리아는 국가사회주의 독일에 합병되었다. 달리 말하면, 그 당시에 일컬어졌던 바대로 오스트리아가 독일제국으로 되돌아간 것이다.

내 어린 시절을 파괴시킨 결정적인 순간이 있었다. 히틀러 군대가 클라겐푸르트로 진군한 것. 느낌이 강력한 이 엄청난 야만성, 이 함성, 노래와 행군. 내게 처음으로 죽음에 대한 두려움이 밀려오는 순간이었다. 한 부대 전체가 고요하고 평화로운 케른텐에 들어왔다.

뺨을 맞은 일이 여섯 살 난 소녀에게 이미 사람에 대한 두려움을 자극했다면 이제 그 두려움은 몇천 배나 더 강해졌다.
어린 시절의 놀이들은 지나간 일이 되었고, 학교의 엄격한 규율은 갑자기 폐기 처분되었다. 숙제는 하지 않아도 되었는데, 폭탄이 떨어졌기 때문이다. 군인들만이 중요했다. 이들은 군인들을 위해 기도를 했고, 양말을 짰으며, 식사를 포기해야 했다. 아이들을 위한 배려는 없었다. 암시의 시대는 끝났다. 사람들은 아이들 앞에서 경부사격, 교수형, 살해, 폭파와 같은 말을 내뱉는다. 그리고 아이들은 이전에는 듣지도 보지도 못했던 이런 것들을 본능적으로 감지한다. 성 루프레히트에서 영화관이 무너졌을 때 파묻혀 죽은 사람들의 시신을 발굴해내지는 못했지만 그들의 죽음을 감지하듯이 말이다. 그 영화관은 아이들이 '우울한 로맨스'를 보기 위해 몰래 들어갔던 곳이다. 그때에는 아이들에게 입장이 허용되지 않았다. 하지만 아이들은 며칠 후에는 그 대량의 죽음과 살인의 현장에 갔고, 그 후로는 매일 그곳에 갔다.

그녀 또래 대부분의 아이들과 마찬가지로 잉게보르크 바흐만에게도 전쟁은 정신적 충격을 주는 체험이었다. 전쟁이 가져다준 상처는 치유될 수 없었다. 잉게보르크 바흐만은 다시는 평화를 믿지 않았다.

잉게보르크는 학교를 억압의 장소로 경험했다. 여기서 언어는 아이들의 환상과 자의식을 한정짓고 도식화하며 억압하는 데 사용된다. 잉게보르크는 자신에게 주어진 역할에 충실하는 법을 배웠지만 그럼에도 그녀는 눈에 띄었다. 그녀는 연약하고 힘든 것을 감당하기 어려웠지만, 무엇보다도 평균 이상으로 지적이었다. 그녀는 아비투어 논문을 그리스어 운율에 맞추어 썼는데, 그것은 일반적인 성적 체계에 '적용될 수 없는' 것이었다. 적어도 당황한 여교사의 코멘트에는 그렇게 나와 있었다. 그녀의 책상에는 학생들에게 통상적으로 따라다니는 노트가 놓여 있지 않았다. 그녀는 뒤죽박죽으로 뒤섞인 종이 뭉치를 뒤졌다. 더구나 대부분은 머릿속에 있었다. 동급생들이 그녀 뒤에서 수군거리며 '요정'과 '올빼미'라는 별명을 붙여주었다.

18세 때에 그녀는 처음으로 대단한 사랑을 겪는다. 그 사람이 누구인지, 그의 이름이 무엇인지, 어디서 그를 만났는지는 아무도 알지 못한다. 아마도 그는 사랑에 굶주린 소녀의 환상에서 나왔을지도 모른다. 그러나 정열적이고 열광적인 내용의 「펠리치안에게 보내는 편지들」이 지금까지 남아 있는데, 한 번도 부친 적이 없는 이 편지들에는 한없는 동경이 담겨 있다.

우리들에게 밤이 올 것이고 창백한 달빛이 비치겠지. 나는 너에게 내 손과 내 입을 맡길 테야. 그러면 너는 아마도 내게 행복하다고 말하겠지.

그러나 애인은 그녀를 실망시켰고, 그때부터 편지에는 비난과 분노의 어조가 가득했다. 그것은 잉게보르크 바흐만의 인생에서 새로운 고통이었다.

암울한 것들을 말하다

전쟁이 끝난 1945년에 그녀는 한 가지 생각만 했다. 그것은 협소하고 파괴된 고향을 떠나 인스브루크, 그라츠로 갔다가 빈으로 가는 것이었다. 골짜기를 벗어나 빈으로 가는 길은 그녀의 인생에서 가장 먼 길이었다고 나중에 그녀는 회상했다. 금발에다 날씬하고 예쁘며 부끄럼을 타는 젊은 이 여성은 빈에서 기차를 내렸다. 그녀의 짐 속에는 첫 번째 시인 「나」가 들어 있었다.

노예 상태는 견디지 못한다

나는 항상 나다

어떤 것이든 나를 휘게 하려 한다면

차라리 나는 부러지겠다.

냉혹한 운명이 닥쳐오거나

또는 인간의 힘이 밀려오면

여기에, 이렇게 나는 있고 이렇게 나는 머무른다

그래서 나는 마지막 있는 힘을 다하여 머무른다.

그렇기 때문에 나는 오직 하나이다

나는 항상 나다

올라간다, 그렇게 나는 높이 올라간다

추락한다, 그렇게 나는 완전히 추락한다.

잉게보르크 바흐만은 철학, 심리학, 독문학을 공부했다. 1950년에 그녀는 빈 대학에서 「마르틴 하이데거의 실존철학의 비판적 수용」에 대한 논문으로 박사학위를 받았다. 엄밀히 말해 하이데거에 대해서가 아니라 그에게 반대하는 내용으로 논문을 썼다고 그녀는 고백한다. 그녀는 하이데거의 비합리주의를 거부했으며, 그의 이론이 그녀에게는 너무 모호했다. 즉 하이데거의 관점이 애매하고 표현이 부정확하다는 것이다. 하이데거가 '존재가 그 속으로 들어가 유지되는' 무(無)를 말한 것이라든지 이성을 '경험'으로 대체하려는 것을 잉게보르크는 받아들일 수 없었다. 그녀는 사고의 명확성을 추구했다. 분석 철학과 실용주의 철학의 대표자인 루트비히 비트겐슈타인은 그녀에게는 지도적인 인물이었다. 그녀는 그와 마찬가지로 새로운 언어를 찾고 증명할 수 있는 문장을 만들어내는 것이 가능하다고 확신했다. 철학은 따로 떨어진 영역에 존재해서는 안 되며 실제 세계를 이해하는 데 도움이 되어야 한다고 그녀는 생각했다. 또한 개념들이 끝나는 곳에서도 잉게보르크 바흐만은 비트겐슈타인의 철학을 따르고 있다.

사람들이 말할 수 없는 것에 대해서는 침묵해야 한다.

이제 그녀는 진지하게 시와 단편소설과 에세이 등의 글쓰기를 시작했다. 그녀는 부끄러움을 극복하고 빈의 문학가들과 교류를 시도했다. 박물관 거리에 있는 라이문트 카페에서 그녀는 젊은 재주꾼들을 변함없이 후원해주는 작가 한스 비겔과 일제 아이힝어, 프리데리케 마이뢰커를 중심으로 한 젊은 작가 및 예술가 그룹을 정기적으로 만났다. 한스 비겔은 클라겐푸르트에서 온 젊은 여성의 재능을 금방 알아보았고, 잉게보르크 바흐만이 처음으로 책을 출판할 수 있도록 도움을 주었다. 1948년에서 1949년 사이에 그녀의 시들이 잡지 〈린케우스〉에 실렸다. 1949년에는 빈의 일간지와 잡지에 여러 단편소설들, 「스핑크스의 미소」, 「대상(隊商)과 부활」, 「연안」, 「이비쿠스의 마네킹」 등이 발표되었다. 기성 작가들은 잉게보르크 바흐만에 대해 한편으로는 놀라워하면서도 아직 대도시 빈을 헤매고 다니는 어린 시골뜨기라며 코웃음쳤다. 그러나 이미 그녀의 공명심과 자부심은 대단했다. 〈린케우스〉의 편집자인 헤르만 하켈은 다음과 같이 기억한다.

그녀는 기분이 언짢았다. 왜냐하면 내가 그녀에게 물어보지도 않고 그녀의 짧은 시 하나를 잡지에 실었기 때문이다. 스물두 살밖에 안 된 이 케른텐 교사의 딸은 자신의 지성에 흠뻑 빠져 있었다. 때로는 자신의 어휘 세계 속에서만, 때로는 현실 세계 속에서만 완전히 분리되어 살고 있었다.

여기에는 이 즈음 잉게보르크 바흐만이 견뎌내야 했던 무시하는 어조와 치켜세워주는 어조가 뒤섞여 있다. 그녀의 분석적인 이성과 남성적인 서술 관점은 당혹스러움을 불러일으켰다. 소설가인 하이미토 폰 도더러는 비웃듯이 그녀를 '남자 바흐만'으로 불렀고, 어떤 저녁 모임에서 그녀가 울음을 터뜨릴 정도로 경멸적인 평을 하여 그녀에게 상처를 주었다. 모든 참석자들은 곤혹스러워했다. 잉게보르크 바흐만에게 이 모욕과 비방의 시기는 항상 빈과 연관되어 기억 속에 남아 있었다. 빈은 그녀가 있을 수 없으면서도 그곳에서 아직은 빠져나올 수 없는 불쾌한 도시였다. 그녀는 빈에다 '보증 없는 도시', '장작더미의 도시', '침묵의 도시' 등 많은 이름을 붙여주었다. 빈은 그녀의 고독의 상징이었다. 그것은 비단 그녀의 개인적인 고독뿐만 아니라 그녀가 속한 세대의 고독이기도 했다. 젊은이들은 전쟁이 남겨놓은 폐허를 당황스럽게 바라보았고 낙담한 가운데 하나의 의미, 즉 자신을 위한 미래를 추구했다. 고통스런 시 「소외」에서 잉게보르크 바흐만은 이런 감정을 그대로 옮겨놓았다.

나무들 속에서 더 이상 나무들을 볼 수 없다
가지에는 바람 속에서 그것을 지탱해주는 잎이 없다

열매들은 달콤하지만 사랑이 없다
그것들은 결코 배부르게 해주지 않는다.

어떻게 될 것인가?
내 눈 앞에서 숲이 달아나고
내 귀 앞에서 새들이 소리를 멈추며
풀밭은 나를 위해 침대가 되지 않는다
그 시간 전에 나는 배부르고
그 이후에는 배고프다
어떻게 될 것인가?

밤이면 산에 불꽃이 타오른다
나는 일어나 다시 모든 것에게로 다가가야 하는가?

나는 어떤 길에서도 더 이상 길을 볼 수가 없다.

1950년 여름에 잉게보르크 바흐만은 파리로 여행을 떠났다. 빈에서 알게 된 시인 파울 첼란을 만나기 위해서였다. 미래가 없는 사랑의 역사가 시작되었다. 유명한 시 「죽음의 푸가」의 저자인 파울 첼란은 전쟁으로 인해 너무 파괴되어 지속적인 어떤 것을 믿지 못했다. 그의 부모는 강제 수용소에서 죽었으나 그 자신은 극적으로 도주하여 겨우 죽음을 면했다. 이 연인들은 서로 마음이 통한다고 느꼈다.
"내가 말한 것을 가진 단 한 사람이었다."
파울 첼란은 그녀에 대해 이렇게 말했다. 그들은 자신들의 사랑스럽

고 애절한 소식을 시를 통해서 주고받았으며 사랑의 비밀을 잘 지켜나
갔다. 잉게보르크의 개인적인 편지들이 공개된다면 아마도 그것에 대
해 더 많이 알 수 있을 것이다. 그것들이 공개될 때까지는 은유와 비유,
은밀한 물음과 대답, 그리고 「암울한 것을 말함」이라는 시에서처럼 그
냥 지나칠 수 없는 이별의 말들에 만족해야 할 것이다.

오르페우스처럼 나는
삶의 현으로 죽음을 연주한다
그리고 지상의 아름다움과
하늘을 지배하는 그대의 아름다운 눈을 향해
말할 수 있는 것은 오로지 암울한 것뿐.

잊지 말아라, 그대 또한, 불현듯,
그대의 침상이
아직 이슬로 촉촉이 젖어 있고
패랭이꽃이
그대 품에 잠들어 있던 그 아침에
그대 곁을 스쳐 흐르던 어두운 강물을 보았다는 것을.

그녀는 바로 그 해에 학문의 길로 들어서겠다는 꿈을 접어야 했다.

나는 물론 대학에 남기를 바랐다. 그러나 그것은 가능하지 않았고,
나는 곧바로 한 사무실로 갔다. 활자 지형을 쓰는 일이었다. 비서는
너무 과분할 것 같았다. 이런 시기에 빈에서 일자리를 얻는다는 것은

행운이었다.

그녀는 빈에 있는 미국 점령 당국에서 일을 시작했다. 그녀는 여기에서 당시 미국 감독하에 있던 로트 바이스 로트 라디오 방송국의 스크립트 라이터로 자리를 옮겼고, 곧바로 편집자로 승진했다. 그러나 점점 일상이 그녀를 지치게 했다. 담배 연기와 땀 냄새가 가득한 좁은 사무실에서 일을 마치고 나면 그녀는 베아트릭스 골목에 있는 자신의 작은 집으로 비틀거리며 돌아왔다. 먹고 입는 일을 해결하기 위해서는 많은 시간을 빼앗겨야 했다. 그녀는 밤이 되어서야 비로소 글을 쓸 수 있었다.

당시 폐허 속에서는 아무런 희망이 없었다. 사람들은 서로 희망을 말하고, 또 따라했다. 나도 거의 속았다. 문틀과 창틀이 언젠가 다시 끼워지면, 쓰레기 더미가 사라지면 금방 좋아질 거라고, 우리는 다시 살아갈 것이고 계속해서 살아갈 수 있을 거라고……. 애초에 모든 것이 약탈당하고 도둑질당하며 여러 사람의 손을 거쳐 팔려나갈 것이라고는 생각하지 못했을 것이다.

47그룹상 수상과 서정시의 여왕

1952년 그녀는 '47그룹'을 만든 한스 베르너 리히터를 만난다. 이 느슨한 연대감을 지닌 그룹에서 알프레트 안더쉬, 하인츠 프리드리히, 이졸데와 발터 콜벤호프와 같은 독일 전후시대의 작가, 출판인, 비평가들이 한자리에 모였다. 국가 사회주의가 폭력을 휘두른 여러 해 동안 독일의 문학계는 파괴되어 어떤 이는 망명으로 내몰렸고, 또 어떤 이는 입을 다물거나 죽음을 당했다. 이제 남아 있는 흔적의 추적이 시작되었다. 그러한 파괴, 엄청난 죄에 직면하여 무엇에 대해 쓸 수 있는가? 어떤 희망과 유토피아들이 아직도 살아남아 있는가? 1945년 이후의 새로운 연대(年代) 계산에 합당한 언어는 어떻게 만들어져야 하는가? 그리고 새로운 문학적 재능을 지닌 이들은 어디에 숨어 있으며, 그들에게 어떻게 용기를 북돋워줄 수 있겠는가?

한스 베르너 리히터는 잉게보르크 바흐만을 그녀의 친구인 일제 아이힝어의 집에서 만났다. 일제 아이힝어는 그녀의 소설 『더 큰 희망』(1948)이 출간된 후 이미 이름이 알려져 있었다. 잉게보르크는 처음에는 그에게 별다른 인상을 남기지 못했다. 며칠 후 리히터는 일제 아이힝어와 함께 라디오 방송을 준비하기 위해 이 젊은 여성 편집자를 찾아왔고, 사무실에서 몇 분을 기다려야 했다. 그가 그녀의 책상 옆에 앉았을 때 그의 시선이 한 편의 시로 향했다. 리히터는 곧바로 매혹당했고, 그는 잉게보르크의 서류더미를 넘겨보다 또 다른 시들을 발견했다. 그는 감격하며 그 시들을 계속 읽었는데, 도대체 이 텍스트들이 그토록 수줍고 산만한 여성에게서 나왔다는 사실을 믿을 수가 없었다.

……초보자로서는 너무나 완벽하고 성숙되어 세계관이나 언어에 있어서 젊은 여성의 시가 아닌 듯했다.

이렇게 평가한 리히터는 즉석에서 잉게보르크 바흐만을 독일 문학가 모임의 다음번 회의에 초대했다.

다음달에 '47그룹'은 오스트제 연안에 있는 니엔도르프에서 만났
다. 모든 회원들과 손님들이 기대에 가득 찬 얼굴로 낭송회를 기다리
며 호텔의 큰 홀에 앉아 있었다. 무명의 한 오스트리아 여성이 자신의
시를 낭송하기 시작했다. 갑자기 홀 안에 새로운 분위기가 생겨났다.
편안한 안락의자에 앉아 있던 청중들이 몸을 앞으로 굽혔다. 뭐라 그
랬지? 이 젊은 여성이 지금 막 뭐라고 말한 거지? 목소리가 너무 작아
서 속삭이는 것 같군. 많은 사람들이 나중에 말하기를 그녀는 시를 쥐
어짜고 울듯이 시를 읊었다고 했다. 마치 암울한 것을 말하듯이.

그대의 곱슬머리는
밤의 그림자 같은 머리카락으로 변했고,
새까만 어두움이
눈송이처럼 그대의 얼굴을 덮었다.

이제 나는 그대의 것이 아니다
지금 우리 두 사람은 슬픈 노래를 부른다

그러나 오르페우스처럼 나는
죽음의 편에서 삶을 알고 있으니
그대의 영원히 감긴 눈이
나에게는 푸르다.

낭독은 마치 기이한 공연 같았다. 잉게보르크 바흐만은 연약하고 마
른 몸으로 거기 앉아 있었고, 나지막한 목소리로 더듬거리며 말했다.

옆에서 바스락거리는 소리가 그녀의 목소리보다 더 컸다. 그녀의 손에서 원고가 미끄러져 나오더니 마침내 의자에서 쓰러졌고 자신의 방으로 옮겨졌는데, 거기서 실신해버렸다. 참석자들은 매료된 만큼 당황했고, 아주 부분적으로만 연극이었던 그 연극을 어떻게 수습할지 몰랐다.

다음 회의에서 잉게보르크는 다시 낭독을 했는데, 이번에는 전보다 안정되고 자신 있었다. 「빈 근교의 훌륭한 풍경」, 「거대한 짐」, 「목재와 널빤지」, 「야간비행」 등의 시로 1953년 그녀에게 '47그룹' 상이 수여되었다. 이로써 그녀에게도 성공이 찾아왔고, 처음으로 공적인 인정과 오래도록 갈구하던 칭찬을 받게 되었다. 이제부터 이 스타 여성시인은 쉴새없이 출세가도를 달리게 된다.

낭송회의 첫 사례금으로 받은 천 마르크를 주머니에 가지고 있으니 그녀는 부자가 된 듯한 착각이 들어 빈에서 하던 편집인이라는 고정직을 포기했다. 그녀는 니엔도르프에서 친구가 된 작곡가 한스 베르너 헨체의 초대에 응했다. 잉게보르크 바흐만에게 감탄한 헨체는 그녀와 함께 일하면서 그녀로부터 영감을 받고, 그녀와 함께 이야기를 나누고 웃고 꿈꾸기를 지극히 원했다. 이스키아 섬에 있는 포리오에서 그들은 그의 말대로 '매일 축제를 벌이듯이' 살았다. 그들은 돈이 별로 없었지만 사람들이 있었고, 난방은 되지 않았지만 그 대신 집은 아주 컸다. 동성애를 하는 헨체와의 사랑은 정신적인 것에 머물러 있었고, 오랫동안 그녀는 질투와 거짓말에 오염되지 않았다. 연인들은 결혼까지도 생각했지만 그 상태로 머물러 있기로 했다.

잉게보르크 바흐만은 한스 베르너 헨체의 곡을 위해 여러 개의 가극 각본을 썼다. 그것은 시인으로서는 새롭고 훌륭한 경험이었다. 그녀는 겸손해지려고 노력했고, 자신의 언어를 음악의 지배하에 종속시켰다.
그녀는 그것이 대중들에게 넘겨지는 작곡가의 작품이지, 자신의 것이
아니라고 주장했다. 그녀의 언어가 지니는 음악성은 그녀에게 도움을
주었다. 헨체의 어느 오페라에서 그녀는 여러 가지 목소리를 병치시켰
다. 인물들은 노래하면서 말 속에 빠져들고 리듬이 주어진 텍스트는
멜로디를 받쳐준다. 음악은 시인의 영혼을 어느 정도 안정시켜주었다.
그러나 무엇보다도 '빈'이라는 병을 잠시나마 치유시킬 수 있는 이탈
리아의 아름다움이 그녀를 편안하게 해주었다. 이탈리아는 자신의 나
라가 되었다고 그녀는 「최초로 태어난 나의 땅」에서 말하고 있다.

　　그리고 내가 나 자신을 마시고
　　최초로 태어난 나의 땅을
　　지진이 흔들어놓았을 때
　　나는 잠에서 깨어 지켜보았다.

　　그때 내게 생명이 주어졌다.

　　그곳에 돌은 죽지 않고 있다.
　　한 시선이 거기에 불을 당기면
　　심지가 튀어오르듯 타오른다.

　그러나 헨체와 오랫동안 잘 지내지는 못했다. 그는 그녀를 압박했
다. 그녀는 더 빨리, 점점 더 빨리, 훨씬 더 빨리 글을 써야 했다. 그는
생각 속에 파묻혀 그녀를 재촉하지 않을 수 없었다. 점점 더 자주 그녀

는 나폴리로, 또 자신이 몰래 집을 하나 얻어 놓은 로마로 피했다. 헨체는 그녀를 다시 데려왔고, 그녀는 그에게 「젊은 귀족」의 가극 대본을 써주기로 약속했다. 헨체는 기진맥진할 정도로 힘들었던 당시의 상황들을 다음과 같이 기억한다.

당신은 그녀에게서 이 가극 대본을 끌어내는 것이 얼마나 어려운 일인지 상상도 할 수 없어. 나는 끔찍할 정도로 억압적인 방법을 취해서 일을 하도록 해야만 했어. 더 이상 인사도 하지 않았지. 아니면 감금하거나 화를 냈어. 할 수 있는 것은 다 했어. 선물 공세도 퍼부었지! 짧은 대화 하나 겨우 얻어내려고 말이야.

잉게보르크 바흐만은 거부할 수가 없었다. 그녀는 그 남자, 그의 강력한 힘, 큰 목소리에 당할 수가 없었다. 그녀는 여행을 떠났고, 나중에 「도피중의 노래들」을 썼다.

미증유의 추위가 엄습해 오고
공군 특수부대가 바다를 건너왔다.
만에 있는 병력들은 있는 대로 불을 밝혀 항복을 하고
도시는 함락되었다.

그 후로도 그녀는 계속해서 헨체와 그의 집, 그리고 함께 알고 지내던 친구들을 다시 찾았다. 그러나 다른 곳에서 머무르는 시간이 점점 길어졌고, 그녀가 로마에 새로운 거주지를 마련한 이후로는 마침내 서로 멀어졌다.

드디어 잉게보르크 바흐만의 첫 시집인 『유예된 시간』이 출판되었다. 이 시집에서는 강렬한 어조로 사람들에게 정치적 존재로서의 책임을 인식하라고 피력하고 있다.

> 더 힘든 날들이 온다
> 철회되기까지 유예된 시간이
> 지평선에 보인다
> 그대는 곧 구두끈을 조여 매고
> 개들을 늪지로 쫓아야만 한다
> 생선 내장들이 바람을 맞아
> 차가워졌기 때문이다
> 루핀 등불이 처량하게 타오르고
> 그대의 시선이 안개 속에 자취를 남긴다
> 철회되기까지 유예된 시간이
> 지평선에 보인다.

이 시집은 알프레트 안더쉬가 편집한 시리즈 『스튜디오 프랑크푸르』 중의 하나로 이 시리즈는 초판이 나온 지 열흘 만에 계약이 취소되었다. 따라서 처음에는 그 반향이 미미했다. 그럼에도 잉게보르크 바흐만은 1954년에 거의 스타가 되었다. 그녀는 뉴스 매거진인 〈슈피겔〉의 표지에도 등장했다. 짙게 칠한 입술, 짧은 머리, 저 먼 곳을 향한 진지한 시선 등 그녀의 사진은 실존주의적 정열을 보여준다. 머리 기사에는 다음과 같이 나와 있다.

잃어버린 것에 대한 슬픔과 한탄, 사멸해가는 느낌, 기계화된 불쾌한 세계에 대한 두려움, 인간의 고독, 시간의 적의, 잠과 꿈속의 구원……. 잉게보르크 바흐만의 많은 시들은 이렇게 희미하고 개략적으로만 파악할 수 있다. 모든 것이 너무 암시적으로 표현되어 있어서 느낌이나 생각을 어느 방향으로 가져갈 것인가 하는 것은 독자에게 달려 있다.

이때부터 문학평론가들은 잉게보르크 바흐만의 시와 산문들을 상세하게 다루었다. 열광의 물결은 그 이후에도 여러 해 동안 엄청난 규모로 계속되었다. 페터 콘라디는 그의 논문 「의심스러운 찬양」에서 비평들이 종종 얼마나 판에 박히고 무비판적인지, 그리고 얼마나 모순되고 텍스트와 무관한지 연구했다. 어느 비평가가 "이러한 어조, 이처럼 먼 공간, 이 과감성과 연약한 냉엄함은 그녀에게서만 볼 수 있다. 그것들은 독일 서정시의 산이다"라고 썼을 때 콘라디는 불쾌해하며 그에게 이렇게 응수했다.

"잉게보르크 바흐만의 서정시를 아직도 그렇게 무비판적으로 칭찬할 필요가 있는가?"

잉게보르크는 독일어권의 전후문학에서 가장 수수께끼 같은 인물이 되었다. 그녀의 신비스러운 외모만큼이나 그녀의 언어를 통해서 사람들을 매료시키는 새로운 서정시의 여왕이 되었다.

현실 참여의 글쓰기

잉게보르크는 이탈리아에 머물렀다. 명성을 얻은 지금도 그녀에게 는 야생 협죽도가 피어 있는 자신의 테라스에, 그리고 친구들이 '로마 풍'이기보다는 '빈풍'이라고 말하는 그녀의 집에 은거하기 위해 이 나라가 더욱 필요했다. 유리문이 달린 짙은 색의 육중한 책장, 유겐트슈틸풍의 램프, 무거운 안락의자는 베키아렐리 거리에 있는 이 집에서는 기이해 보였다. 그러나 빈을 나타내는 것이 하나는 필요했다. 왜냐하면 그녀가 말하기를, 자신은 책상이 어디에 있든 일을 할 때는 항상 빈에 있다는 것이다. 빈과 로마는 이 시인의 분열되어 있는 마음을 상징했다. 하나는 고통을 주고 다른 하나는 해방감을 느끼게 했다.

이탈리아에서는 내가 즐거워졌다고 말할 수 있을 것이다. 여기서 나는 내 눈을 사용하는 법, 즉 구경하는 법을 배웠다. 이탈리아에서 나는 먹기도 잘하고 거리에도 자주 나다니고 사람들도 즐겨 관찰한다.

잉게보르크 바흐만은 점점 더 이중적인 존재가 되어갔다. 냉정하고 사적인 영역을 중시하는 이 여성시인은 진지하고 신중했다. 그러나 그녀는 또한 로마의 '상류 사회' 파티에서는 종잡을 수 없는 인물이기도 했다. 사람들은 그녀를 대사의 리셉션에서, 나이트클럽에서, 그리고 전설적 카페인 그레코에서 마주쳤다. 그녀는 짙은 화장에 비싼 옷을 입고 있었으며, 목걸이나 팔찌를 즐겨하고 간소한 옷차림에 하이힐을 신었다. 때때로 그녀가 최신 유행을 따라하거나 두드러지게 옷을 입고자 할 때는 절제를 잃어버리기도 했다. 적어도 이탈리아 남자친구가 그녀를 돌봐줄 때까지는 그랬다. 그는 그녀의 옷장을 살펴보고 어울리지 않는 물건들을 갖다 버렸다. 그리고는 그녀를 데리고 콘도티 거리에 있는 고급 상점으로 쇼핑을 하러 나갔다.

저녁이 되면 잉게보르크 바흐만은 그녀의 매력과 매혹적인 외모에 사로잡힌 신사들의 친절을 즐겼다. 그녀는 '이름 없는' 남성들과 수없이 연애를 했는데, 그 누구도 다른 남자에 대해 알지 못했고, 심지어는 그녀의 몇 안 되는 친구들도 선택된 남자들을 알지 못했다. 그녀의 애정 생활은 '강하고 양심에 거리낌이 없었다.' 잉게보르크 바흐만은 사람들의 입에 오르내리지 않기 위해 자신의 성적인 모험을 비밀로 해야 한다는 것을 알고 있었다. 그녀는 소문이 나는 것을 거의 병적으로 두려워했기 때문이다.

로마에서의 생활은 시간이 갈수록 돈이 많이 들었다. 그녀는 안정된 일자리를 너무 일찍 떠난 것을 시인해야 했다. 왜냐하면 전업작가로서는 이미 오랫동안 충분한 돈을 벌지 못했기 때문이다. 그래서 그녀는 독일 신문과 라디오 방송을 위한 르포를 썼다. 루트 켈러라는 필명으로 나온 이 기사들을 그녀는 결코 언급하지 않았다. 1998년이 되어서야 그것들은 비로소 『로마의 스케치』라는 제목으로 출판되었다.

1955년 하버드 대학교의 '예술 · 과학 및 교육 여름학교'의 국제 세미나에 그녀가 초대받은 일은 특별한 영광이었다. 잉게보르크 바흐만은 선박 여행을 즐겼고, 뉴욕에 심취해 있었으므로 이 도시를 자신의 방송극 『맨해튼의 선신(善神)』의 무대로 선택했다. 유럽에 다시 돌아와서 그녀는 두 번째 시집 『큰곰자리를 부름』을 출판하게 되는데, 이 시집도 열광적인 반응을 얻었다.

수상과 사람들의 존경, 여행, 낭독회, 방송 촬영 등 출세한 여성 작가로서의 일상은 일반적으로 부러워할 만한 것으로 생각된다. 그러나 잉게보르크 바흐만에게는 외부 세계와의 교류가 점점 더 힘들어졌다. 또한 그녀는 자신의 서정적 힘이 소진된 것을 느꼈다. 정치적 발전은 날로 그녀를 실망시켰고, 서서히 그녀의 내면에는 무서운 느낌, 즉 죽음에 대한 두려움이 형성되었다.

주저 없이 잉게보르크는 '핵무기 반대위원회'에 가입했고, 1958년에는 다른 예술가, 지식인, 시민들과 함께 독일연방공화국의 핵무장에 저항했다. 작가인 귄터 그라스, 잉그리트 바허, 우베 욘존과 '47그룹' 회원들, 그리고 그녀의 친구들이 그 저항에 동조했다. 그러나 이전의 위대한 스승이었던 한스 비겔은 시인인 그녀의 정치 참여를 비판했다. 빈의 신문 〈포럼〉에 나온 공개 편지에서 그는 그녀가 서정시인으로서, 그리고 오스트리아인으로서의 권한을 넘어섰다고 말했다. 즉 그녀는 다른 국가의 일에 개입하지 말아야 한다는 것이었다. 잉게보르크 바흐만은 이 같은 공개적인 일격에 동요하지 않고 여전히 운동에 참여했다. 몇 년 전에 그녀는 「이른 정오」를 썼는데, 그것은 확실한 것을 조금도 기대하지 말라는 하나의 경고이다.

벌써 파편 더미 속에서는
동화 속 새의 혹사당한 날개가 솟아나고
돌팔매질로 일그러진 손은
돋아나는 곡식 속에 묻힌다.

독일의 하늘이 대지를 검게 물들이는 곳에서
목을 베인 천사가 증오를 묻을 무덤을 찾고

그대에게 심장이 담긴 접시를 건넨다.

칠 년 후
시체 8안치소에서
어제의 형리는
황금 술잔을 비운다.

잉게보르크 바흐만에게 정치적 현실 밖에서의 글쓰기란 없었다. 시인은 사회에서 빠져나와서는 안 되며, 비판적으로 사회를 관찰해야 하고, '다른 이들에게 진실에 대한 용기를 주어야 한다'는 것이다. 이것은 그녀가 인상적인 연설 「진실은 사람에게 기대할 만하다」에서 요구했던 바와 같다. 『맨해튼의 선신』이 전쟁 실명자들이 주는 방송극 상을 수상하게 된 것을 계기로 그녀는 다음과 같은 결론을 내렸고, 이것이 사람들의 마음을 움직였다.

당신들 중에서 심각한 손실을 입은 사람들이 아니라면, 그 누가 우리의 힘이 우리의 불행보다 더 멀리까지 영향을 미친다는 사실을, 많은 것을 빼앗긴 사람들이 스스로 일어날 수 있다는 사실을, 사람들은 실망시킨다는 것 즉 속이지 않고는 살아갈 수 없다는 사실을 더 잘 증명해줄 수 있을 것인가. 나는 인간에게는 일종의 자부심이 허락되어 있다고 믿는다. 세상의 어둠 속에서 올바른 것을 보기를 포기하지 않고 중단하지 않는 그런 사람들의 자부심 말이다.

바이에른 텔레비전은 그녀에게 드라마투르그 직(職)을 제의했고, 그녀는 그것을 기꺼이 받아들였다. 고정된 직업은 그녀에게 전업작가의 일상으로부터 잠깐 숨 돌릴 틈을 주었다. 1957년에서 1958년까지 그녀는 뮌헨에서 살았다. 슈바빙의 어떤 집 뒤채에 자신의 거처를 마련한 그녀는 축하의 자리를 마련했다. 초대된 사람들 중에서 마르틴 발저가 반어적으로 표현했듯이, 그녀는 손님들을 특별한 수고 없이 맞이한 것은 아니었다. 찻잔과 접시는 깨져 있고 재떨이는 아래에 떨어져 있으며 문은 꽉 끼어서 움직이지 않았다. 잉게보르크 바흐만은 속수무책으로 보였다. 마치 그녀가 자신의 삶에서 너무 많은 문을 스스로 열어야 했고, 너무 자주 스스로 우산을 받쳐 들어야 했던 것처럼 말이다.

피퍼 출판사에서 처음으로 그녀의 원고 편집을 맡았던 라인하르트 바움가르트는 언젠가 그녀와 아침식사를 함께 했을 때 어떤 '실존적' 혼돈이 그녀에게 일어났는지를 재미있게 묘사하고 있다. 즉 그는 그 자리에서 달걀 껍질, 소시지 껍질, 잘게 부서진 빵 조각, 받침접시에 수북한 담뱃재, 종잇조각, 그리고 과일 껍질이 뒤죽박죽으로 섞인 것을 응시했다. 그녀의 산만함은 매력적이다. 그녀는 열쇠, 차표 그리고 돈을 잃어버린다. 남자가 옆에 있으면 그녀에게서 장갑, 콤팩트, 지갑이 스르르 떨어진다. 그녀의 손에서 원고가 몇 페이지 빠져나오고 립스틱이 굴러 떨어져 소파 틈에 끼어 있다. 바움가르트는 도움을 청하는 그녀의 눈을 무시한 채 친절하면서도 도발적으로 말한다.

"바흐만 여사, 당신은 분명 혼자서 해낼 수 있습니다."

그러자 그녀는 웃는다. 그녀의 눈, 그녀의 몸 전체가 웃는다. 그녀는 때때로 종소리처럼 맑게 웃으며 환호할 수 있는 시인이다.

"태양 아래에서 태양 아래 있는 것보다 더 아름다운 것은 없다."

자신이 특히 좋아하는 놀이를 하고 있는 어린아이처럼 그녀는 어떤 일에 완전히 자신을 바치는 능력을 지니고 있다. 어떤 사람, 어떤 상황에 대한 엄청난 집중력에 대해 한 관찰자가 확인해준다.

이를테면 파티에서와 같이 잠깐 지나치는 만남이 많은 장소에서 그녀가 사람들의 이야기를 들을 때 보이는 집요함은 사람들을 불안하게 할 정도였다. 친한 친구들이나 지인들의 모임에서조차 그녀는 자신에게 말을 건 사람에게만 계속해서 집중하는 것으로 보였다. 그녀는 경청하면서 머리를 받친 손은 얼굴 아랫부분을 감쌌는데, 이는 치근대며 가까이 오는 것을 막는 방패막이 역할까지 했다. 그리고 그녀가 어떤 질문에 대해 말 대신 생각에 잠긴 눈으로 대답할 때면 나는 그녀가 그것에 대해선 할말이 없기 때문에 침묵한다는 사실을 알아차렸다.

사랑이란 이 세상의 어둠에 속한다

그녀의 가장 유명한 방송극인 『맨해튼의 선신』은 특이하고 불가능한 사랑을 그리고 있다. 안과 제니퍼는 우연히 뉴욕에서 알게 되고, 그들은 사랑에 빠져서 며칠 밤낮을 함께 보낸다. 그들의 사랑은 지금까지 알고 있던 모든 것을 파괴하고 상대방의 전부를, 죽음까지도 포용한다. 이 사랑 외에는 아무것도 의미가 없다.

나는 내가 여기서 너와 함께 살고 죽으려 한다는 것과, 너에게 새로운 언어로 말하려는 것 외에는 알지 못해. 나는 내가 더 이상 직업을 갖거나 사업에 전념할 수 없으며, 더 이상 쓸모없고, 모든 것과 관계를 끊게 될 것이라는 사실을, 그리고 다른 모든 이들에게서 떠나려 한다는 것만을 알고 있어.

그러나 실제로 무자비한 선신(善神)은 젊은이를 정상적이고 평범한 생활로 되돌아오게 하기 위해, 즉 그를 '구하기' 위해 여자를 죽인다. 법정에서 그는 살인에 대한 책임을 져야 했다. 그의 신조는 이랬다.

나는 사랑이란 이 세상의 어두운 면에 속하며 범죄나 이단보다도 더 해롭다고 생각합니다. 나는 사랑이 생겨나는 곳에서는 천지창조의 날 이전과 같은 소용돌이가 생긴다고 믿습니다. 나는 사랑은 죄가 없지만 파멸로 이끈다고 믿으며, 죄를 짓고 모든 심급의 법정에 설 때에만 계속된다고 믿습니다. 나는 연인들은 정당하게 하늘로 날아가고 언제나 그랬다고 믿습니다. 그들은 거기에서 별자리로 자리를 옮겼는지도 모릅니다.

그와 같은 운명적 사랑을 잉게보르크 바흐만 자신도 만나게 된다. 스위스 작가인 막스 프리쉬를 알게 되면서였다. 그는 『맨해튼의 선신』 방송을 듣고 그녀에게 편지를 썼다.

다른 한쪽 여성이 스스로를 표현한다는 것이 얼마나 좋은지, 얼마나 중요한지…… . 우리는 여성, 여성의 자기 묘사를 통한 남성의 묘사를 필요로 합니다.

그들은 파리에서 처음 만났다. 그녀는 막스 프리쉬의 극작품 『비더

만과 방화범들』의 칸막이 관람석표를 가지고 있었다. 그러나 그는 그녀에게 연극을 보지 말고 차라리 자신과 함께 식사나 하러 가자고 설득했다. 그는 그녀에게 아이와 함께 살고 있는지 물어보았고, 그녀는 자신에 대해서 그렇게 모르는 누군가가 여기에 앉아 있다는 사실에 매료되었다. 그녀는 자신이 늘 정상적인 결혼을 원했다는 사실을 그에게 털어놓았다. 잉게보르크 바흐만은 31세였고, 막스 프리쉬는 48세였다. 그는 그때 첫 번째 부인과 이혼하려던 참이었으므로 우선은 주의했다.

파리. 공개된 어느 벤치에서의 첫 입맞춤. 그 다음은 모닝커피를 마시는 홀에서. 옆 테이블에는 피 묻은 앞치마를 두른 정육업자들이 앉아 있음. 너무나 흉측한 경고. 그녀의 취리히 여행. 역에서 당황한 여인. 그녀의 트렁크, 그녀의 우산, 그녀의 작은 가방들. 연인들로서 그리고 첫 작별을 분명히 인식하면서 보낸 취리히에서의 일 주일.

막스 프리쉬는 그녀를 보냈고, 그녀는 뮌헨으로 돌아왔다. 그러나 곧 프리쉬는 헤어진 것을 후회하고는 그녀에게 로마에서 함께 살 것을 제의했다. 잉게보르크 바흐만은 행복에 젖어 환한 표정으로 한 친구에게 자신의 대단한 사랑을 이야기했다. 이제 그녀에게는 모든 것이 가능해 보였다. 친밀감과 신뢰감의 회복, 그리고 상처받은 영혼의 치유까지도 말이다. 그러나 막스 프리쉬는 7개월 후에 또다시 그녀를 떠났다. 그 후 곧바로 그는 그녀를 다시 만나기 위해 온갖 노력을 다했다. 세 번째 시도는 취리히에 두 채의 집을 마련하고서 이루어졌다. 두 작가는 한 지붕 아래서는 살 수 없었다. 막스 프리쉬는 아침식사를 마치자마자 곧바로 작업실로 올라갔고, 그녀는 잠시 후 그의 타자 소리를 들었다. 하지만 그와는 달리 그녀는 그에게 격분한 나머지 괴로워하며 이리저리 돌아다녔고, 생각에 잠겼으며, 담배를 피웠고, 기다렸다. 한 행 한 행이 힘든 일이었고 출산과 같았다. 어느 틈엔가 그녀는 각성제에 길들여져 있었다.

막스 프리쉬는 그녀와 결혼하려고 했지만, 그녀가 거절했다. 처음에는 그녀도 결혼을 원했을지 모르지만 이미 때가 너무 늦어버렸다. 왜냐하면 이 사랑이 내리막길에 있었음을 그녀는 알았다. 그녀는 그가 이혼한 뒤 얼마 지나지 않아 결혼에 대해 어떻게 생각하는지 그에게 물었다. 그는 대답이 없었다. 나중에 그는 그의 책 『몬타우크』와 『내 이름은 간텐바인』에서 이 사랑의 좌절에 대해 장황하면서도 경솔한 암시를 하고 있다. 주의 깊은 독자는 그녀가 수동적이고 요염하며 까다롭고 피해의식이 있고 불만이 많은 여자로 그려져 있는 것을 발견하게 될 것이다.

······그녀의 참을성, 희생자가 되려는 술책, 게다가 놀랄 정도로 위로를 주는 그녀의 모든 시선, 행복해하며 유혹에 쉽게 빠져드는 성향, 그녀의 준비성과 간계······."

막스 프리쉬는 그녀가 자신만의 '악령들'을 가진 걸 용서할 수 없었다. 그녀는 계속해서 그와 함께 다니는 것을 원치 않았다. '47그룹'과의 만남에서도, 그녀가 1959년과 1960년에 참여했던 프랑크푸르트 시 문학 낭송회에서도, 나폴리에서 헨체를 만날 때도 마찬가지였다.

밖으로 내놓는 것을 꺼리는 그녀의 내향적인 태도는 때때로 감정을 상하게 했다. 작가인 페터 후헬이 한 레스토랑에서 이 연인들을 만났을 때 잉게보르크 바흐만은 30분 동안 두 사람을 소개시키지도 않고 자신의 테이블에서 페터 후헬과 대화를 나누었다. 그녀의 친구이며 바이에른 방송국의 대외교류 담당자인 토니 키엔레히너는 이 커플을 만날 때마다 둘 중 한 사람은 위기에 빠져 있음을 눈치챘다. 막스 프리쉬는 나중에 다음과 같이 썼다.

나는 바보이고 그것을 알고 있다. 그녀의 자유는 그녀의 훌륭함의 몫이다. 질투는 그것에 대한 대가이며 나는 그것을 온전히 지불하고 있다.

막스 프리쉬는 다른 여성에게로 갔다. 그리고 그는 그것보다 더 나쁜 일을 했다. 그는 잉게보르크에 대해 글을 써서 그녀와의 일을 세상에 알렸다. 그녀는 그가 오랜 투병 기간 동안 쓴 일기를 발견했는데, 거기에 자신에 대한 이야기가 있는 것을 알고는 그것을 태워버렸다.

나는 문학의 소재로서 당신과 함께 살지 않았어. 당신이 나에 대해 글을 쓰지 못하게 하겠어!

그들이 완전히 헤어진 것은 1963년의 일이었다. 그것에 대해 프리쉬는 이렇게 썼다.

우리는 마지막을 잘 견뎌내지 못했다. 둘 다 그랬다.

잉게보르크 바흐만은 좌절하여 혼자 로마로 돌아왔다. 그녀는 더 이상 예전의 그녀가 아니었다. 친구들은 어찌할 바를 모르고 자신들이 어떻게 그녀를 도와줄 수 있을지 물었다. 하지만 그것은 그저 귀를 스처갈 뿐이었다. 그녀는 자기 앞에서 막스 프리쉬라는 이름이 거명되는 것을 참지 못했다.

그녀를 그렇게 고통스럽게 한 것은 무엇이었을까? 토니 키엔레히너는 그녀가 막스 프리쉬와 이별한 직후 그녀와 함께 자니콜로 언덕을 오래도록 산책했던 일을 기억한다. 두 여성은 하늘과 땅 사이에 있는 모든 것에 대해 이야기했지만 결코 프리쉬에 대한 이야기는 하지 않았다. 키엔레히너는 캐묻지 않았다. 그러나 그녀는 잉게보르크가 "왜 사람은 스스로에게 준 굴욕감을 잊을 수 없을까?"라고 말했을 때 자신의 친구가 무엇을 생각하는지 알게 되었다. 키엔레히너는 재빨리 답했다.

"그건 자신의 품위가 손상되기 때문이지."

잉게보르크 바흐만은 자신의 임무를 비롯해 여성으로서의 역할을 다했다고 생각했으나 이제는 자신이 이렇게 종속된 여성이 아니며 결코 그런 적도 없다는 사실을 깨달아야만 했다. 그녀는 사람들에게 둘러싸이기를 원했고, 매력적인 여성이 되고자 했으며, 상처받기 쉬운 존재로서 보호받으려 했다. 그러나 그녀는 자신의 이성, 자신의 강함과 독립성을 이러한 면모와 조화시킬 수 없었다. 그녀는 자신의 '여성적인' 그리고 '남성적인' 특성을 내적 혼돈으로 느꼈고, 그것의 갈등을 그치지 않는 내구성 실험으로 받아들였다.

잉게보르크 바흐만은 자신의 사생활에 관한 이야기를 아주 조금밖에 하지 않았다. 그러므로 그녀의 작품에 나오는 문장 하나하나를 자전적인 언급으로 평가하는 것을 경계해야 한다. 그러나 사랑으로 인해 생긴 상처의 충격은 그녀의 작품 곳곳에서 나타난다. 의심할 바 없이 잉게보르크 바흐만과 막스 프리쉬의 사랑의 역사는 문학사에서 가장 슬픈 이야기 중 하나에 속한다. 그리고 그가 그녀를 파괴시키는 역할

잉게보르크 바흐만. 1964년

을 했다는 비난은 항상 제기되어 왔다. 그러나 이 두 사람의 전기작가인 게르다 마르코가 올바르게 규정하고 있듯이, 책임에 대한 물음은 '하찮은' 것이다. 두 사람은 모두 심하게 상처를 받았다. 막스 프리쉬는 그녀가 죽고 난 뒤 무표정한 얼굴로 한 텔레비전 프로그램에 나와 자신은 그녀에 대해서 말할 수 없으며, 찬양과 비난 사이에서 글을 쓰는 것밖에 할 수 없다고 이야기했다. 그러나 그가 자신의 책들에서 잉게보르크 바흐만에 대해 말한 것이 그녀에게 실로 합당한가 아닌가 하는 것은 그 누구도 판단할 수 없다. 그녀 자신은 그것에 대해 아무 응수도 하지 않았고, 자신의 작품에서 그에 대해 한 번도 언급하지 않았다. 기껏해야 소설 『말리나』에서 이 관계의 흔적들을 찾을 수 있지만, 그것도 거의 알아채지 못할 정도로 숨겨져 있다.

어느 날 잉게보르크 바흐만에게 병마가 찾아왔는데, 어떤 병인지는 아무도 정확히 알지 못했다. 그녀는 점점 더 약에 의존하게 되었다. 그녀는 여러 병원에서 몇 주일씩 지냈지만 병은 호전되지 않았다. 토니 키엔레히너는 그녀의 집으로 찾아가 그녀를 무분별한 생활에서 벗어나게 하려고 노력했다. 키엔레히너는 비어 있는 냉장고를 계속 채워가며 친구에게 더 많이 먹고, 더 많이 자고, 담배를 줄이라고 충고했다. 그러나 잉게보르크의 자기 파괴는 더 이상 멈추지 않았다. 키엔레히너는 걱정이 된 나머지 잉게보르크의 어머니와 이야기하기 위해 클라겐푸르트로 갔다. 그녀는 소시민으로 태어난 것을 드러내기 꺼려하는 친구에게 여행 사실을 숨겼다. 잉게보르크는 부모와, 특히 오빠와 아주 가깝다고 느끼면서도 친구들과 마찬가지로 가족들에게도 일정한 거리를 유지했다.

『삼십세』로 독일 비평가협회 문학상을 받다

이후 잉게보르크 바흐만은 몇 작품 안 되는 시만 더 쓸 수 있었다. 1964년과 1967년 사이에 그녀는 마지막 시들을 썼다. 그리고 이 서정 시인은 침묵했다. 그녀의 냉혹한 자기 비판은 자신의 가능성이 소진됐다고 스스로에게 말했다.

나는 뭔가를 써야 한다는 압박감이 들지 않는데도 내가 지금 시를 쓸 수 있지 않을까 하는 의혹이 생겼을 때, 나 스스로 시 쓰는 것을 그만 두었다.

　그녀로서는 이제 더 이상 새롭고 정확한 메타포가 존재하지 않았고, 말할 수 있었던 것은 모두 말해버렸다.

　이제 그녀는 온힘을 다해 산문에 매달렸다. 첫 번째 산문집인 『삼십세』로 그녀는 열망하던 ‘독일 비평가협회 문학상’을 받았다. 이 이야기들은 힘, 폭력 그리고 서로 가까워지는 것의 불가능함을 이야기하면서도 유토피아와 희망이라는 원칙도 말하고 있다. 단편소설 「살인자와 광인의 틈바구니에서」는 과거, 즉 전쟁을 극복하지 못하는 산업 및 문화계의 고위층 남성 집단을 파헤치고 있다. 반대로 「운디네 가다」는 남성적인 원칙의 무지와 잔인성에 대한 자아 비판적 비난과 동시에 여성적 역할 행동의 슬픈 그림이다. 마지막으로 단편집 제목인 「삼십세」는 단숨에 써내려간 것 같은 느낌을 준다. 이 이야기는 한 남자가 자신의 삶의 삼분의 일을 살고 난 후의 결산을 보여준다. 이름 없는 주인공에게는 비관주의와 희망이 함께 녹아 있다. 허비한 모든 시간에 절망한 뒤 구원의 소리가 정적을 깬다.

　그러면 다시 한 번 도약하여 치욕적인 구질서를 깨버려라. 변해라. 마침내 세상이 변하고 세상이 방향을 바꾸도록 말이다. 그러고 나서 그 세상에 발을 내딛어라!

　잉게보르크 바흐만과 그녀의 원고 편집인 라인하르트 바움가르트가 이 산문집을 출판해내기까지는 2년이 넘게 걸렸다. 교정, 삭제, 새 텍스트 첨가 등이 논의되어야 했다. 바움가르트는 많은 부분이 ‘생각은 좋았는데 잘못 표현되었다’고 생각했다. 그는 경탄하는 마음으로 이렇게 고백했다.

나는 원고 교정을 보면서 그 어느 작가에게서도 나 자신을 포함해서 그렇게 고통 없고 마음의 상처 없는 통찰력을 지금껏 경험해보지 못했다. 그녀는 조금 망설이고 심사숙고한 후에 더 좋아지는 것을 즐길 수 있었다. 내가 함께 일한 이 결단력 있고 집중을 잘하며 자기 도취에서 벗어난 성숙해진 인물, 이 사람은 이미 더 이상 숙녀가 아니라 손수건이란 손수건, 차표란 차표는 모두 손에서 놓쳐버릴 수 있었던 세상의 고아였다. 또한 그 사람은 내가 당시에는 아직 알지 못했지만 잉게보르크 바흐만 속에 숨어 있으면서 냉정하게 그녀를 지배한 남자 말리나였다.

나는 깨닫기 시작한다

10년이라는 긴 세월 동안 여성시인의 주변은 조용했다. 그녀는 프라하, 이집트, 수단을 여행했고, '포드 재단'의 장학생으로 일 년 동안 베를린에 있었으며, 그곳에 집을 얻어 일 년 더 머물면서 낭독회를 열었다. 1968년 그녀에게 '오스트리아 국가대상'이 수여되었다. 이것은 고국에서 처음으로 받는 명예로운 상이었다. 그러나 주위 친구들이 그녀가 미친 듯이 일하고 있다는 것을 감지했음에도 그녀에게선 새로운 작품이 나오지 않았다.

그러다가 드디어 1971년에 소설 『말리나』가 나왔다. 이것은 '죽음의 종류'라는 시리즈의 첫 번째 작품이었는데, 아쉽게도 이 시리즈는 완성되지 못했다. 『말리나』는 사람들이 지금까지 잉게보르크에 대해 알고 있던 모든 것을 뛰어넘었다. 비평가들은 잠깐 동안 어찌할 바를

잉게보르크 바흐만. 1970년경

모른 채 침묵했고, 그런 다음에는 책에 달려들었다. 결과는 모험적인 해설이 봇물처럼 쏟아져 나왔다. 『말리나』는 그것이 제대로 이해되기 훨씬 전에 벌써 고전작품이 되어버렸다. '말리나'라는 인물이 잉게보르크 바흐만이 유년 시절부터 파괴적인 것으로 체험했던 남성적 원칙을 구현하고 있다는 사실은 쉽게 알아차릴 수 있다. 그러나 동시에 말리나는 여성의 한 부분이며 여성 일인칭 화자라는 사실이 이 작품을 이해하는 것을 더욱 복잡하게 만든다. 여성적인 부분은 남성적 존재인 말리나 옆에서는 존재할 수 없으므로 스스로 파괴된다. 그렇다면 이것은 살인이나 자살과 관계가 있는가? 두 원칙이 어떻게 서로 조화를 이룰 수 있는가?

잉게보르크 바흐만은 참을성 있게 정보를 준다.

> 내가 이 책을 써야 한다는 것을 나는 늘 알고 있었다. 일찍이 내가 시를 썼던 동안에도 그랬다. 늘 이런 주인공을 찾았다. 그리고 그 주인공이 남성이 될 것이라는 걸 알았다. 또한 내가 남성적인 입장에서만 글을 쓸 수 있다는 사실도 알았다. 그러나 나는 자주 나 자신에게 물었다. 도대체 왜? 나는 왜 내가 그렇게 자주 남성적 자아를 취해야 했는지 이해하지 못했다. 소설에서도 마찬가지이다. 이제 나에게 있어 여성적 자아를 부정하지 않고, 그럼에도 남성적 자아에 무게를 두는 것은 나의 인격을 찾는 것과도 같다.

한 리포터가 그녀에게 왜 성(性)에 대해서는 다루지 않는지 질문했다. 대답은 짤막했다.

"그것에 대해선 할말이 없기 때문입니다. 그것은 두 사람의 내밀한 영역에 관계된 일이지요."

그런 다음 잉게보르크 바흐만은 남성들의 치유될 수 없는 병에 대해서 말했다.

> 리포터: "아하? 남성들이 어떤 불치병에 걸려 있나요?"
>
> 바흐만: "당신이 그렇습니다."
>
> 리포터: "당신이 그렇다고요?"
>
> 바흐만: "그걸 모르시나요?"
>
> 리포터: "말씀해주신다면!"
>
> 바흐만: "모두 다지요."

베르너 슈뢰터가 1991년에 영화화한 「말리나」를 보면 화가 난다. 거기에서는 이자벨 후퍼트가 피학성이 있는 미친 여자로 나와 담배를 피우고 신음하면서 방황한다. 「말리나」는 이차원적인 전환을 거부한다. 일종의 '퍼포먼스'가 이 소재에 더 적합할 것 같다. 잉게보르크 바흐만은 이 책이 자전적이라고 했지만, 그녀는 자신의 이야기를 능란하게 숨기고 있다. 왜냐하면 그녀는 진술의 보편타당성에서 벗어나려 하지 않기 때문이다. 따라서 이 책은 페미니즘적인 위치 규정도 아니고, 비록 막스 프리쉬를 의미할 수 있는 구절이 많기는 하지만 그렇다고 해서 그와의 개인적 청산을 의미한 것도 아니다. 여성 일인칭 화자는 "나는 알고 싶어. 아니, 나는 알고 싶지 않아. 누가 그것을 야기했는지……. 네가 몸을 부딪쳐 가며 머리를 집어넣었다가 흔들고 빼내는 것을 말이야"라고 말하는 이반의 냉담함에 좌절한다.

책의 마지막에는 죽음이 나온다. 영화 제작자 페터 함이 이전부터 그녀가 자신의 죽음을 종종 시로 암시했다고 말한 것은 정당한 것일까?

친구인 알프레트 그리젤은 자신이 잉게보르크 바흐만과 마지막으로 만났을 때를 다음과 같이 기억하고 있다.

나는 그녀의 약물중독의 정도에 너무나 놀랐다. 그녀가 삼키는 약은 분명 하루에 백 알 정도 되었던 것 같다. 쓰레기통은 빈 약상자로 넘쳐났다. 그녀는 건강이 나빠 보였고, 밀랍처럼 창백했으며, 온몸에 반점이 가득했다. 나는 그것이 무엇일까 골똘히 생각해보았다. 그런데 그녀가 피우는 골루아즈 담배가 그녀의 손에서 미끄러져 팔 위에 떨어지는 것을 보고는 그것이 담배를 떨어뜨리면서 생긴 화상 자국이라는 사실을 알게 되었다. 많은 약을 복용한 것이 그녀의 몸을 고통에 무감각하도록 만들어버렸다.

그녀의 죽음은 말할 수 없이 끔찍하고 고통스러웠다. 그녀는 침대에서 담배를 피웠고, 잠옷에 불이 붙었다. 그녀는 심한 화상을 입었고, 혼수상태에 있다가 3주 후인 1973년 10월 17일 죽음에 이르렀다. 그녀는 자신이 결코 돌아가려 하지 않았던 그곳 클라겐푸르트에 안장되었다.

잉게보르크 바흐만의 죽음을 둘러싸고 많은 추측들이 난무했다. 병원 사람들이 더 일찍 그녀의 약물중독을 알았더라면 화상을 입고도 살아남을 수 있었을는지 모른다. 또한 화상 부위가 넓은 것은 그것이 우연한 사고가 아닐 수도 있다는 의혹을 불러일으켰다. 로마 검찰이 7개월 동안이나 수사를 했음에도 그녀의 죽음을 둘러싼 정황은 완전히 밝혀지지 않았다.

수수께끼 같은 죽음은 잉게보르크 바흐만의 삶에 있어 마지막 비밀이었다. 그녀의 복합적인 성격에 대한 완전한 진실은 2025년 그녀의 유품이 공개된다 해도 아마 드러나지 않을 성싶다. 잉게보르크 바흐만에게 비밀 유지는 인간의 가장 큰 미덕 중의 하나로 여겨졌기 때문이다. 그리고 만일 그녀가 자신의 사생활을 조심스럽게 지키지 않았다면 자신의 영혼을 책에서 드러낼 수 없었을 것이다.

47세의 잉게보르크 바흐만은 살아 있는 동안 자신의 삶도, 자신의 작품도 완성하지 못했다. 그녀가 느끼고 탁월하게 표현할 줄 알았던 모든 고통과 슬픔에서 우리는 그녀가 '우리의 힘이 우리의 불행보다는 더 오래 간다'고 믿었던 사람이었음을 잊어서는 안 된다. 그러나 그녀의 삶의 목표는 행복, 치유 또는 만족한 삶에 대한 희망이 아니었다. 그녀의 목표는 이해였다.

나는 꿈을 꾼다. 그렇지만 나는 너에게 내가 깨닫기 시작했다는 것을 분명히 말한다.

마렌 고트샬크

내 그림 속에는 내가 있다

Gabriele Münter

가브리엘레 뮌터 (1877~1962, 화가)

_가브리엘레 뮌터

1901년 미술학업을 위해 뮌헨에 정착했다.
'팔랑스' 미술학교에서 수업하던 중 러시아 교사인 칸딘스키를 만났다.
그녀의 자유로운 화법이 칸딘스키를 사로잡으면서
스승과 제자에서 연인으로 발전한 두 사람은
많은 영감을 주고받으며 서로의 예술 세계를 구축했다.
이후 칸딘스키가 작품에 대한 모든 권한을 그녀에게 양도했고,
사후 그녀에 의해 칸딘스키의 작품들은 빛을 보게 되었다.

편안하고 조화로운 가정을 동경하다

1897년 뒤셀도르프의 라인 강변은 자전거를 타는 사람들에게는 낙원이다. 이곳 아래쪽 강변은 자연의 한가운데로 고요하다. 이곳에서는 그 누구도 자전거 앞으로 뛰어가지 않는다. 스무 살의 가브리엘레 뮌터는 즐겁게 페달을 밟으며 '자신이 그토록 좋아하는 방심한 상태'를 즐긴다. 마침내 그녀는 미술 수업 때면 자꾸만 엄습해 오는 조급증에서 조금은 벗어날 수 있다.

그녀는 선생님의 지시에 따라 '명암을 넣어야' 한다. 그림자 그리기를 연습할 때 그녀는 더 활기가 있다. 이미 열네 살 때 그녀는 어머니와 여행을 하면서 온천에 온 요양객들을 간단한 터치로 스케치하여 큰 칭찬을 받았다. 그런데 이제 그녀는 손과 발을 그리는 세밀한 스케치를 붙들고 있어야 하며, 더 끔찍한 것은 장식들을 똑같이 그리느라 고생해야 하는 것이다. 때때로 그녀는 그야말로 '그림에 대한 회의'를 느끼곤 한다. 그럴 때면 학교가 끝난 뒤 바로 자전거에 올라타고 급경사 길을 달린다. 다시 힘차게 페달을 돌리고서는 발을 앞바퀴에 일부러 장치한 쇠못에 올려놓아 격렬하게 돌아가는 페달이 방해받지 않게 한다. 자전거에는 아직 프리 휠 장치 허브가 없고 그래서 후진 제동기도 없기 때문이다. 그녀가 '자전거를 탈 때 입는 새 바지'를 하나 구입한 이후로는 적어도 그녀의 옷이 바퀴살에 걸리는 일은 없다. 그러기 위해 그녀는 이제 어느 도덕적 투사가 그녀 뒤에서 '뻔뻔한 여자'라고 소리치는 것을 염두에 두어야 한다. 하지만 아마도 그녀는 '모두들 안녕!'이라는 자전거 선구자들의 다정한 인사를 듣게 될 것이다. 그들은 '자전거를 탈 줄 아는 사람은 인생도 지배한다'라는 구호를 외치고 다녔다.

가브리엘레 뮌터는 세상에 대해 개방적인 가문의 출신이다. 그녀의 어머니인 민나 쇼이버는 아홉 살 때인 1845년에 슈바벤 사람인 부모님과 함께 미국으로 이민을 갔다. 그녀의 아버지인 칼 프리드리히 뮌터는 1848년 독일 해방전쟁 동안 이상주의적인 대학생이었다. 그때 '당돌한' 연설을 일삼았던 그는 스물한 살 때에는 자취를 감추어야만 했다. 그도 마찬가지로 미국으로 건너갔다. 두 사람은 테네시에서 알게 되어 얼마 안 있어 결혼했다. 그리고 중심가에서 두 가지 업종을 다루는 가게를 열었다. 가게 앞쪽에서는 이주민들을 위한 일상용품을 팔았고, 뒤쪽에 있는 방에서는 칼 프리드리히가 치과의사로 일했다. 이렇듯 억척스럽게 일한 덕분에 그들은 신혼시절 빨리 돈을 모았다. 미국에서 노예 문제를 둘러싸고 남북간에 전쟁이 일어나자 확고한 평화주의자였던 이들 부부는 1864년 독일로 돌아가기로 결정을 내렸다.

칼 프리드리히 뮌터는 몇 년 동안 베를린에서 가장 좋은 거주지인 운터 덴 린덴에서 치과 병원을 잘 운영했다. 그리고 1865년에서 1869년 사이에 아우구스트, 찰리, 에미가 태어났고, 1877년 2월 19일에 가브리엘레가 늦둥이로 태어났다. 베를린의 주식 공황과, 겉보기에 충분한 수련을 쌓지 않은 '미국 치과 의사'를 거부하는 캠페인 때문에 이들 가족은 아버지가 태어난 헤르포르트에서 처음부터 새로 시작할 수밖에 없었다. 그러나 칼 뮌터는 이곳에 집을 한 채 소유하고 있는데다 몇몇 유가증권을 살린 것으로 보인다. 왜냐하면 이들 가족은 곧 다시 '부유한' 부류에 낄 수 있었기 때문이다.

2학년 때까지 가브리엘레는 헤르포르트에서 살았다. 헤르포르트에서 지낸 시절은 그녀가 항상 '베스트팔렌 고향의 정서'와 연결시키는 그녀의 기억 속에서 중요한 시절이다. 그 후 가족은 두 번 이사를 했다. 처음에 코블렌츠로 이사를 갔는데, 그곳에서 1866년에 그녀의 아버지가 59세로 갑자기 세상을 떠났다. 그해 말에 다시 놀라운 소식이 날아들었다. 어머니는 미국에서 공부하다가 중병이 든 장남 아우구스트를 돌보기 위해 아이들을 친척 집에 맡겨야만 했다. 그러나 1887년 1월에 아우구스트도 죽었는데, 그의 나이 겨우 스물두 살이었다. 어머니의 부재와 함께 어린 시절 이 같은 죽음에 대한 체험과 수없이 이사를 다닌 사실을 고려해보면 가브리엘레 뮌터가 훗날 삶의 중심지를 동경한 사실이 이해된다.

내가 행복이라 생각하는 것은 내가 지금 막 만들 수 있을 것 같은 편안하고 조화로운 가정이다.

애칭으로 엘라라 불린 가브리엘레는 생각이 깊은 아이였다. 언제나 언니 오빠들이 어느 정도 그녀의 바람막이가 되어주었다. 그녀는 찰리 오빠를 가장 좋아했다. 그녀는 통속물과 예술 작품을 가리지 않고 독서를 아주 많이 했다. 또한 가브리엘레는 수영과 승마를 배우고 피아노를 쳤으며 자기가 생각한 바대로 간단히 스케치를 했다. 학교에서 그녀는 특히 자연과학, 외국 그리고 풍습에 관심이 많았다.

그녀의 어머니는 반듯하고 향토적인 여성으로 미국에서 19년간 개척자 생활을 하는 동안 자유롭게 생각하는 법을 배웠고, 딸들에게도 즐겁게 지내라고 권했다. 그래서 그녀는 가브리엘레를 닦달하지 않고 느슨하게 키웠다. 어떤 것에도 참견하지 않았고, 학교 숙제를 하라고 감독하지도 않았다. 하물며 그녀의 예술적 재능까지도 키워준 적이 없었다. 다만 가브리엘레가 종종 편두통 때문에 고통을 받고, '쓸데없는 걱정'과 비현실적 세계에 빠져드는 것을 걱정할 뿐이었다.

어머니는 때때로 막내딸 가브리엘레를 '평화 제조기'라 불렀고, 가브리엘레는 결코 거짓말을 하지 않을 것이라고 생각했다. 그 말 속에는 가브리엘레가 학급에서나 집에서 말다툼이 있으면 온화하게 중재할 뿐만 아니라 고집스럽고도 지속적으로 옳고 그름을 따지려 한다는 사실이 숨어 있다. 그녀는 누구도 봐주고 넘어가는 적이 없으며, 돌려서 말하는 법 없이 직접적으로 모욕을 주었다. 이런 기질 때문에 그녀는 어른이 되어서도 종종 다른 사람의 감정을 상하게 하곤 했다.

나는 항상 여행만 하고 싶다

학창시절이 끝나고 관습에 따라 '부엌일을 배우는' 마음 내키지 않는 시간을 거친 뒤, 가브리엘레는 뒤셀도르프 미술학교에서 '지시에 따른' 그림 그리기를 시작했다. 하지만 이 역시 가브리엘레의 기대를 채우지 못했다. 1897년 코블렌츠에 있는 어머니에게 보낸 많은 편지에는 욕구 불만과 향수가 그대로 담겨져 있었다. 그 즈음 예순한 살 된 어머니의 건강이 좋지 않았다. 결국 11월에 가브리엘레는 어머니의 임종을 보기 위해 학업을 중단하고 고향으로 돌아왔다.

찰리 오빠가 자신의 가정을 꾸리고 상당한 유산을 상속받은 반면, 자매는 뿌리가 뽑힌 듯한 상태에서 하는 일조차 없이 남겨졌다. 미국 도처에 살고 있는 어머니의 수많은 친척들이 보낸 편지 중 하나가 이들을 우울증에서 벗어나게 하는 계기가 되었다. 카롤리네 이모가 가브리엘레와 에미를 '친지 방문'으로 초대한 것이다.

1898년에서 1900년까지 2년간의 이 여행은 자매를 열광적인 세계 여행 예찬자로 만들었다. 하지만 당시에는 젊은 여성들이 혼자서 그렇게 멀리 여행을 다니는 것은 드문 일인데다가 오히려 터부시되기까지 했다. 그렇지만 그녀의 부모님은 여기서 이미 어려움을 견뎌내지 않았던가? 사람들은 늘 자신들에게, 어머니가 어릴 적에 다른 사람들은 모두 도망치는데 혼자서 독사를 어떻게 때려잡았는지 이야기해주지 않았던가? 자매는 어머니의 대담성을 어느 정도 물려받았고, 그것은 그들을 다른 사람들보다 훨씬 더 확신에 차도록 만들어주었다.

가족들이 서로 농담 삼아 불러준 대로 두 '뮤즈'는 뉴욕과 미주리를 거쳐 아칸소와 텍사스로 갔고, 텍사스에서 가장 오랫동안 머물렀다.

가브리엘레 뮌터는 이 어려운 노정에서조차 자전거 타고 가는 것을 고집했다. 그녀는 여행을 위해 이모가 선물했던 첫 카메라에 대단한 애정을 가지고 집착했다. 그녀가 자신의 조그만 지갑형 달력에 기록해놓지 못한 것을 이제는 확실하게 구성된 흑백사진으로 기록을 남겼다. 미국 여행에서 자그만치 4백 장의 사진이 생겼다. 그리고 그중 많은 것이 이 지치지 않는 관찰자가 독특한 스케치를 하게 하는 토대가 되었다. 그녀가 세인트루이스의 한 거리에 있는 우아한 의상실에서 알베르티네 이모를 찍었든, 빨래를 널고 있는 사촌들 또는 아칸소로 계속 여행하는 중에 광활한 경치를 찍었든 간에 그림 같은 사진들은 선과 분위기가 그녀의 남다른 감각을 보여준다.

나는 항상 여행만을 하고 싶다.

가브리엘레는 1899년에 이렇게 기록했는데, 그녀는 이때만큼 자신의 인생이 변화무쌍한 적이 없다고 생각했다.

찰리 오빠에게 보내는 엽서에는 "저녁놀이 질 무렵, 내가 말을 타고 숲을 달리는 가장 좋아하는 시간!"이라고 쓰여져 있으며, 그 아래 "거북 발견, 그것을 산 채로 가져가게 될까, 아니면 죽어버릴까?" 하는 구절에는 뚜렷하게 밑줄을 그어 강조해놓았다.

무엇보다도 황량한 텍사스에서 젊은 독일 여성들은 이민자의 자유로움에 감염되었다. 대초원의 한가운데서 그들은 카우보이들과 함께 캠프파이어를 하고 하루 종일 가축떼와 함께 말을 달렸다. 그리고 그들은 마차 끄는 법을 배워 3일 동안 달려서 사촌인 조의 결혼식에 갔다. 사촌의 모습을 연필로 스케치한 것은 가브리엘레 뮌터가 정확한

관찰과 유형 파악에 재능이 있음을 보여준다. 대단히 자수성가한 남자
가 다리를 높이 올리고 자신의 서류 더미 위에 자연스럽게 앉아 있다.
이 모습에서는 그의 분명하고 과장되지 않은 태도가 뚜렷하게 묻어 나
온다. 이렇게 해서 미국에 있는 동안 간단하고 정확한 스케치로 가득
한 화첩이 6권 이상 생겨났다. 나중에 가브리엘레 뮌터는 그것에 대해
이렇게 말했다.

> 거기서 나는 예술적 의도가 없는 소박한 애호가로서 나의 스케치북을
> 채웠다. 나는 단지 사람들을 있는 그대로 파악하려고 했다.

배를 타고 돌아오는 길에 가브리엘레는 세인트루이스에 있는 한 사
진관에서 가져온 자신의 초상화 액자를 선실에 세워두었다. 스물세 살
의 이 여성이 만족스러워할 만했다. 사진에는 젊고 지적인 얼굴이 있
었다. 표정은 썩 밝지 않지만 자기 확신이 있고 의식이 깨어 있어 보였
다. 높이 올린 짙은 색 곱슬머리는 그녀의 소녀다운 부드러움을 강조
해주었다.

자유로운 화법이 칸딘스키를 사로잡다

독일에서 자매는 우선 몇 달 동안 본에 있는 아파트로 이사해 지내
기로 했다. 그러나 직업 활동을 하는 미국의 독립적 여성들에 대한 기
억들은 가브리엘레에게 뒤셀도르프에서 시작한 미술 학업을 모든 화
가들의 이상향인 뮌헨에서 계속해야겠다는 결심을 더욱 굳게 만들었

다. 1901년 5월 그녀는 슈바빙에 있는 한 펜션으로 이사했다. 그리고 '1882년 여성예술가협회'의 미술학교에 등록했다. 이 단체는 여성들에게는 폐쇄적인 국립 예술 아카데미에서와 비슷한 교육을 여성들이 받을 수 있도록 하는 곳이었다. 국립예술아카데미 교장으로 높은 등급의 훈장을 받은 페르디난트 폰 밀러는 여성들에게 미술교육을 시키는 것은 일차적으로 '불행한 인간들'을 만들어내는 일이라는 인식을 가지고 있었다. 그 불행한 인간들은 실제로 불행할 만한, 아니 더 적절히 표현하자면 분노할 만한 이유가 있는 것 같았다. 남성들이 아카데미에서 무료로 공부하는 반면에 여성들은 사립학교에서 많은 수업료를 내고 공부해야 했기 때문이다. 가브리엘레 뮌터는 집안의 유산 덕분에 이 어려움을 극복할 수 있었다. 그녀는 우선 신체 스케치와 풍경의 이해 과정에 등록했다가 1901년 겨울학기 때 새로 설립된 '팔랑스' 미술학교로 옮겼다.

그녀는 이때까지 아직 뮌헨의 교육의 질에 대해서 확신을 갖지 못했지만 도시에 대해서는 어떤 확신을 가졌던 것 같다. 그녀의 편두통은 라인 지역보다 뮌헨의 기후, 심지어는 푄 현상에도 영향을 받았다. 그녀는 뮌헨에 온 첫해에 새 오페라하우스 두 곳의 낙성식에 갔다 와서는 섭정 전하 극장의 호화로운 건물을 보았을 때만큼이나 열광하면서 언니 오빠에게 극장에 대해 이야기했다. 편지에서 그녀는 자신이 축제 기간을 얼마나 즐겼는지, 그리고 자신이 가장무도회에 몇 번 갔으며, 슈바빙 예술가 축제에 참가하기도 했고, 영국 정원에서는 얼마나 멋있게 자전거를 탈 수 있는지에 대해서도 정신없이 늘어놓았다.

유겐트슈틸의 도시인 이곳은 느슨하고 통속적이며 어수선한 분위기가 지배하고 있었다.

"누구에게나 자신의 것이 있다. 그리고 인습을 요구하지 말라!"

이것이 그들의 모토였다. 이미지에 신경을 쓰는 사람은, 이빨을 드러낸 불독이 표지 그림인 새로운 풍자 잡지인 〈짐플리치시무스〉를 보란 듯이 들고 다녔다. 가브리엘레 뮌터는 특히 몇 안 되는 터치로 오점을 표현하는 캐리커처에 감탄했다. 그렇지만 정치적 풍자와 더불어 시대에 뒤진 것이라 할 수 있는 여성에 대한 반감이 이 잡지가 지닌 특징이라는 사실에 그녀는 굉장히 화가 났다. 남성들이 점유한 편집부는 형안(炯眼)을 가진 여성 직원이라면 누구나 쫓아냈다. 왜냐하면 이 무렵 뮌헨은 여성 운동의 중심지였기 때문이다. '여성의 이익'이나 '여성의 학업', 그리고 '여성의 선거권' 등을 위한 협회들이 있었고, 가브리엘레 뮌터는 '여성 연합'의 회원이자 정기적으로 참석하는 게스트였다.

겨울에 팔랑스 학교 야간부에서 결정적인 만남이 이루어졌다. 러시아인 교사 바실리 칸딘스키는 감정이 잘 통하는데다 '여성들을 예술 아카데미에도, 그리고 대부분의 예술협회에도 받아들이지 않는 독일의 관습에 동의하지 않는' 교사라는 평판이 나 있었다. 처음부터 가브리엘레 뮌터의 독자적이고 자유로운 화법이 러시아인 교사의 눈에 띄었다. 그는 본질적인 것에 대한 그녀의 감각을 지켜보면서 풍부한 인상들로부터 결정적인 특징을 걸러내는 훈련을 강화시켜주었다. 그리고 얼마 지나지 않아서 그는 이렇게 말했다.

자네는 학생으로서 더 배울 것이 없네. 자네에게는 아무것도 가르칠 것이 없네. 자네는 자네 내부에서 자라나 있는 것만을 할 수 있네. 자네는 선천적으로 모든 것을 지니고 있다네. 내가 자네를 위해 할 수

가브리엘레 뮌터, 세인트 루이스, 1900년

있는 것은 자네의 재능을 보호하고 키워서 잘못된 것이 들어오지 않
도록 하는 것뿐이라네.

가브리엘레는 화학자인 게오르크 슈뢰터와 결혼한 에미에게 편지로
기쁨을 전했다. 칸딘스키가 자신의 자신감을 얼마나 강하게 만들어주
었는지, 그리고 다른 선생님들과는 달리 얼마나 자신의 상대가 되어주
고 상세하게 설명해주는지에 대해서 말했다. 그리고 마지막에 이렇게
덧붙였다.

나를 의식적으로 노력하는 사람으로 여기셔. 그것이 내게는 새롭고
인상적이었어.

스승과 제자 사이에 싹튼 사랑

바실리 칸딘스키는 1866년 12월 5일 모스크바에서 태어났다. 그는
상류 시민계급인 아버지의 외아들이었는데, 그의 어머니는 남편과 네
살 난 아들을 떠나 다른 남자와의 사이에서 세 아들을 얻었다. 이런 이
유로 그는 어려서부터 예술에 대해 조예가 깊고 관대한 아버지와 자상
한 어머니 역할을 대신해준 이모와 특히 가까운 관계가 형성되었다.
그들은 칸딘스키와 주로 독일어로 대화를 나누었다. 따라서 그는 나중
에 두 가지 언어를 거의 완벽하게 구사했으며, 독일에서 문화적으로도
러시아와 마찬가지로 고향 같은 편안한 느낌을 가졌다. 그는 일찌감치
지니고 있던 색상에 대한 감각과 음악에 대한 강한 애정을 처음에는

무미건조한 학업 때문에 포기했다. 그는 법률가가 되었고, 그의 말에 따르면 이 직업을 통해 그런 능력을 포기하게 되었다. 그런데 그가 사촌인 안나와의 때 이른 결혼생활을 그럭저럭 꾸려가던 서른 살 때 모스크바에서 열린 인상주의자들의 전람회가 그의 미술에 대한 애정을 갑자기 되살렸다. 그는 오랫동안 모네의 그림 한 점 앞에 서 있었다.

카탈로그를 통해서야 비로소 나는 이 그림이 건초더미를 그린 것이라는 걸 알았다. 나는 내가 그것을 알아보지 못한 것에 화가 났다.

그의 말에 따르면, "나에게 지금까지 숨겨져 있었고, 나의 모든 꿈을 능가하는 팔레트의 예상치 못한 힘"을 발견했다는 것이다.

1896년 말 칸딘스키는 반대하는 안나와 함께 뮌헨으로 갔다. 그곳은 토마스 만이 묘사했던 대로 '다섯 집에 한 집은 아틀리에의 유리창이 햇빛 속에 빛나는' 곳이었다. 신중한 이 러시아인은 '정신의 섬'인 슈바빙의 창조적인 분위기를 오랫동안 마음에 간직했다.

"모두가 그림을 그리거나 시를 쓰거나 음악을 만들고 또는 춤을 추었다."

비록 자신은 그렇게 하지 못했지만 사람들이 이처럼 자유로운 영혼을 가지고 살아가는 데에 자극을 받은 그는 미술 아카데미에서 프란츠 폰 슈툭의 지도를 받아 교육을 마쳤다. 그 후에 그는 곧바로 예술가 모임인 팔랑스를 설립하여 공동으로 전시회를 기획하고 같은 이름의 학교에서 교육과정을 제공했다.

가브리엘레 뮌터가 그를 알게 되었을 때 칸딘스키는 출중하게 멋있는 남자였다. 남자들까지도 그의 '잘생긴 얼굴'에는 경탄을 금치 않았다. 그는 숱이 많고 짙은 머리카락에 표정이 풍부한 근시의 눈을 가지고 있었다. 특히 두툼한 입술과 잘 손질된 뾰족한 턱수염이 우아한 개성을 더욱 강조해주었다. 먼지가 많이 나는 작업을 할 때조차도 그는 복장을 잘 갖추어 입었다. 짙은 색 양복에 차이나 칼라의 흰색 셔츠를 입고 특별한 허리띠와 넥타이를 매었으며 비싼 구두를 신었다. 친구들은 그가 잘생긴 외모와 재치 있는 화법으로 모든 사람들의 이목을 끄는 외교관이나 영주와 같은 귀족의 풍채를 지녔다고 말했다.

그가 일찍이 10년 연하인 가브리엘레 뮌터의 작품에 보냈던 관심 외에도 1902년 여름 두 사람을 연결시켜준 것은 자전거를 타는 일이었다. 칸딘스키는 나쁜 공기와 미술학교의 값싼 모델을 싫어했기 때문에 가능한 한 자주 학급 학생들과 코헬 근교 포어알펜 지역에 방을 빌려 탁 트인 자연 속에서 그림을 그렸다. 그는 자전거를 타고 여기저기 흩어져서 작업하는 학생들을 찾아다녔는데, 항상 맨 나중에 가브리엘레 뮌터 앞에 벨을 울리며 나타났다. 그녀는 이미 그의 권고로 '학문적인' 갈색과 녹색 물감을 자신의 그림물감 상자에서 없애버렸고, 이제는 자신의 선생님처럼 거친 팔레트 나이프로 물감을 칠했다. 그들 외에는 아무도 자전거를 가지고 있지 않았으므로 그들은 같이 여행 온 사람들을 눈에 띄지 않게 따돌릴 수 있었다.

이제 칸딘스키는 그녀를 자주 '엘라'라 불렀다. 이 친근한 애칭이 너무나 그의 마음에 들었던 것이다. 그리고 스물네 살의 이 처녀가 코헬 호수에서 수영을 한 후 밖으로 나올 때면 독특한 애칭 하나가 그의 머리에 떠올랐는데, 그것은 바로 '헤엄치는 작은 여우'였다. 그에게는 마른 몸매에 아름다운 손, 불그레하게 빛나는 머릿결을 가진 그녀가 겁 많은 황금빛 작은 여우처럼 보였다. 그런데 칸딘스키의 부인이 그림을

그리는 기간에 그에게 들르겠다는 소식을 편지로 알려왔을 때, 그는
매우 당황하며 자신의 애제자에게 부인이 오기 전에 떠나달라고 부탁
했다. 가브리엘레가 내뿜는 매력을 그가 아내 앞에서 어떻게 숨기겠는
가? 그래서 가브리엘레는 그런 사실을 알지 못한 채 그가 원하는 대로
수업을 중단하고 코헬역에서 선생님의 배웅을 받았다. 그가 이젤과 캔
버스를 싸들고 있는 그녀와 헤어지면서 찍은 사진에다 그녀는 빈정거
리듯 '짐 나르는 짐승 뮌터'라고 썼다. 하지만 그녀의 주름 잡힌 이마
는 불확실한 무엇과 자신이 어떤 놀음에 놀아나고 있는 것에 대한 분
노를 드러내고 있었다.

본에 있는 언니와 오빠 집에서 오랫동안 머문 후 가브리엘레는 겨울
학기에 다시 칸딘스키를 만났다. 그 후부터 비밀스러운 행동과 거짓
말, 그리고 신경과민의 시기가 이어졌다. 그야말로 허심탄회한 가브리
엘레 뮌터를 끊임없이 당황하게 만드는 불확실한 상황이었다. 칸딘스
키는 그녀에게 편지를 썼다.

목요일 호프가르텐에서 6시 30분경. 아치형 복도 아래에서 기다려주오.

그리고 뒤이어 저녁에는 "나는 당신을 정말 사랑하오"라는 편지를
보내왔다. 칸딘스키에 의하면, 그녀는 바로 '그녀의 가늘고 부드러운
손 안에 내 마음이 들어 있는' 사랑이었다. 몰래 건네주는 쪽지와 다른
이름으로 보내오는 편지들과 함께 가브리엘레는 칸딘스키가 폭발하듯
표출하는 감정의 세례를 받았다. 연거푸 담배를 피우며 그녀는 그에게
다시 스승과 제자의 관계로 돌아가자고 간청했다. 그들 사이에는 그의
아내가 바위처럼 서 있었고, 그는 아내에게 상처를 주고 싶어하지 않

았다. 그러나 칸딘스키는 자신의 '착한 귀염둥이'에게 그녀의 부드러운 목소리가 자신을 얼마나 행복하게 해주는지에 대해서 편지를 썼다. 그리고 '그 모든 것이 그녀에게 단지 장난이었다면 그녀가 입맞춤을 하지는 않았을 것이므로' 그녀를 자신의 사람으로 만들 것이라는 희망에 가득 차 있다고 덧붙였다. 그리고 그녀는 자신이 그를 '멋있고 존경할 만하다고 생각했다'는 것과 '그래서 사랑했다'는 사실을 자신의 '어떤 약한 성격' 탓으로 돌렸다. 그리고 이 같은 비밀스런 만남은 끝나야 하는 게 옳은 일이라고 생각했다. 하지만 그녀는 그 후에도 자신의 외투 주머니 속에서 '어린아이 엘라'에게 보내는 쪽지를 다시 발견했고, 집에는 '귀여운 아기 요정'에게 보내는 전보가 문 앞에 놓여 있었다. 이 뚝심 있는 베스트팔렌 처녀는 다시 편지를 썼다.

칸딘스키, 나를 좀 편하게 내버려둬요! 빌어먹을, 내가 어떻게 해야 할지 알기만 한다면! 악마에게나 잡혀가라지.

일 년이 넘도록 두 예술가는 이런 식으로 서로의 주위를 맴돌았다. 1903년 여름 두 사람은 북부 팔츠의 칼뮌츠에서 오해 때문에 침울한 기분으로 만났고, 이 만남에서 두 사람은 처음으로 하룻밤을 함께 보냈다. 며칠 동안 서로 다른 도시에서 지내던 두 사람은 전보가 서로 어긋나는 바람에 상대방에게 무슨 일이 생기지나 않았나, 크게 걱정하면서 소식을 기다렸던 것이다. 반지를 준비한 칸딘스키는 '동거'를 제안했다. 이때부터 유부남인 칸딘스키와 가브리엘레는 동거를 시작했다. 이렇게 외딴 곳, 거의 중세 시대와 같은 느낌을 주는 마을에서 그들은 인상주의적인 특징을 지닌 그림을 그렸다. 칸딘스키는 그림 그릴 때 입는 가운을 입고 이젤 옆에 있는 가브리엘레의 뒷모습을 마을 풍경의 한 부분으로 그렸지만, 그녀는 풀밭에 똑바로 앉아서 발끝을 위로 쭉 펴고 있는 그의 모습을 자신이 그리는 풍경화의 중심에 놓았다.

이제 가브리엘레 뮌터는 예전같이 목표를 향한 노력을 계속하는 것이 어려워졌다. 칸딘스키가 자신의 삶을 여러 영역(여기서는 일, 저기서는 러시아 부인, 또 다른 곳에서는 젊은 애인)으로 나누어놓은 반면, 가브리엘레의 삶은 전적으로 자신의 '바샤'에게만 초점이 맞춰져 있었다. 그렇지 않다면 그녀가 외출하거나 춤을 춘 후에 몇 시간이고 기억을 살려 스케치를 했겠는가. 이제 그녀는 늘 긴장 속에서 깊은 잠을 못 자고 나쁜 꿈을 꾸는 '신경이 날카롭고, 실용적이지 못한 집토끼'를 돌봐야만 했다. 칸딘스키는 편지로 자신의 '어린 요정'을 얌전히 잡아두었다. 그는 종종 하루에 여섯 쪽씩 네 번이나 편지를 쓰기도 했으며, 그녀로부터도 비슷한 양의 편지를 기대했다. 그는 자신에게 '빛을 전해주는 여인'의 모든 것을 알고자 했지만, 그것도 그녀가 자신에게 너무 가까이 다가오지 않는 한도 내에서였다. 칸딘스키는 이제 그의 편지들의 리듬이 끊어지면 어찌할 바를 모르는 거친 속세의 가브리엘레보다는 천사와 같은 그녀를 사랑했다.

아! 나는 오늘 우편함을 들춰볼 때마다 얼마나 자주 욕지거리를 했던가.

자존심 강한 그녀가 슈바빙에 있는 자신의 아틀리에로 이사하고 제대로 일에 매진하려 하자 칸딘스키는 그녀의 계획에 강력하게 참견하고 나섰다. 그녀가 자기 아내와 같은 도시에 살아서는 안 된다고 불평

했다. 그것을 도저히 견딜 수 없다는 것이었다. 그는 그녀에게 본에 있
는 친척집에 있으면서 함께 떠날 수 있을 때까지 기다려달라고 했다.
가브리엘레는 결국 그에게 설득당해 자신의 아틀리에를 다시 포기하
고 말았다. 칸딘스키가 그녀에게 이혼은 시간 문제이며 그렇게 되면
남은 평생을 자신들이 '한 몸처럼' 보낼 것이라고 그럴싸한 확신을 주
었기 때문이다.

서로 다른 그림의 세계

그 이후 몇 년 동안 그들의 생활은 도망 다니는 방랑생활과 마찬가
지였다. 그들은 튀니스, 이탈리아 라팔로, 그리고 파리 근교 세브레에
머물면서 풍부한 작품 활동을 영위했다. 이때 가브리엘레는 다시 미술
수업을 받았고, 자신만의 독특한 유화 습작들을 계속해서 내놓으며 후
기인상주의 양식을 만들어내기에 이르렀다. 1907년 초에는 처음으로
그녀의 그림 중 여섯 작품이 '살롱 데 엥데팡당'에 전시되었고, 가을에
는 그녀가 그 동안 주로 만들었던 목판화와 리놀륨 판화가 '살롱 도톰
므'에서 소개되었다. 그 후 독일의 여러 도시에서도 전시회가 열렸다.
가브리엘레와 칸딘스키는 여기저기 개막전을 바쁘게 돌아다녔고, 베
를린에서 8개월 동안 지내기도 했다. 베를린에서 인지학자인 루돌프
슈타이너와 친분을 쌓은 일은 그들에게 깊은 인상을 남겼다. 그것은
특히 칸딘스키 회화에 반영되어 있는 순수 담황색과 색채이론을 심화
시켰다.

칸딘스키의 이혼 문제는 이제 두 사람 사이에 불화를 일으키는 불씨

가 되었다. 그것만 아니면 두 사람은 감정적으로나 예술적으로 아주 밀접하게 가까웠다. 그런데 이 화가 커플이 1908년 다시 뮌헨에 있는 아틀리에로 이사했을 때 칸딘스키의 부인 안나가 관청에 신고를 해준 것은 그리 놀라운 일이 아니었다. 안나 칸딘스키는 두 사람이 오랫동안 돌아오지 않았는데도 자진해서 정식 이혼을 추진하거나 혼자 러시아로 돌아가지 않았다. 그녀는 상황에 적응한 것으로 보였다. 시간이 지날수록 칸딘스키와 함께 자신을 집으로 초대하는 가브리엘레와 거의 친구처럼 지내게 되었다. 칸딘스키에게 안나의 의견은 여전히 중요했다. 가브리엘레에게 보내는 그의 편지에는 '안나가 그러는데……' 라든지 '안나의 견해는……'이라는 표현들이 많이 들어 있었다.

몇 해 동안 이리저리 방랑생활을 한 가브리엘레와 칸딘스키는 자신들에게 가장 도움이 되는 것이 무엇인지를 알고 있었다. 그것은 바로 외딴 곳으로 피난하는 것이었다. 특히 칸딘스키는 파리에서 체류한 이후 정서불안 상태에 있었고, 불면증과 막연한 불안감에 시달리고 있었으므로 시골에 이끌렸다. 그는 '가벼운' 프랑스인들과 미라보 같은 작가들의 '성적(性的) 자극'에 신물이 난다고 불평하며 차라리 '새까맣고 친절하며 재미있는 바이에른 사람들'과 맥주를 즐기고 싶다고 말했다.

러시아 화가인 마리안네 폰 베레프킨 남작부인, 그리고 알렉세이 야블렌스키와 함께 그들은 무르나우 습지에 있는 언덕진 지역을 찾아내고 그곳에 펜션을 얻었다. 그들은 서로 자극과 영향을 주고받으며 여름 한철 동안 자신들의 작업에서 결정적인 행보를 마련했다. 포어알펜 지역의 훌륭한 경치, 시골이라는 환경이 주는 신선한 동기와 저녁마다 맥주를 마시며 나누는 대화는 이처럼 일시적으로 모인 사람들이 하나의 그룹으로 역동적 추진력을 갖게 하는 데 기여했다.

가브리엘레 뮌터는 전형적 인상주의 화풍에서 그녀의 스케치 대부분에서 이미 보여주었던 경향 쪽으로 방향을 돌렸다. 그림 구도에 있어서 그녀는 누구보다도 야블렌스키와 일치했다. 두 사람은 검은 윤곽선을 통해 완전히 새로운 공간 구성을 창조했고, 엷은 붓 터치로 색상을 덧칠했다. 가브리엘레는 색상의 대비 효과도 뛰어나게 다루었다. 그녀는 모자 장식의 오렌지색을 하늘의 파란색과 대비시키고, 농가의 붉은색 지붕을 알프스 산들의 파란색 가장자리와 대비시켰다. 무르나우에서 가브리엘레는 '그림의 내용을 느끼고, 진수를 부각시키는 것'에 대해 배웠고, 야블렌스키처럼 초벌칠을 하지 않은 마분지를 캔버스로 사용했다. 이 여성화가는 회고록에서 이렇게 쓰고 있다.

처음부터 나는 더 이상 사물들의 계산해낼 수 있는 '올바른' 형태를 얻으려고 애쓰지 않았다. 그렇지만 결코 자연을 깔보려 하지도 않았다.

또한 그녀는 칸딘스키의 화풍에 대해서도 명백하게 경계를 그었다.

나의 작품에서는 거의 선, 평행선 조화가 함께 가지요. 반대로 당신 작품에서는 선이 만나며 나누어져요.

또한 야블렌스키의 화풍은 자신의 화풍보다 '색상과 형태에 있어서 더 강하고 거칠며 단순하다'고 했다.

가브리엘레 뮌터는 처음으로 민속적인 유리 뒷그림을 독자적으로 발견했을 뿐만 아니라 원주민 유리 화공에게서 직접 그것을 배웠다. 칸딘스키도 곧 이것을 이용했다. 묘사의 단순한 기술, 그리고 섞이지 않고 나란히 위치해 있는 뚜렷한 색상들이 그녀의 작업 방식을 특징짓는 요소가 되었고, 본 것을 단순화함으로써 그림의 표현력을 높이는 자신의 특별한 능력을 강화시켰다. 그녀는 유리 뒷그림을 평생 가치 있게 여겼고 항상 이 예술 형식을 이용하여 새로운 작업을 했다.

겨울에는 뮌헨에서 이론 논쟁이 계속되었다. 슈바빙에서 중심이 된 사람은 러시아 황제로부터 막대한 연금을 받는 마리안네 폰 베레프킨으로, 그녀는 남편인 야블렌스키와 함께 기젤라 거리에 있는 자신의 살롱에서 사람들을 맞이했다. 엘레오노라 두세, 라이너 마리아 릴케, 엘제 라스커 쉴러, 파울 클레 등등 예술가든 지식인이든 할 것 없이 자유로운 영혼들이 고가구와 동양적인 양탄자로 가득 찬 이 집을 방문했다. 가브리엘레와 칸딘스키 역시 그녀가 친구들에게 붙여준 이름인 '기젤라파'의 정규적인 손님이었다. 지성미 넘치는 남작부인과 지적 자극을 북돋우는 대화를 나누는 가운데 칸딘스키는 무엇보다도 새로운 그림으로의 전환에 대한 자신의 생각들을 계속해서 발전시키는 데 성공했다. 그리고 그런 생각들은 곧 대상이 없는 그의 미술에 접목되었다. 그는 최근 저녁 어스름을 그린 한 그림을 통해 나타낸 '계시'에 대해 자신과 본질적으로 가까운 베레프킨과 되풀이하여 토론했다. 그가 보기에 그 그림엔 '내면의 정열'에 흠뻑 젖어 '필설로 다할 수 없는 아름다움'이 있었다. 그는 형태와 색채는 보았지만 대상은 더 이상 보지 않았다. 그러나 그는 낮의 밝은 빛 속에서는 이러한 느낌을 되풀이하는 데 실패했다.

이제 나는 내 그림에 대상은 불리하다는 사실을 굳게 확신했다.

아마도 이 같은 연관 속에서 처음으로 '추상미술'의 개념을 언급한 사람은 마리안네 폰 베레프킨이었을 것이다. 그녀는 뮌헨에 머무르는 동안 자신의 화풍을 계속 발전시켰고, 마침내 다시 '미칠 때'까지 일을 하고자 했다. 그것은 10년 동안 전적으로 야블렌스키의 후원자 역할을 자처한 후의 일이었기 때문에 야블렌스키는 그녀의 예술을 질투해서는 안 되었다. 그녀는 또한 살롱의 창조적 분위기가 계속 유지되도록 애썼고 1908년 초에는 칸딘스키, 가브리엘레, 야블렌스키 등과 함께 '뮌헨 신예술가 협회'를 창단했다. 이 협회의 첫 번째 전시회는 독일과 러시아의 수많은 도시를 돌면서 큰 성공을 거두었다. 가브리엘레 뮌터는 여기에 열 점의 유화와 열한 점의 판화를 출품하여 호평을 받았다.

깨지기 시작하는 관계

화가들은 단순한 삶의 방식에 대한 욕구에 사로잡혀 곧 다시 시골을 찾았다. 꽃이 피어 있는 농장의 뒤편, 그리고 철로 둑을 사이에 두고 무르나우와 떨어져 있는 높은 지대에서 가브리엘레와 칸딘스키는 근사한 4면 지붕집을 발견했다. 그 집은 가구를 만드는 어느 장인이 휴가를 보내는 손님들을 위해 지은 집이었다. 가브리엘레는 미리 생활해보니 좋기도 했겠지만 아마도 칸딘스키의 재촉으로 1909년 8월에 그 집을 산 것으로 보인다. 아주 단순하면서도 매력적으로 지어진 이 집은 그 지역을 넘어서 산마루와 이어진 알프스 산까지 보이는 훌륭한 전망을 제공해주었다. 여기서 두 사람은 자극과 휴식을 동시에 얻었다. 자연스러움과 역동성이 이 시기의 모토였던 두 화가는 그에 걸맞게 북부 바이에른 지방의 옷에다 가죽 장화를 신고서 그림을 그리지 않을 때면 정원을 파 엎어 꽃을 심었으며 잡초를 뽑고 채소를 길렀다. 칸딘스키는 이곳의 수공업자가 제작한 가구에 역동적인 그림을 그려 넣기도 했다. 또한 그는 말을 타고 앞으로 돌진하는 사람들, 꽃들, 행성들이 그려진 띠로 계단을 장식했다. 가브리엘레 뮌터의 일기장을 보면 사람을 사로잡는 능력을 지닌 칸딘스키 옆에서 자신을 주장하는 일이 종종 어려웠음을 분명히 알 수 있다.

칸딘스키는 내 화장대에 섬세하고 유머 넘치는 그림을 그려넣었다. 중간 서랍에는 '청기사'와 짙은 색의 여기사가 말을 달리고 있다. 청기사는 그녀를 향해 눈짓하고 있으며, 여기사는 힘을 다해 달리고 있다(때때로 이런 농담 같은 표현은 나를 화나게 했다. 왜냐하면 그가 진실하지 못하기 때문이다). 그는 결코 몸을 돌리지 않았고 '함께 가자'고 말하지도 않았다.

바로 얼마 지나지 않아 사람들이 '러시아인의 집'이라 부르게 된 그 집은 두 사람에게는 유감이지만 지속적인 거주지로는 적합하지 않았다. 이 집에는 난로 하나를 빼고는 난방 장치가 없었으며, 전등과 수돗물도 없었다. 그래서 그들은 가을에 뮌헨의 아인밀러 거리에 있는 공동 주택으로 이사를 했다. 아틀리에를 갖춘 그 집은 기젤라파의 살롱과 가까운 거리에 있었다. 안나 칸딘스키는 아직도 여전히 슈바빙에 살고 있었고, 그들은 정기적으로 만났다.

두 사람은 그들의 창작에 있어 최상으로 생산적 국면에 있었다. 가브리엘레는 새롭게 초상화 전문가로 나섰다. 그녀는 강조하는 선과 인물의 극단적인 단순화를 이용하여 강의하는 칸딘스키의 모습을 그렸고, 편안한 손님인 파울 클레가 그녀의 '깊은 생각에 잠기는 큰 안락의자'에 앉은 모습과 피곤한 야블렌스키가 책상에서 졸고 있는 모습을 그렸다. 계속된 인물 습작에서는 알프스 고원 초원에서 베레프킨이 친구와 함께 있는 모습이나 꽃이 달린 커다란 모자를 쓴 러시아 여인을 그린 매혹적인 색채의 그림을 보게 된다.

나의 그림을 유심히 관찰하는 사람은 그 속에서 화가 자신을 발견한다. 온갖 색상이 있음에도 내 그림에는 하나의 확고한 기본 구상이 존재한다. 나는 대부분의 그림을 색칠하기 전에 검은색 붓으로 판지나 캔버스에 스케치한다. 대체로 내가 모티브에서 받는 느낌을 그려놓은 작은 연필 스케치가 그 기초가 된다.

이처럼 예술적 감성이 풍부한 시기에 젊은 화가인 프란츠 마르크와 그의 친구 아우구스트 마케와의 중요한 만남이 이루어졌다. 특히 예술에 대한 이해에 있어 스스로를 조소하고 혼자서 느끼는 칸딘스키는 예전의 신학도와 '동물화가'인 마르크와 함께 진정한 공동의 투사로서 '창작의 내면', '내면적 내용'으로 깊숙이 들어가게 되었다. 예술가협회 새 회원들과의 분규와, 칸딘스키의 그림 「최후의 심판」이 의례적인 이유들로(그러나 사실상은 아마도 그의 추상적인 형식 때문이었을 것이다) 제외된 전시회로 인해 진보적인 힘을 가진 이들은 급진적인 새로운 출발을 하게 되었다. 칸딘스키, 마르크 그리고 가브리엘레는 협회에서 탈퇴하여 1911년 말에 알프레트 쿠빈, 아우구스트 마케와 함께 '청기사

「뱃놀이」 1910년(칸딘스키, 마리안네 폰 베레프킨, 야블렌스키의 아들)

파'를 조직했다. 청기사파 모임은 협회라기보다는 예술적 강령이었고, 1912년 연감은 지금까지도 표현주의 역사에서 가장 중요한 기록 중의 하나로 여겨지고 있다. 열아홉 개의 논문과 아르놀트 쇤베르크의 총보, 세잔느, 들로네, 피카소와 청기사파 회원들의 작품 150점의 복사본을 담고 있는 이 연감은 우리를 '시선의 르네상스'로 초대한다.

나중에 칸딘스키는 자신과 마르크가 어떻게 청기사라는 이름을 만들었는지에 대해 반어적으로 다음과 같이 설명했다.

우리는 '청기사'를 커피를 마시다가 생각해냈다. 우리 두 사람 다 파란색을 좋아했다. 마르크는 말을 좋아했고, 나는 말 탄 기사를 좋아했다. 그래서 저절로 그런 이름이 나온 것이다. 그리고 마르크 부인이 만든 환상적인 커피가 훨씬 더 우리 입에 맞았다.

가브리엘레는 청기사가 칸딘스키의 작품이라는 사실을 마르크만큼 잘 알고 있었다. 그는 '운동의 핵심'이며 마르크는 '산파'였다. 산파라는 칭호는 많은 전문가들의 의견에 따르면 마리안네 폰 베레프킨에게도 똑같이 부여될 칭호이다. 가브리엘레 뮌터 역시 청기사와 연관된 이론들을 가지고 여러 해 동안 칸딘스키와 토론을 거듭했다. 그리하여 그녀는 그를 위해 편지 쓰기에 이르렀고, 편지 왕래와 전시회 준비의 대부분을 담당하게 되었다. 그런데 그녀는 산책중에 남자들은 전문 분야에 관한 이야기를 나누고, 여자들은 조심조심 뒤따라 걷는 것을 견디지 못했다. 편집회의에 대해서 다음과 같이 쓰고 있는 엘리자베트 마케와는 전적으로 생각이 달랐던 것이다.

남자들이 각각 자신의 원고를 작성하고 퇴고를 하면 우리 여자들은 그것을 충실하게 정서하는 잊지 못할 시간들이었다.

가브리엘레는 예전에 이미 칸딘스키가 그의 모티브에 따라 지갑 제작과 진주 자수를 시킨 적이 있음에도 이 역할을 저항 없이 받아들일 준비가 되어 있지 않았다.

아우구스트 마케가 조직 문제에 몰두하고 있는 칸딘스키에게 자신의 단독 전시회를 열겠다고 졸라대자 가브리엘레는 화가 나서 그에게 편지를 보냈다. 그녀는 이미 마케가 칸딘스키의 '어마어마한 허풍'과 유머가 없는 진지함이 얼마나 자신의 신경을 건드리는지 모른다고 공개적으로 빈정댄 것에 대해 화가 나 있는 상태였다. 그런데 자신의 사상 속에 빠져 있는 칸딘스키에게는 그 많은 화살이 전혀 안중에 없었다. 하지만 가브리엘레에게는 자신의 동반자에 대한 공격은 그 어떤 것이든 골수에 사무치게 와닿았다. 그리하여 처음에는 마르크와 마케에게 '영리하고 겸손하다'는 소리를 들었던 가브리엘레는 점점 호전적으로 변했다. 그 뒤로 계속해서 그들과 잘 지내지 못하게 되면서 그들은 거만한 태도로 그녀를 '작은 뮌터', '칸딘스키의 여장부'라 불렀으며, 마침내 '계집', '가장 멍청한 류의 전형적인 노처녀'라 불렀고, 심지어는 '물어대는 천한 년'이라고까지 했다. 마르크는 "나는 이 여자를 직접 때려 부숴버릴 수도 있을 것이다"라고 말할 정도로 방자한 태도를 보였다.

연감을 인쇄하는 과정에서 의견이 일치하지 않는 일이 생겼을 때 칸딘스키는 마르크에게 '상호간의 신뢰 감소' 때문이라고 분명히 말했다. 그들은 냉담해졌다. 그들은 가브리엘레에게까지도 지극히 이상하게 행동했다. 가브리엘레 뮌터가 쾰른에서 열린 비중 있는 표현주의 특별 전시회에 초대받지 못했을 때에도 칸딘스키는 분명히 이 여성화가의 편에 서 있었다.

그런 어리석음이 나를 정말 화나고 슬프게 한다. 여자들을 그렇게 바보같이 대접하도록 남자들이 허용하기 때문에 화가 난다.

이로 인해 칸딘스키는 마케와 마르크 부부에게서 '공처가'라는 칭호를 얻게 되었다.

그러나 칸딘스키와 가브리엘레 사이의 근본적인 연대도 그들의 연애 관계가 서로 다른 작품 세계에 대한 존경심을 나누는 관계가 되었다는 사실을 숨길 수가 없었다. 두 사람은 점차 일상에서 잘 지내지 못하게 되었다. 이제 가브리엘레 뮌터는 무언가를 요구하며 종종 무례하게 행동했고, 바실리 칸딘스키는 폐쇄적이고 거부적인 태도를 취했다. 그들은 더 많은 여유를 두기 위해 노력했다. 그래서 그는 무르나우로 갔고, 그녀는 뮌헨에 남기로 했다. 그녀는 혼자서 작업하고 싶어하면서도 예전처럼 대화를 나누고 함께 산책하기를 원했다. 여러 해에 걸친 망설임 끝에 칸딘스키는 드디어 아내와 이혼을 했지만, 자신의 '내연 관계'를 합법화하는 일과 가브리엘레가 원하는 아이를 갖는 일은 여전히 회피했다. 그녀 역시 결코 이 문제를 언급하지 않았다. 그러나 가브리엘레가 조카들을 무척 사랑하고 수많은 아이들의 초상화를 그린 것을 보면 그녀가 아이를 무척 원했다는 사실을 분명히 알 수 있다.

자의식이 있고 발이 빠른 가브리엘레는 칸딘스키 옆에서 지내면서 변화되었다. 그녀의 인상 깊은 자화상은 결코 미화되지 않았다. 오히려 부정적으로 과장되어 묘사된 느낌이 들 정도인데, 그 모습은 불안정하고 유행에 약간 뒤져 보이며 늙어가는 여성의 모습이었다. 아래로 처진 입언저리와 눈가의 긴장된 표정은 왠지 기분이 언짢아 보이는 듯하다. 그녀의 시선은 '경계하는 듯'하지만 젊은 시절의 반항심이 약간 엿보인다. 그녀의 사진에서는 또 다른 특별한 사실을 볼 수 있는데, 그것은 바로 이 여성 예술가가 웃지 않거나 아니면 겨우 미소만 지을 뿐이라는 사실이다.

모스크바를 여행하면서 가브리엘레에게 보낸 칸딘스키의 편지는 두 사람 사이의 불화에서 오는 고통을 어느 정도 암시하고 있다.

> 내가 책상이고 당신을 의자로 여긴다는 의심을 제발 버려주오. 내가 내 자신에 관한 이야기를 덜 하고 일에 대한 것만을 중시한다면 나는 당신이 내 외적인 삶만을 알고 있기를 바랄 것이오. 마음은 변하지 않고 그대로라오.

하지만 그렇지 않아도 천사와 같은 존재를 지향하고 초월에 대한 그의 동경과도 같았던 그의 사랑은 책임감으로 변화되어 있었다.

이 즈음에 그려진 칸딘스키의 유명한 추상화 「즉흥」과 「합성」에는 검은 반점들(그의 공포색인 검은색)이 나타나는 반면, 가브리엘레 뮌터는 전적으로 비전형적인 희미한 색상으로 「작은 무덤」을 그렸고, 여러 차례 다듬은 습작에서는 소외를 표현하고자 애썼다. 그녀가 여러 번 변화를 준 그림 「차를 마신 후」에는 그녀의 애인이 어느 미술상과 활발하게 대화를 하고 있으며 조금 떨어진 곳에 미술상의 아내가 소파에 앉아 있고 가브리엘레는 몇 미터 떨어져서 외따로 창틀에 기대고 있다.

그 그림들에는 뮌터가 40년이 더 지난 후에도 기억할 수 있을 정도로 그녀가 강하게 느꼈던 불만이 이글거렸다.

전쟁과 이별

'청기사파'의 대규모 전시회가 뮌헨에서 두 번에 걸쳐 열렸고, 가브리엘 뮌터의 전시회가 열렸다. 또한 베를린에서 열린 국제미술전람회에 참여하는 등 직업적인 일로 분주했던 이 시기는 1914년 8월 제1차 세계대전이 발발하면서 갑자기 끝이 났다. 러시아인인 칸딘스키는 말 그대로 야반도주를 하여 이 나라를 떠나야 했다. 그의 전부인 안나와 몇몇 친척 그리고 가브리엘레가 그와 함께 떠났다. 먼저 그들은 스위스에 피난처를 마련했고, 이곳에서 칸딘스키와 그의 고향 사람들은 1914년 말에 여러 곳을 돌아서 모스크바로 돌아갔다. 가브리엘레는 뮌헨에서 같이 지내던 집을 처분한 뒤 중립국인 스웨덴에서 그와 만나기로 했다. 여러 달 동안 그녀는 그림과 가구들을 안전하게 포장하여 무르나우에 있는 집과 한 창고에 보관하는 데 힘을 쏟았다. 1915년 7월 가브리엘레는 칸딘스키를 다시 만나기 위해 스톡홀름으로 갔다.

그녀가 마지막 10년 동안 늘 질투심이 많았던 자신의 파트너에게 전적으로 매달리지 않은 것은 잘한 일이었다. 그래서 그녀는 예전에 함께 공부했던 칼 팔르메와 연락을 주고받을 수 있었고, 베를린에서 화랑을 경영하는 헤르바르트 발덴과 그의 부인 넬을 통해서 그곳에 살고 있거나 이주해 온 여러 화가들을 소개받았다. 그녀는 곧 한 단체전에 참여했고 스웨덴 예술가들에게도 알려졌다. 한 비평가는 그녀를 '강인

한' 예술가라 칭했고, '정돈이 안 돼 무질서하지만 화가로서 활력과 힘
이 있다'고 했다. 칸딘스키는 「예술가에 대하여」라는 논문에서 가브리
엘레 뮌터의 예술 세계에 대해 최종적인 평가를 내렸다. 그는 그 논문
에서 다시 한 번 자신이 그녀의 업적을 특별히 평가하고 있음을 강조
했다. 또한 그녀의 '장난기와 멜랑콜리 그리고 몽환적인 요소들, 즉 진
정한 독일적 특징으로 구성된 섬세하고 직접적인 그림'을 칭찬했다. 몽
유병자와도 같이 그녀는 확고하게 자신만의 표현을 지켜나갔다.

그러한 재능은 이질적인 것 속에서 나타나는 것이 아니라 이질적인
요소를 받아들여 독자적인 형상을 만들고 있다.

그러나 두 예술가의 개인적 관계는 좋아 보이지 않았다. 가브리엘레
가 칸딘스키에게 보내는 절박한 편지에 칸딘스키는 충분히 답하지 않
았다. 그는 항상 그녀와 만나는 약속을 연기했고, 그가 더 이상 그녀와
함께 살려고 하지 않는다는 사실을 드러냈음에도 가브리엘레가 '편안
하고 행복하다는 사실을 알고' 싶어했다. 그는 13개월 동안 헤어져 있
다가 가브리엘레가 주도한 그의 작품 전시회를 준비하기 위해 비로소
모스크바에서 스톡홀름으로 갔다. 이미 스웨덴에 와 있으면서 상당한
양의 초상화를 제작한 친밀한 동반자의 펜션에서 그는 처음으로 다시
그림을 그리는 데 성공했다. 그는 명백히 그들의 실제 관계와 관련이
있는 그림들을 그렸다. 예컨대 어느 그림에서는 사람들이 서로 등을
돌리고 있고 칸딘스키의 트레이드마크인 기사가 그곳에서 질주하고
있다. 이들 커플이 한 사진관에서 찍은 여러 사진들은 더욱 분명히 그
것을 말해주고 있다. 가브리엘레가 족제비털 모자에 우아한 외투를 입

은 사진이든, 아니면 치마와 블라우스를 입은 사진이든, 혹은 칸딘스키가 모피 칼라가 달린 옷을 입었든, 양복을 입었든 이 사진들에서는 위축된 분위기가 느껴진다. 남자는 절도 있는 자세로 이 기만적인 예식 때문에 거의 고통스러운 눈으로 여자를 쳐다보고 있으며 잔뜩 긴장한 여자는 불행해 보인다. 가브리엘레가 어느 쌀쌀한 3월 아침에 칸딘스키를 역으로 배웅 나갔을 때 그 누구도 그들이 다시 만나지 못하리라고는 예감하지 못했다.

두 사람에게는 그 후의 몇 달이 고통이었다. 가브리엘레 뮌터는 모스크바로 40통 이상의 편지를 보냈다. 그녀는 설령 다시 이혼하는 한이 있어도 약속했던 결혼을 포기하지 않으려 했다. 그녀는 정부(情婦)로 있고 싶어하지 않았다. 부당한 모든 것에 의한 그녀의 상처, 그리고 그녀의 투쟁적인 입장은 칸딘스키에게 요구와 비난을 쏟아 붓게 했다. 칸딘스키도 종종 그녀에게 더 이상 자신을 괴롭히지 말라고 답장을 썼다. 그는 1916년 크리스마스 때, 자신은 모스크바에서 은거 상태로 작업하고 있지만 대형 유화를 그릴 힘은 없다고 단언했다. 그 이후로 친절히 안부를 묻는 몇 장의 엽서를 보낸 그는 완전히 연락을 끊었다. 몇 년 후에야 가브리엘레 뮌터는 50세의 칸딘스키가 1916년 9월에 거의 30년이나 젊은 니나 안드레프스키와 관계를 맺어 얼마 지나지 않아 결혼해서 아들을 얻었는데, 그 아들이 어려서 죽었다는 사실을 알게 되었다.

칸딘스키는 가브리엘레 뮌터를 마지막으로 만났을 때 생활이 힘드니 자신의 그림 판매를(예전에도 종종 그랬지만) 맡아달라고 부탁했다. 실제로 가브리엘레는 미술상인 발덴이 수수료를 15퍼센트 이하로 내리도록 노력했다. 그녀 역시 재정적으로 큰 어려움에 처해 있었기 때문에 그녀는 자신의 그림도 그렇게 하기 위해 무척 애를 썼다. 그녀의 오빠인 찰리가 노름빚을 지게 되어 베를린에 있는 공동 소유의 토지를 담보로 돈을 빌리는 바람에 가브리엘레는 더 이상 임차 수익을 얻지 못하게 되었고, 그 동안 재력이 있는 형부 게오르크에게서 조금씩 돈을 빌릴 수밖에 없었다. 그녀는 그때그때 빌린 금액을 빠짐없이 작은 부채장부에 기입했지만, 그녀의 형부는 이 돈을 돌려 받으려고 하지 않았다. 그녀 역시 돈을 벌기 위해 주문 초상화를 그렸다. 그런데 이때 눈에 띄는 것은 그녀가 '뮌터 칸딘스키'로 서명을 했다는 점이다. 그녀는 쉬지 않고 여기저기 이 사람 저 사람을 찾아 스웨덴을 두루 돌아다 녔다. 이 기간 동안에 일련의 유리그림과 「병든」이라는 제목의 재미있 는 습작들이 생겨났다. 이 습작들에서는 한 여인이 다른 여인에게 무 언가를 읽어주고 있는데도 둘 사이에는 아무런 연관이 없다. 이와 비 슷하게 「살롱에서」라는 작품에서도 세 사람이 서로 대화를 나누거나 움직이는 일도 없이 방 안의 테이블 주위에 우두커니 앉아 있는 모습 이 아무런 연관이 없어 보인다. 재미있는 점은 청기사파 시기와는 달 리 스칸디나비아 시기 동안 그려진 여성 인물들은 우울한 분위기에도 불구하고 매력 있어 보이고 우아한 빛을 발하고 있다는 것이다.

그때는 묘사된 인물의 '원초성'을 강조하기 위해 외모의 기형적인 모 습을 의식적으로 나타냈다.

또한 당시의 유행을 가브리엘레 뮌터도 받아들였다. 그녀는 머리카 락을 짧게 자르고 목이 깊게 파인 의상에 소박하고 반듯한 재킷을 입 었다. 예전에 칸딘스키는 늘 그녀가 옷 입는 것에 참견하여 가브리엘레에게 어떻게 보면 아주 이상한 초록색 옷에다 벨트와 나비매듭이 있는 편한 상의를 입도록 권하곤 했다.

그녀의 작품중개상의 아내인 넬 발덴은 베를린에서 다음과 같이 편지를 썼다.

사랑하는 엘라, 엘라가 베를린에 온다면 정말 좋을 텐데. 여기서 사람들과 훨씬 더 친하게 지낼 수 있을 거예요. 이곳 사람들은 무척 친절해서 나는 엘라를 여기 모임에 들어오게 하고 싶어요.

그러나 가브리엘레 뮌터는 1917년 가을에 3년간 망명생활을 더 하기 위해 덴마크로 갔는데, 그 주된 이유는 중립국에서 칸딘스키를 다시 만날 수도 있다는 기대 때문이었다. 그녀는 이 같은 희망을 버리지 않았다. 의기소침하고 외롭게, 하지만 놀라울 정도의 지구력으로 그녀는 계속 그림을 그리고 자신의 작은 전시회를 열기 위해 노력했다. 그런 노력을 통해서 그녀는 자신이 여전히 조직하는 능력이 있으며, 확신을 가지고 자신의 작업을 옹호할 수 있다는 사실을 알게 되었다. 동시에 그녀는 미술 세미나를 열고 계속되는 재정 문제를 어느 정도 완화시키기 위해 유리 뒷그림을 팔았다.

전쟁이 끝나고 2년 후, 1920년 초에야 가브리엘레는 독일로 되돌아왔다. 그녀는 이제 영어, 프랑스어, 스웨덴어, 덴마크어에다 러시아어까지 조금 할 줄 알았음에도 어디에서도 고향처럼 편안함을 느끼지 못했다. 새로운 출발을 모색하기 위해 그녀는 베를린에서 친구들과 친척들 집에서 지냈고, 때때로 무르나우와 뮌헨에서 지내기도 했다. 그러는 동안 칸딘스키가 아직 모스크바에 살고 있으며 결혼한 상태로 있다는 사실을 알게 되었다. 작가인 기젤라 클라이네는 자신이 쓴 매우 깊이 있는 가브리엘레 전기에서 남성 중심적인 사고방식의 인상 깊은 증거를 더 찾아냈다. 거기에 보면 칸딘스키와 연락이 닿아 있던 장교 루트비히 베어는 유화적인 태도로 가브리엘레 뮌터에게 편지를 썼다.

칸딘스키는 당신에게 깊이 도취된 후에 깨어났습니다. 우리 모두가 그렇지요. 여성들이 결혼을 중요시하는 국가가 없어도 무방하다고 진지하게 생각한다면 그것은 통탄할 일입니다. 법적인 결혼은 여성들 때문에 있는 것입니다.

그리고 바로 얼마 지나지 않아 이렇게 쓰고 있다.

당혹감을 표시하는 것을 넘어서서 당당해지십시오. 여성들의 삶은 항상 불리합니다. 왜냐하면 여성들의 삶이 지니는 수동성을 부인할 수 없으며, 그 수동성은 고통을 의미하기 때문입니다.

가브리엘레 뮌터 칸딘스키 부인에게 권리를 양도하다

1922년 3월에 칸딘스키는 발터 그로피우스가 이끌고 있던 바이마르의 국립 바우하우스에 초빙되었다. 삶의 오랜 동반자였던 자신에게 여전히 그것을 알리지 않은 사실은 무르나우에서 거의 극복하기 어려운 미움의 소용돌이에 막 빠져들었던 가브리엘레를 격분하게 했다. 그녀는 변호사를 선임해 심지어는 칸딘스키가 대리인 베어를 통해 제기한 부탁, 즉 자신이 예전에 타던 자전거와 어머니 사진을 돌려달라는 칸딘스키의 부탁까지도 거절했다. 그녀가 낯선 중개인을 통해 협상하는 것은 잘못되었다고 그에게 서면으로 알리자 마침내 7월에 칸딘스키가 아주 인간적인 편지를 보내왔다. 그 편지에서 칸딘스키는 그녀와의 거리를 유지하기 위해 '당신'이라는 정중한 호칭으로 그녀를 부르고 있었다. 그는 자신들이 함께 생활했던 마지막 몇 해 동안의 고통을 상기시키며 이렇게 말했다.

어떤 사람의 성격이 그렇다는 것이 그 사람의 잘못이라면 우리 두 사람에게 다 잘못이 있습니다. 나의 잘못은 당신과 호적상으로 결혼하겠다고 약속한 것을 깨뜨렸다는 데 있습니다. 적어도 내가 할 수 있는 한 물질적인 면에서 당신이 원하는 대로 해주려는 것이 나의 솔직한 의도입니다. 내 입장에서 미움은 말도 안 됩니다. 당신은 내 삶에 많은 어려움을 가져다 주었지만 내가 당신에 대해서 나쁜 감정을 가질 수 없을 정도로 당신 스스로도 충분히 불행합니다. 당신도 나를 미워하지 않기를 바랍니다.

두 사람 사이의 공방은 무려 4년을 끌었다. 마침내 이 여성 화가는 궤짝 스물네 개에 그의 개인적 물건을 담아 돌려보냈고, 그는 '가브리엘레 뮌터 칸딘스키 부인'에게 자신이 남긴 모든 작품에 대해 조건 없이 완전한 권리를 양도했다. 그녀는 이 유산을 보물처럼 지켰고, 일생 동안 예술가 칸딘스키에게 경의를 표했다.

심리 치료를 받고 가르미쉬 근교에 있는 슐로스 엘마우에서 인지학 센터에 정기적으로 다니는 것이 그녀가 정신적 침체를 어느 정도 극복하는 데 도움을 주었다. 그녀는 마음속 이야기를 더 많이 털어놓는 법을 배웠으며, 자신의 일기인 「고해와 고발」에서 넘쳐나는 자신의 감정을 토로했다. 그녀는 여전히 방랑생활을 했는데, 어떤 때는 무르나우와 뮌헨에서 살기도 하고 어떤 때는 베를린의 싸구려 펜션에서 지내며 그림을 그리기도 했다. 이는 자신의 아틀리에가 없기 때문이었다. 안락의자에 드러누워 있는 여인들을 그린 뛰어난 연필 습작은 가브리엘레 뮌터가 훌륭한 캐리커처 화가였다는 사실을 보여준다. 그녀는 자신이 사람과 상황을 잘 파악할 수 있으며 자신의 초상화들이 얼마나 많은 진실을 담고 있는지를 알았다. 그녀가 자신과 자신의 예술에 대해 이야기하는 것을 즐기지 않았음은 분명하다.

모든 것은 고해다. 모든 진술은 고백이다. 그러나 모든 사람이 고해 신부는 아니다.

1927년 송년의 밤 때 그녀는 베를린에 있는 친구들 속에서 그러한 고해 신부를 만났다. 그는 그녀보다 몇 살 어린 예술사가이자 저널리스트인 요하네스 아이히너였는데, 똑똑하고 그야말로 꼼꼼한 사람이었다. 그녀는 곧 그와 정기적으로 편지를 주고받았고, 때로는 그가 무르나우로 그녀를 찾아오기도 했다. 그녀에 대한 그의 관심은 그녀에게 좋은 효과를 가져왔다. 이제 그녀는 그곳 예술계에서 영감을 얻기 위해 다시 혼자서 파리에 갈 수 있는 에너지까지 얻었다. 거기에는 그녀가 원하면 기꺼이 여행길에 동행해준 누군가가 뒤에 있었다. 마침내 베를린에 있는 땅이 팔린 후로 가브리엘레 뮌터의 재정 상태는 잠깐 동안 좋아졌고, 아이히너 역시 약간의 이자 수입이 있었다. 그래서 두 사람은 1930년 가을을 당시에는 아주 작은 어촌이었던 사나리 쉬르메르에서 보냈다. 그리고 그 이후에도 1933년 여름을 북부 이탈리아의 호숫가에서 지내기도 했다.

파리에서의 생활과 여행은 가브리엘레 뮌터로 하여금 새로운 회화를 시작하고 '신즉물주의'와 대결하도록 하는 자극제가 되었다. 일을 잘하는 아니히너가 준비하고 개최한 전시회들이 그녀의 새로운 창작력을 북돋워주었다. 25년 동안 그린 50작품은 공교롭게도 히틀러가 집권하던 해에 독일 도시들을 순회하며 전시되었다. 아이히너는 조직적으로 가브리엘레의 작품 세계를 민속적이면서도 독일적인 것으로 설정했다. 그럼으로써 1937년에 나치가 칸딘스키, 클레, 코코슈카 또는 파울라 모더존 베커 등의 화가를 병든 영혼이라 몰아붙이는 구실이 된 그 유명하고 악명 높은 '퇴폐 예술' 전시회에 그녀의 작품이 한 점도 출품되지 않게 하는 데 기여했다.

요하네스 아이히너는 무르나우에 있는 집을 팔려고 하는 가브리엘레에게 집을 팔지 말 것을 고집했다. 왜냐하면 경제적·정치적으로 불안한 시대를 그곳에서 잘 견뎌낼 수 있을 것이라고 생각했기 때문이다. 그는 마침내 그녀에게서 그 집을 사들여 자신이 저축한 돈으로 집을 현대적인 건물로 수리했다. 이제 따뜻하고 편안한 집에서 이 이질적인 커플이 서로 '뮈', '아이'라 부르고 죽을 때까지 존칭을 쓰면서 제2차 세계대전의 불안하고 궁핍한 나날을 이겨나가게 되었다. 비록 가브리엘레가 보기에는 종종 '잔소리꾼'이 되기도 하지만 신뢰할 만한 아이히너는 위층에서 가브리엘레의 작품 전체를 정리했는데, 그는 전쟁이 끝나고 난 후 아주 특별한 보물을 다루게 되었다. 왜냐하면 가브리엘레 뮌터가 나치에 대한 극심한 불신으로 그녀의 모든 그림과 한때의 동반자였던 칸딘스키의 스케치들을 모두 비밀 창고에 쌓아놓고 입구를 책장으로 막아버렸기 때문이다. 아이히너 외에는 아무도 그것을 몰랐다. 1944년 말엽에 가브리엘레 뮌터는 칸딘스키가 78세 생일이 막 지난 후 파리 근교에서 죽었다는 사실을 알게 되었다. 그녀는 뮌헨 창작 시절에 그려진 중요한 작품들을 모아두는 것에 대해 그 어느 때보다도 강한 책임감을 느꼈다.

이 그림들에 또 한 차례 큰 위험이 닥친 적이 있었는데, 그것은 1945년 4월 미국인들이 무르나우에 진군하여 빈 집을 모두 군인들에게 내달라는 명령을 내렸을 때였다. 그 사이에 68세가 된 가브리엘레 뮌터는 영어로 된 자신의 전시회 카탈로그를 들고 그곳으로 달려가 결정권이 있는 주둔군 대장에게 '명망 있는 여성화가'로서 대우해달라고 요구했다. 대장은 노부인의 완벽한 영어 솜씨에 깊은 인상을 받은 것 같았지만 그 후로도 그녀의 집이 네 번이나 수색되는 것은 막지 못했다. 그런데 그 수색은 가브리엘레가 만족스러워하면서 잘라 말했듯이 미련한 짓이었다. 그녀는 계속적으로 그들에게 청하여 마침내 미국인들로부터 '출입금지' 팻말을 받아냈고 더 이상 괴로움을 당하지 않았다.

1949년 뮌헨에서 열려 많은 환호를 받은 '청기사' 회고전에서 화가 미망인들의 기억할 만한 만남이 이루어졌다. 제1차 세계대전 때에 남편들을 잃은 마리아 마르크와 엘리자베트 마케뿐만 아니라 이제 마찬가지로 미망인이 된 니나 칸딘스키도 파리에서 와 있었다. 가브리엘레 뮌터는 우아하면서도 미친 것 같은 니나와 같은 테이블에 앉아야 하는 고통스러운 상황을 견뎌야 했다.

80세의 가브리엘레 뮌터. 무르나우 1957년

바로 이 니나 칸딘스키가 1959년에 칸딘스키의 특정 그림들을 책으로 인쇄했다는 이유로 소송을 제기했고, 이로 인해 전후 최대의 예술 관련 소송에 연루된 미술 수집가 로타르 귄터 부흐하임은 그가 50년 대에 두 여성과 주고받은 대화를 기억하며 "무르나우에서는 뮌터의 아무리 짧은 말도 애인의 작품에 대한 헌신과 관련된 것이었다"고 말해주었다. 그러나 파리에서 니나 칸딘스키는 "청기사파 시기 전체는 단지 스케치이며 초안일 뿐이다"라고 말했다.

어쨌든 칸딘스키는 그 당시 가브리엘레와 함께 '찢어지는 듯한 팡파레 연주가 울리는' 그림을 그렸다. "칸딘스키의 작품 속에 나타나는 감각이 학식 있는 법학자의 천성에는 전혀 없었을까?"라고 성공한 미술품 수집가는 묻고 나서 이렇게 단언했다.

무르나우와 뮌헨 시절의 그림에 나타나는 도취적이고 방황하며 경계를 뛰어넘는 특성은 여하튼 사라졌다.

이 점을 주목한 사람은 그만이 아니었다. 다른 이들도 칸딘스키의 후기 작품이 '교장 선생님처럼 메마르다'고 언급했다. 부흐하임은 기꺼이 또 다른 차이점을 제시했다.

백조털 목도리를 두른 이 숙녀 '니나'는 칸딘스키의 아틀리에에 발을 들여놓아서는 안 되었다. 그녀는 그가 작업하는 모습을 한 번도 구경하지 않았다.

가브리엘레 뮌터는 조심스럽게 준비하여 1957년 자신의 80세 생일에 칸딘스키가 남긴 몇 백 점에 달하는 회화, 유리 뒷그림, 수채화, 스케치와 거의 30권이나 되는 스케치북 및 메모장을 뮌헨 렌바흐하우스에 있는 시립미술관에 기증했다. 그것은 칸딘스키 초기작의 대부분이었고, 나중에 추가로 기증된 그녀의 작품과 일기책, 그리고 소중하게 간직된 편지들이 금세기 독일에서 가장 규모가 큰 미술품 기증이 되었다. 한 신문에서는 다음과 같이 쓰고 있다.

뮌터 여사 앞에서 우리는 모자를 벗고 감사의 절을 하려 한다.

이 여성화가는 오래도록 빈곤한 생활을 하며 거의 약초차와 순무잎으로 연명하면서도 칸딘스키의 그림을 단 한 점도 팔지 않았다. 단지 기증품에 보충하기 위해 마지막에 그의 그림 몇 점을 청기사파의 다른 회원들이 그린 그림과 바꾸었을 뿐이다.

칸딘스키와 뮌터에 대한 책을 씀으로써 청기사파 시대에 대해 처음으로 폭넓은 저작을 내놓은 아이히너의 정확한 작업 덕분에 이 여성화가는 자신의 작품과 전시회에 대한 상세한 목록을 만들 수 있었다. 전시회는 국내와 국외에서 100회가 훨씬 넘게 열렸고, 그녀 자신도 그것에 대해 놀라워했다. 85세까지 장수한 백발의 이 자그마하고 사랑스러운 숙녀는 초대와 감사장과 연방 공로 십자훈장을 겸손한 자부심을 가지고 받아들였다. 그녀의 침착한 표정은 60년 전 의욕에 가득 차서 그림을 그리기로 결정한 앳된 소녀의 얼굴을 다시 떠올리게 한다.

막달레나 쾨스터

나도 역시 그래요, 당신과 함께 죽겠어요

Anna Achmatowa
안나 아흐마토바(1889~1966, 서정시인)

_안나 아흐마토바

19세기 러시아의 가장 위대한 여성 서정시인으로 평가받으며,
'모든 러시아인들의 여왕' 또는 '러시아의 안나'라고 불린다.
전쟁과 혁명이라는 질곡의 역사 속에서 최고의 서정시를 꽃피우며
그녀의 창작열을 불태웠다. 하지만 '신비주의적이고 수녀 같으며 반동적'이라는
명분하에 혁명에 대한 적응력이 부족하다는 이유로 출판금지 조처가 내려졌지만,
자신의 세계를 삶의 마지막 순간까지 밀고 나갔다.
『레퀴엠』과 『영웅 없는 시』 등은 사후 출간되어 다시금 그녀의 작품 세계가 평가받았다.

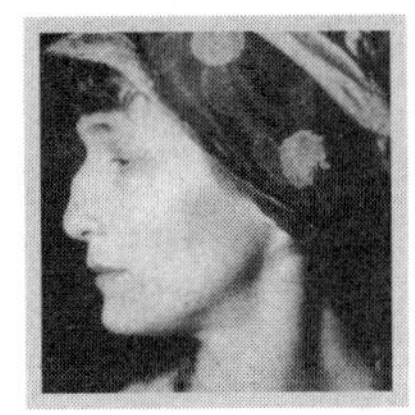

대답 없는 사랑의 독은 쓰다

안나 아흐마토바는 19세기 러시아의 가장 위대한 여성 서정시인으로 평가된다. 그녀가 살아 있을 때 이미 사람들은 그녀를 '모든 러시아인들의 여왕' 또는 '러시아의 안나'라고 불렀다. 그녀가 크게 존경받은 것은 사람들의 마음을 감동시키는 그녀의 시뿐만 아니라 수많은 동시대인들의 고통을 대변한 그녀의 운명 때문이다.

또한 그녀는 예사롭지 않은 아름다움으로 칭송을 받았다. 그녀의 외모는 그녀를 만나는 사람들 누구에게나 깊은 인상을 주었다. 길고 검은 머리카락, 밝은 색의 눈, 두드러지고 강한 인상을 풍기는 옆모습에 키가 컸으며, 자의식이 강해 보여 접근하기 어려운 외모를 지니고 있었다. 안나 아흐마토바는 나이가 들어 병색이 완연하고 뚱뚱해졌어도 여전히 기품 있는 자태를 유지했다. 일생 동안 많은 유명 예술가들이 그녀를 모델로 삼아 스케치하고 그림을 그렸으며, 조각을 만들고 사진을 찍었다. 오시프 만델스탐, 마리나 츠베타예바, 보리스 파스테르나 크와 같은 시인들은 시로 이 여성시인에 대한 '초상화'를 그려냈다.

천국과 지옥을 오갈 정도로 파란만장했던 안나 아흐마토바의 삶은 그녀가 살던 시대의 변혁기를 반영하고 있는 하나의 표본이다. 그녀는 혁명 전 차르 시대의 러시아에서 빠르게 명성을 얻었으나, 소비에트연 방 시절에는 퇴폐적 예술가로 찍혀 추방되기도 했다. 그 후 제2차 세 계대전 때 복권되어 애국적인 시인으로 크게 칭송받았지만, 나중에는 또다시 공격받아 출판금지를 당했다. 그러나 이 여성시인은 죽기 바로 직전에 사람들의 인정과 존경을 한 몸에 받게 되었다. 이로써 그녀는 죽은 후에 비로소 세계적인 명성을 얻게 되었다.

안나 아흐마토바는 1889년 6월 11일, 당시 남러시아에 있는 오데사 근교의 작은 마을인 볼쇼이 폰탄에서 태어났다. 원래 그녀의 이름은 안나 안드레예프나 고렌코였다. 그런데 아버지의 소망에 따라 그녀는 후에 필명을 택했다. 울림이 좋은 아흐마토바라는 이름은 타타르 민족 에서 유래한 것으로 외할머니의 이름을 딴 것이다. 해군에서 엔지니어 로 일한 그녀의 아버지는 정치적인 이유로 그 일을 그만둬야 했다. 그 녀가 태어난 지 얼마 되지 않아 가족은 러시아 북부로 이주했다. 처음 에는 파브로프스크로 갔다가 그 다음에는 상 페테르부르크 근교의 차 르스코예 셀로(차르의 마을)로 옮겨갔다. 여기엔 차르 가족이 여름을 보내는 별장과 러시아 관료의 성들이 많이 있었다.

차르스코예 셀로는 훌륭한 경관에 화려한 궁전과 거대한 공원, 숲, 호수들이 있는 고전주의적인 건축물 때문에 높은 평가를 받았을 뿐만 아니라 '러시아 문화의 요람'으로 여겨지기도 했다. 여기에는 오늘날까지도 유명한 '리체움', 즉 러시아의 엘리트 집안 아들들이 교육을 받은 학교가 있다. 러시아의 유명한 시인들, 그중에서도 가장 유명한 알렉산드르 푸슈킨도 이 학교를 졸업했다. 안나 아흐마토바가 이 마을의 여자중학교를 다니던 시절에 시인이자 번역가인 이노켄티 안넨스키가 남자 중등학교의 교장이었다. 그의 제자로는 오시프 만델스탐, 보리스 파스테르나크, 그리고 블라디미르 마야코프스키를 우선적으로 꼽을 수 있다. 그는 안나에게도 큰 영향을 끼쳤는데, 후에 그녀는 안넨스키의 시가 자신의 '출발점'이 되었다고 말했다.

안나 아흐마토바는 차르스코예 셀로에서 유년 시절과 청소년 시절을 모두 보냈다. 그녀는 좋은 학생이 아니었고, 공부도 열심히 하지 않았다. 그녀는 책 읽는 것을 훨씬 더 좋아했는데, 특히 시를 좋아했고 이때부터 직접 시를 쓰기 시작했다. 그녀의 첫 번째 작품은 열한 살 때 이미 쓰여졌다.

매년 여름 가족은 세바스토폴 지역에 있는 바닷가에서 지냈다. 여기서부터 이미 어린 안나의 길들여지지 않고 독립적인 기질이 드러났다. 사람들은 그녀를 '야생마'라 불렀다. 그녀는 맨발로 뛰어다녔고, 좋은 집안 출신의 다른 여자아이들처럼 모자를 쓰고 다니지도 않았다. 그녀는 보트에서 바다를 향해 뛰어들었고, 폭풍우 치는 바다에서도 수영을 했다. 그녀의 얼굴은 갈색 빛으로 그을었다. 햇빛 속에서 지나치게 활동을 해서 피부가 벗겨질 정도였다. 그녀의 모든 행동이 해수욕장의 고루한 숙녀들에게 충격을 주는 것은 너무도 당연했다.

세기의 전환기 무렵 아직은 러시아 시골 귀족들에게 전형적이었던 느슨한 분위기가 그녀의 집에서는 전혀 느껴지지 않았다. 성미가 급하고 여자를 밝히던 아버지는 가족의 생계를 돌보지 않았다. 그 대신 그는 당시 상황으로는 상당히 많았던 아내의 지참금 8만 루블을 탕진해 버렸다. 결혼 전에 재산가였던 안나의 어머니는 선량하긴 했지만 부주의하고 정신이 없는 사람이었다. 집안은 질서가 없을뿐더러 손을 쓸 수 없을 정도로 혼란스러웠다.

고렌코 가족은 안나 외에도 딸 셋, 아들 둘이 더 있었다. 남매는 모두 끊임없이 병을 앓았는데, 그것은 바로 결핵이었다. 안나의 자매들은 모두 이 병으로 죽었다. 그녀는 비록 살아남았지만 오랫동안 이 병과 싸워야 했다.

1905년에 부모님이 이혼했다. 어머니는 아이들과 함께 먼저 크림 반도로 이주했고, 1년 후에는 키에프로 갔다. 17세의 안나는 그곳에서 중등학교에 다녔고, 1907년에 졸업했다. 그녀는 계속해서 공부하고자 했다. 그러나 이 시기에는 여성들이 일반 대학교에 입학하는 게 허용되지 않았으므로 그녀는 키에프에 있는 일종의 여성을 위한 교육시설인 여성 상급학교의 법학 전공 분야에 등록했다. 같은 해에 잡지 〈시리우스〉에 그녀의 시가 게재되었다. 그녀는 처음으로 열렬한 사랑에 빠져 있었다. 그녀는 자신이 열광적으로 빠져 있는 대상, 즉 페테르부르크에 있는 한 대학생에게 이 시를 바쳤다. 유감스럽게도 그녀의 감정은 응답을 받지 못했다. 이 일은 젊은 날의 안나에게 처음으로 사랑의 비극적 감정을 맛보게 했는데, 그녀는 계속해서 자신의 시에서 이러한 감정을 토로하게 된다.

실연을 잊기 위해 그녀는 친구로 지내던 니콜라이 구밀료프와 결혼하기로 마음먹었다. 그녀는 이미 열네 살 때 그가 차르스코예 셀로에서 남자 중등학교를 다니던 때부터 그와 알고 지냈다. 니콜라이는 그녀보다 두 살 위였고, 안나와 마찬가지로 시를 썼다. 그것이 두 사람을 연결시켜주긴 했지만, 젊은 시인 니콜라이는 안나를 여성시인으로서 별로 인정해주지 않았다. 물론 미래에는 그것이 변하게 되었지만 말이다.

이 시기 구밀료프는 파리 소르본 대학에 다니던 대학생이었고, 이미 아프리카를 여행한 후 두 권의 시집을 발행하여 주목을 받고 있었다. 안나에게는 그와의 결합이 비극적인 상황에 빠져 있던 그녀를 위한 구원처럼 보였다. 1907년 초 한 친척에게 보내는 그녀의 편지에는 이렇게 쓰여 있다.

나는 어릴 적 친구인 니콜라이 스테파노비치 구밀료프와 결혼합니다. 그는 3년 전부터 나를 사랑하고 있었는데, 나는 그의 아내가 되는 것이 운명이라고 믿고 있습니다.

또 다음과 같은 내용도 있다.

대답 없는 사랑의 독은 쓰답니다! 하지만 구밀료프는 나의 운명입니다. 나는 겸손하게 그에게 순응하겠습니다. 나는 내가 신성하게 여기는 모든 것을 걸고 당신께 맹세하건대 이 불행한 사람이 나와 함께 행복해질 것입니다.

모딜리아니와의 만남

그러나 두 사람이 결혼하기까지는 그로부터 3년이 더 걸렸다. 그들은 신혼여행을 파리로 갔다. 그곳에서 스물한 살의 안나는 당시에는 아직 알려지지 않았던 천부적 재능의 화가 아마데오 모딜리아니를 알게 되었다. 그들은 몇 번밖에 만나지 않았지만 부부가 러시아에 돌아가서도 5년 연상의 이 이탈리아인과의 연락은 끊어지지 않았다. 그 후 얼마 지나지 않아서 안나는 문학을 위해 법학공부를 포기하고 페테르부르크에 있는 여성 상급학교에서 역사 및 문학을 공부했다.

부부는 계속되는 경제적 어려움에 시달렸다. 심지어 그들은 개인적으로 귀중한 물건까지 저당 잡히는 지경에 이르렀다. 그럼에도 두 사람은 1911년 봄에 또다시 파리로 갔다. 그리고 그곳에서 안나 아흐마토바는 모딜리아니를 다시 만났다. 짧은 기간이었지만 두 사람 사이는 애정 관계로 발전했다. 그들은 뤽상부르 공원에 있는 벤치에 앉아 베를렌의 시를 함께 낭독하고, 몇 시간이고 파리의 구시가지들을 산책했다. 모딜리아니는 수수께끼처럼 등장한 러시아의 미녀에게 매료되었다. 그리고 그 당시 이집트의 매력에 빠져 있던 차였으므로 그는 이국적인 의상을 입고 자세를 취한 그녀의 모습을 스케치했다. 그는 그녀를 스케치한 열여섯 점의 그림을 안나 아흐마토바에게 선물했다. 이 가운데서 단 한 점만이 지금까지 남아 있으며, 나머지는 모두 제1차 혁명기 동안 안나의 집에서 분실되었다.

화가와 여성시인 간의 로맨스는 안나가 3개월 후에 남편과 함께 떠나면서 끝이 났다. 그러나 훨씬 후에 그녀는 우수에 젖어 1920년에 이미 사망한 모딜리아니와의 이 시절을 회상했다. 그녀는 자신이 죽기 직전에 쓴 한 에세이에서 "우리 사이에 일어났던 모든 일은 우리 두 사람에게는 삶의 전사(前史)였다. 그의 짧은 삶, 나의 기나긴 삶의 전사"라고 말했다. 그리고 모딜리아니에 대해서는 "모딜리아니에게 신

안나 아흐마토바. 1910년경

적인 것은 모두 불확실한 어두움을 통해서만 어슴푸레 드러난다. 그는
세상의 그 누구도 닮지 않았다. 그의 목소리는 어떤 식으로든 영원히
내 기억 속에 남아 있다"고 썼다.

두 사람 관계의 성격은 다음 시구에서 그대로 나타난다.

> 거무스름한 안개 속의 파리
> 그리고 분명 모딜리아니가
> 또다시 어슬렁거리며 오고 있다네.
> 내 뒤에서 눈에 띄지 않게.

그 사이에 시인으로 명성을 얻은 니콜라이 구밀료프는 자신의 아내
를 문학 살롱에 소개했다. 그중에서도 당시 문학의 교황 바체슬로프
이바노프의 집인 '탑'에 데리고 갔다. 그 시대의 많은 유명 작가들은
'탑'에서 교류를 나누었는데, 그곳에서 환영받는 것을 명예로 여겼다.
안나의 첫 등장은 "말라서 호리호리하고 수줍은 15세 소녀처럼 그녀
는 남편 옆에서 한 발짝도 떠나지 않았다. 남편은 그녀를 처음 소개할
때 자신의 제자라고 표현했다"고 할 정도로 다소 실망스러웠다.

안나가 문학계에 발을 내딛은 시기는 여러 예술 조류들이 치열한 싸
움을 벌이던 시기이다. 1910년 위기 속에서 상징주의가 천명되었다.
19세기 말엽에 성립되어 전통의 극복과 문학 및 언어의 개혁을 그 과
제로 삼았던 상징주의적 조류는 러시아에서 강력한 운동으로 발전하
였다. 서방 상징주의에서 자극받은 러시아 상징주의는 순수 예술, 즉
'라르 푸르 라르(l'art pour l'art)'의 이념을 내세웠다. 러시아 상징주의

는 폭풍과도 같아서 빠르게 그 정점에 이르렀고 (후에 사람들은 이 시기를 일컬어 러시아 문학의 '은(銀)세기'라 불렀다) 역시 빠르게 쇠퇴했다. 이제 그 운동은 끝나 있었다. 참가자들은 근본적인 문제점들을 놓고 논란을 벌였지만 공통된 해결책을 찾지는 못했다.

맨 먼저 상징주의 대열에 끼었던 구밀료프와 다른 몇몇 젊은 시인들은 이들과 관계를 끊고 아크메주의자들의 문학 단체인 '체히 포에토프(시인 조합)'를 결성했다. 회원들 중에는 오시프 만델스탐, 세르게이 고로데츠키, 블라디미르 나르부트가 있었다. 안나 아흐마토바는 아크메주의자 조합에서 동등한 권리를 지닌 유일한 여성회원이면서 이 단체의 비서로 선출되었다. 그것은 놀라운 일이 아니었다. 왜냐하면 그동안 페테르부르크의 몇몇 잡지들이 이 젊은 여성시인의 시들을 게재했고, 그것들이 호평을 받았기 때문이다. 처음에는 아내의 문학 활동을 반대하던 구밀료프도 이제는 그녀의 재능을 확신하게 되었다. 그는 나중에 이렇게 말함으로써 그런 사실을 입증했다.

당신은 러시아 최고의 여성작가일 뿐만 아니라 중요한 작가라오.

아크메주의자들은 혁명적인 강령을 내세우지 않았다. 같은 시기에 생겨난 러시아 미래주의처럼 종래의 전통과 규범들을 모두 깨뜨리려고 하지는 않았다. 오히려 그들은 상징주의를 정화하여 그것을 모든 불필요한 과잉으로부터 해방시키는 것을 과제로 삼았다. 이를 위해 아크메주의자들은 신비주의, 세상과의 거리, 먼 곳에 대한 동경, 상징주의 문학의 어둡고 다의적이며 불명확한 언어로 표현된 비현실적인 것에 대한 동경과 같은 것들을 문제로 삼았다. 그 대신 이제는 '아름다움과 추함'이 함께하는 현실도 긍정적으로 받아들였다. 젊은 작가들은 실제의 세속적인 삶에 참여하고자 했다. 고로데츠키는 장미가 예쁜 것은 신비적이고 이룰 수 없는 사랑을 상징하기 때문이 아니라 향기와 꽃잎과 색깔을 지닌 장미이기 때문이라고 말했다.

형식적 측면에서 아크메주의자들은 자신들의 요구와 관련하여 구성, 원근, 다채로운 색상, 공간성을 지닌 조형예술을 모범으로 삼았다. 말로써 '자연에 따른 대상의 스케치'를 완성해야 한다는 것이다. 아주 작은 세부 사항들도 생략되어서는 안 되는 중요한 것이었다. 구성은 완벽해야 하고 직선적이어야 했다. 다의성 대신 내적인 논리와 명확성을 지녀야 했고, 많은 말을 하는 대신 짧게 말해야 했다. 아크메주의자들 중 안나 아흐마토바만큼 일생 동안 이 원칙을 지키며 자신의 작품에서 실현시킨 사람은 없다.

1912년 초엽에 그녀의 첫 시집 『저녁』이 출간되었다. 3백 부밖에 되지 않았지만 안나는 하룻밤 사이에 유명인사가 되었다. 겨우 23세의 이 여성은 도처에서 호평을 받았다. 시집은 주로 사랑을 주제로 한 서정시를 담고 있는데, 이루어지지 않은 사랑, 비극적인 사랑, 실망, 동경, 열정, 고통, 배반, 사기, 죽음, 운명, 애인과의 이별 등 예전부터 주요 소재가 되었던 것들을 다루고 있다. 레퍼토리는 고전적이다. 하지만 묘사방식은 완전히 새롭다. 안나의 표현방식은 간결하고 명확하며 함축적이다. 그녀는 과묵하고 단순했지만, 대단한 집중력을 가지고 있었다. 그녀는 짧은 표현으로 영혼의 동요와 깊은 감정들을 완벽하게 표현해내는 데 성공했다. 이때 그녀의 언어는 산문 언어에 근접하고 있으며, 일상적인 표현이 시적 영상들과 교차하고 있다.

시집은 대단한 성공을 거두었다. 이 책은 후에 13판까지 출판되었다.

한 비평가는 시집 『저녁』을 '우리 시문학의 아침'이라고 표현했다. 주의를 끄는 것은 서정적 언어의 특별함만이 아니었다. 이 책의 강점은 다른 한 비평가가 주목했듯이 인간을 사랑하는 새로운 방식 속에 있었다. '아흐마토바식 사랑'은 연애 감정의 새로운 우회적 표현으로 유행어가 되었다. 이 말은 계속 전해져서 미래주의자인 블라디미르 마야코프스키는 사랑에 빠졌을 때 매번 이 여성시인의 시를 낭독했다.

안나의 비극적 연애 감정은 특히 시집 『저녁』에 나오는 다음의 시 두 편에서 잘 표현된다.

「마지막 만남의 노래」

그렇게 속수무책으로 가슴은 차가워졌다.
하지만 내 발걸음은 가벼웠다.
나는 왼손의 장갑을
오른손 위로 가볍게 스쳤다.

계단이 많은 것처럼 보였다.
하지만 나는 알았다 세 계단이 있었음을!
단풍나무 사이에서 가을이
이렇게 속삭인다.
"나와 함께 죽자!
나는 나의 절망적인 변덕에,
사나운 운명에 배반당했다."
나는 대답했다.

“내 사랑, 내 사랑!
나도 역시 그래요 당신과 함께 죽겠어요.”

이것이 마지막 만남의 노래이다.
나는 어두운 집을 쳐다보았다.
침실에서만 유일하게 양초가 타고 있었다.
무심하게 노란 불꽃을 피우며.

*　　*　　*

「어두운 베일 아래 두 손을 모으고」

“왜 너는 오늘 그렇게 창백한가?”
왜냐하면 내가 비통하게 슬퍼하며
정신이 없어질 정도로 그를 취하게 만들었기 때문이다.

어떻게 내가 그것을 잊겠는가? 그는 비틀거리며 나왔다
그의 입은 고통으로 일그러졌다.
나는 아래로 달려갔다, 난간을 건드리지 않고,
나는 그의 뒤를 따라 성문까지 달렸다.

숨을 헐떡이며 나는 소리쳤다.
“농담이었어요, 지금까지의 모든 것이.
당신이 가면 나는 죽어요.”

그는 조용히, 그리고 스산하게 미소 지으며
나에게 말했다.
"바람 속에 서 있지 마."

신화가 된 여성시인

1912년 봄, 안나와 구밀료프는 이탈리아로 여행을 떠났다. 그들은
제노바, 피사, 피렌체, 볼로냐, 파도바 그리고 베네치아를 구경했다.
같은 해에 그들의 외아들 레프가 태어났다. 처음에는 안나 아흐마토바
가 직접 아들에게 젖을 먹였으나 어머니와 아내의 역할이 그녀에게는
맞지 않았다. 그래서 점차적으로 시어머니와 유모가 아이 양육과 일상
생활의 일들을 넘겨받게 되었다. 아이는 차르스코예 셀로에 있는 할머
니 집에서 자랐고, 여성시인인 엄마는 다시 익숙한 문학 보헤미안의
삶을 영위했다. 그 당시에 그를 알고 있던 한 사람은 이렇게 말했다.

화요일 저녁 안나의 집. 그녀는 모닝가운을 입고 머리에 빗질도 하지
않은 채 나를 맞았다. 그녀는 숄을 몸에 두르고 의자 위에 실뭉치처럼
쭈그리고 앉아 있었다. 그녀의 집은 추웠고 아늑하지 않았으며 누추
했다.

두 번째 시집 『장미 화환』이 1914년에 출판되면서 안나는 결정적으
로 인정을 받고 명성을 누리게 되었다. 이 책의 초판 발행 부수는 당
시 서정시집으로는 어마어마한 숫자인 천 부였다. 이 책 역시 비극적

인 사랑을 다루고 있는데, 이 사랑은 이제 거의 종교적인 성격을 지닌다. 이미 첫 시집에서 암시적으로 나타난 안나의 문체가 여기서 심화되고 있다. 매우 전형적인 구어체로 단순하게 표현한 사랑의 고통에 대한 묘사는 종교적이고 숭고한 표현으로 대체되었다. 이때부터 장엄하고 단순한 문체의 결합, 욕정적인 것과 종교적인 것의 결합이 안나 아흐마토바 문학의 상표가 되었다. 1923년까지 이 책은 8판이나 출판되었다.

「저녁에」

음악이 정원에서 울려 퍼진다
그토록 형언키 어려운 고통 속에서.
바다처럼 신선하고 비릿한 냄새가 난다
접시 속 얼음에 채워진 굴에서.

그는 내게 말했다.
"나는 진정한 친구야!"
그리곤 내 옷을 만졌다.
포옹과는 얼마나 다른가
이 두 손의 감촉은.

사람들은 이렇게 고양이나 새를 쓰다듬는다.
사람들은 이렇게 날씬한 여가수를 바라본다.
그의 옅은 황금빛 속눈썹 아래

편안한 눈 속에는 웃음뿐이다.

그리고 슬픈 바이올린 소리가
내려앉는 연기 뒤에서 울려나온다.
"하늘이여 축복하소서!
너는 처음으로 사랑하는 이와 단둘이 있구나."

25세의 안나는 환영받는 여성시인이 되어 있었다. 그녀에게 아낌없는 찬사가 쏟아졌다. 사람들은 그녀를 미화하고 이상화시켰다. 특히 빼어난 그녀의 외모가 영향을 끼쳤다. 안나 아흐마토바는 그 시대의 모더니스트적인 이상과 일치했다. 그녀는 키가 아주 컸고 깡마른데다 이례적으로 부드러워서 신비하고 허약한 느낌을 주었다. 그녀는 결핵을 앓고 있었으므로 죽을 수도 있다는 비극적 감정이 그녀의 시에 녹아 있을 뿐만 아니라, 그녀라는 인물 전체를 감싸고 있었다. 그래서 그녀는 화가 또는 사진작가들이 선호하는 모델이 되었다. 시인들은 그녀를 노래했고, 청년들은 줄을 이어 그녀를 흠모했다. 여성으로서의 안나는 거의 신화가 되었다. 그녀의 전기작가는 다음과 같이 쓰고 있다.

안나 아흐마토바의 이국적인 아름다움이 사람들을 사로잡았다. 그들은 그녀의 시 속에 나오는 사랑하며 고통받는 자부심 강한 여주인공과 자신들을 동일시했다. 그녀는 유일무이한 존재였지만, 그럼에도 모든 여성들이 그녀에게서 자신을 재발견할 수 있었다.

안나와 같은 시대를 살았던 한 사람의 열광적인 언급은 그 전형을

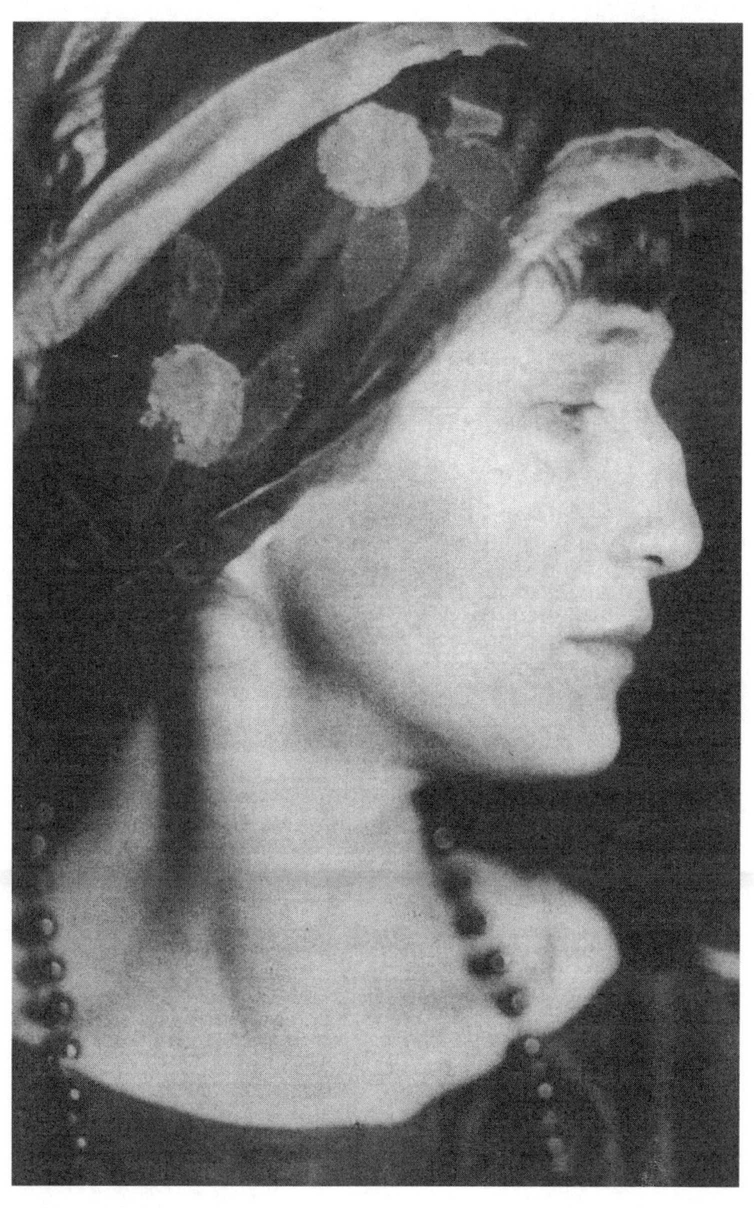

안나 아흐마토바. 1910년경

보여준다.

나는 한 번도 그런 여성을 본 적이 없다. 그 모습과 자태는 어디에서든, 심지어는 지극히 아름다운 여성들 속에서조차도 그 눈부신 광채, 진정한 정신적 승화, 그리고 모든 사람을 사로잡는 어떤 특별함으로 인해 한눈에 띄었다.

러시아 혁명기의 문학적 삶

제1차 세계대전이 발발했다. 구밀료프는 전방에 자원입대하여 군사적 경력을 쌓았다. 그가 전쟁을 미화하고 낭만적으로 표현한 것과는 달리 안나는 전쟁에 대해 훨씬 회의적이고 덜 애국적이었다. 1915년 연감인 『전선의 후방에서』에 발표된 그녀의 시 「1914년 7월」은 검열에 의해 내용이 삭제되기도 했다. 검열당한 시의 내용은 다음과 같다.

끔찍한 시간들이 다가오고 있다.
곧 새로 생겨나는 무덤들로 빽빽해질 것이다.
추위와 기아, 황폐함이 닥쳐올 것이며
천체는 암흑에 빠진다.

국민들이 전쟁에 지친데다 차르 정부하에서의 파국적인 경제 상황으로 인해 1917년 3월(옛 러시아력의 2월), 결국 러시아에서 혁명이 일어나고야 말았다. 차르는 강제로 폐위되었다. 자유주의자들과 온건한 사회주의자들은 의회 민주주의를 선언하는 임시정부를 세웠다. 국민 대다수의 소망과는 반대로 임시정부는 전쟁을 계속 수행했다. 이로써 전쟁에 반대하며 농민들에게 땅의 몰수와 대지주의 척결을 약속한 레닌이 이끄는 볼셰비키가 권력을 장악했다. 11월 7일(옛 러시아력 10월 26일)에 페트로그라드(2월 혁명 이후에는 상트 페테르부르크가 이렇게 불렸다)에서 주요 건물이 볼셰비키를 따르는 군인들에 의해 점령되고 정부 청사가 공격을 당했다. 레닌의 지도 아래 '인민위원회'가 정권을 넘겨받았다. 그리고 이 사건들은 '10월 혁명'이라는 이름으로 역사에 기록되었다.

1917년 두 번의 혁명이 일어나는 동안에도 안나의 세 번째 서정시집 『하얀 우상』이 역사적인 혼란과 상관없이 출간되었다. 이 시집은 1912년부터 1914년까지 출판되지 않았던 시들과, 1915년에서 1917년 사이에 쓰여진 시들을 포함하고 있다. 하지만 긴장된 분위기 때문에 이 책은 이전에 나온 두 시집에 비해 훨씬 주목받지 못했다.

10월 혁명 이후 러시아를 영원히, 또는 한동안 떠났던 많은 예술가들과 달리 안나 아흐마토바는 자신의 고향에 머물러 있었다. 그녀는 옛 문화를 지켜야 할 의무감을 느꼈다. 그렇기 때문에 그녀에게 망명은 안중에도 없는 일이었다. 안나는 지금까지 일절 정치에 관여하지 않았다. 그녀의 관심은 오로지 문학에만 쏠려 있었다. 심지어 그녀는 제1차 세계대전에 대해서도 몇 개의 시로만 반응했다. 여전히 그녀는 사랑을 소재로 한 서정시만 썼다. 나중에 그녀는 러시아에 남아 있었다는 이유로 자신을 공격하는 망명자들에게 맞서 스스로를 변호한다. 그 결정적인 이유는 고향에 대한 절대적인 사랑이라는 사실을 그녀의 시를 보면 이해할 수 있다.

적들이 고향을 갈기갈기 찢어놓도록

그 앞에 던져놓은 사람들과 나는 함께 있지 않다.

그들의 뻔뻔스러운 아첨을 나는 경멸한다.

그들에게 나는 내 노래를 바치지 않겠다.

그러나 나에게 추방자는 영원히 안타깝다,

죄수처럼, 환자처럼.

방랑자여, 그대의 길은 어둡다,

낯선 빵에서는 고뇌의 냄새가 난다.

그러나 여기, 화염의 흐린 연기 속에

젊은 날의 잔재를 파괴해가며,

단 한 번도

우리는 우리들에게서 고개를 돌리지 않았다.

그리고 우리는 알고 있다, 훗날의 평가에서

모든 시간들이 정당화되리라는 것을.

그러나 세상에는 우리보다 더 울음을 참고

더 자부심 강하며 더 소박한 사람은 없다.

전쟁과 혁명의 혼란은 안나와 구밀료프를 소원한 관계로 만들었다. 구밀료프는 갑자기 파리로 옮겨갔고, 거기서 애인과 같이 살다가 1918년 러시아로 되돌아왔다. 안나 역시 그 사이에 다른 남자를 만났다. 그녀는 동양학자이자 시인이면서 아크메주의자 조합에 속해 있던 블라디미르 쉴레이코와 함께 지냈다. 그러므로 구밀료프와 안나의 이혼은 단순히 형식적인 사안이었다. 그 후에 두 사람이 만나는 일은 극히 드물었다.

얼마 지나지 않아 안나 아흐마토바는 쉴레이코와 결혼했다. 그러나 그녀가 처음에 느꼈던 열정은 급속히 사라져버렸다. 결혼생활은 전혀 행복하지 않았다. 쉴레이코는 그녀에게 완전한 복종을 요구했다. 그녀는 예술가로서의 자신의 일은 완전히 제쳐놓은 채 그를 위해 교정 작업과 그밖의 보조적 일을 해야 했다. 그래서 그녀는 한동안 시를 한 편도 쓰지 못했다. 그녀는 그에게 거의 노예처럼 순종했다. 그녀는 어느 시에선가 이렇게 쓰고 있다.

모든 것이 그의 의지에 따라 이루어지기를!
그렇게 되기를!
나는 나의 맹세에 충실하리라.

그러나 시간이 지나면서 여성시인은 그런 생활을 참을 수 없게 되었다. 독립에 대한 의지와 자부심이 더 강해졌던 것이다. 그래서 그녀는 1921년에 남편과 이혼했다. 그녀는 마침내 다시 자유로워졌다고 쓰고 있다.

너에게 순종하라고? 너는 미쳤어!
나는 오직 신의 의지에만 순종한다.
나는 전율도 고통도 원하지 않는다.
나의 남편 형리, 그의 집은 감옥이다.

쉴레이코와 헤어진 이후 안나의 삶은 무척 어려웠다. 그녀는 굶주렸다. 앞에서 언급한 바대로 스스로를 돌보는 데 있어 무능력함도 거기에 일조했다. 그녀는 가계를 꾸려나갈 수가 없었고, 요리도 청소도 하지 못했다. 완전히 무일푼이 되자 그녀는 어쩔 수 없이 큰 도움이 되지 않는 일이지만 농업연구소의 도서관에서 사서직을 얻었다. 그녀는 거처조차도 없어서 때때로 여러 친구들에게 신세를 졌고, 종종 한 방에서 다른 사람들과 함께 지내기도 했다. 이런 관점에서 그녀는 혁명 후 집과 농장을 잃은 많은 러시아인들의 '고향 속에서의 실향'이라는 운명을 공유하고 있었다.

하지만 그녀의 작품은 계속해서 출판되었다. 1921년에 시집 『질경이』가 나왔고, 일 년 후에는 『서기 1921년』이 출판되었는데, 이 책은 1923년에 새로운 판이 나왔다. 안나 아흐마토바를 그렇게 유명하게 만든 개인적인 사랑이라는 테마는 두 권의 시집에서 시대의 역사적인 사건들로 인해 희미해졌고 개인을 넘어서는 색조가 더해졌다. 그녀는 또다시 많은 주목을 받았고, 낭독회에 초대받는 일에서 헤어날 수가 없었다.

그러다가 1925년, 안나에게 갑자기 출판금지 조처가 내려졌다. 그녀에게 혁명에 대한 적응력이 부족하다는 비난이 쏟아진 것이다. 그동안 예술계에서는 '민중의 이름으로 새롭고 사회주의적인' 인간상(무엇보다도 노동자 또는 적군 병사의 상)을 선전하는 '프롤레타리아 독재'의 이데올로기가 지배하고 있었다. 이 이념에 따르지 않는 문학은 침묵을 강요받았다. 그것은 특히 안나 아흐마토바에게 적용되었다. 당시 그녀를 반대하는 수많은 논쟁 중의 하나는 그녀가 '신비주의적이고 수녀 같으며 반동적이어서 결과적으로는 우리에게 명백한 적'이 된다는 것이다. 또한 다음과 같은 표현도 있었다.

> 우리는 자신이 언제 죽어야 할지 모르는 한 여성에게서 아무런 동정
> 심도 느낄 수 없다.

1940년까지 안나의 시는 출판되지 못했다. 끊임없이 외부로부터 위협받던 시기에 이 여성시인은 저널리즘에 종사하게 되었다. 그녀의 관심은 무엇보다도 자신이 어릴 때부터 존경해온 고전적 시인 알렉산드르 푸슈킨에게 있었다. 그의 작품에 대한 그녀의 지식은 놀라웠다. 그녀는 그의 시를 거의 모두 외우고 있어서 언제 어느 때고 인용할 수 있었다. 안나에게 있어 푸슈킨은, 아름다움과 윤리라는 영원한 가치를 표현하고 있는 그의 작품에서처럼 자신의 삶에서도 타협이 없는 시인의 이상을 구현하고 있는 존재이다. 그녀는 그에 대해 수많은 글을 썼다. 그 글들은 학문적으로 높은 수준에 있었고, 푸슈킨 전문가로서의 그녀의 명성을 확립시켜주었다. 이 모든 업적은 인쇄되어 세상에 나올 수 있었다. 왜냐하면 출판금지는 안나의 시 작품에만 한했기 때문이다. 그 외에도 그녀는 거의 모든 유럽 언어들로 쓰여진 책들을 번역했다. 일생 동안 그녀는 13개 언어로 된 150여 명의 시인들의 작품을 러시아어로 옮겨놓았다.

그 당시 안나는 예술사가인 니콜라이 푸닌과 함께 살고 있었다. 두 사람은 이미 오랫동안 서로 알고 지내오던 터였다. 안나와 마찬가지로 그 역시 차르스코예 셀로 출신이었다. 그래서 공통된 많은 기억들이 그들을 결합시켜주었다. 하지만 이 두 사람의 관계 역시 긴장으로 가득 차 있었다. 그녀는 푸닌과 그의 전처, 그리고 그의 딸과 함께 페테

르부르크 셰레메트예프 궁전에서 살았다. 당시 그곳에는 러시아 예술
박물관의 전시품 일부가 보관되어 있었는데, 푸닌이 여기서 일했기 때
문에 그에게 궁전의 한쪽 날개에 있는 작은 사택이 배당된 것이다.

안나는 처음엔 그래도 행복했지만, 곧 푸닌과도 그녀의 두 번째 남
편과 똑같은 경험을 하게 되었다. 마찬가지로 그녀는 그를 위해 번역
작업을 해야 했고, 강연 준비를 해야 했으며, 교정본을 읽어야 했다.
이 결혼 역시 그녀에게 물질적으로나 정신적으로 뒷받침이 되지 못했
다. 그리고 쉴레이코와 마찬가지로 푸닌도 그녀를 예술가로서 대수롭
지 않게 평가했다.

당신은 단지 지역적인 의미밖에 없는 시인이오.

그는 이렇듯 상처 주는 말을 가끔 내뱉었다. 그녀는 서정시인으로서
는 다시 몇 년간 침묵했다. 그러다가 1936년에야 비로소 그녀는 다시
글을 쓰기 시작했다. 그런데 그녀 자신이 깨닫고 있듯이 그녀의 격언
은 이미 변해 있었다.

목소리가 달라졌다. 더 이상 옛 방법으로의 회귀는 없다.

겉으로는 그렇게 자부심 강한 안나가 왜 자신을 이용하고 자존심 상
하게 하는 비슷한 타입의 남자와 관계를 맺게 되는가 하는 질문에는
아주 부분적으로만 대답할 수 있다. 그 해답의 열쇠를 우리는 그녀의
연애시에서 찾게 될 것이다. 그녀의 연애시의 중심에는 불행하고 고통
받으며 인정받지 못하는 사랑에 빠진 여인이 있다. 그리고 그녀는 남

자에게 거절당하고 사기당하며 배반당한다. 그러나 이런 방식으로 그녀가 당하는 굴욕은 드물게는 그녀의 내적 고양과 도취를 의미하기도 했다. 그처럼 이중적인 사랑의 이상은 아마도 안나의 존재 깊숙한 곳에 뿌리박고 있었던 것 같다. 그것은 그녀의 서정시에서 표현되었을 뿐만 아니라 아내로서의 그녀의 삶 전체를 규정지었다.

스탈린 체제하에서 쓴 『레퀴엠』

소비에트 연방의 30년은 레닌이 죽은 후 권력을 잡은 한 사람이 무제한의 권력을 휘두르는 지배 체제로 특징지워진다. 스탈린은 비밀경찰에 의지하는 공포정치로 자신의 독재를 유지했다. 이른바 선전 효과를 노린 공개재판, 밀고, 체포, 추방, 처형 등으로 '스탈린주의식 소탕'이 이어졌다. 이 '소탕'에는 무엇보다도 고위간부와 장교들이 희생자가 되었는데 학자, 작가, 예술가 또는 아주 평범한 사람들도 예외는 아니었다. 공포정치는 자의적이었고, 대중을 압박하는 데 기여했으며, 누구나 이것의 표적이 될 수 있었다. 그러나 이 여성시인은 박해받지 않았는데, 그것은 아마도 그녀의 인기가 너무 많았기 때문이 아닌가 생각된다. 그러나 그녀의 스물세 살 난 아들 레프는 1935년에 '민중의 적'으로 체포되었다. 그는 잠깐씩 밖으로 나온 기간을 합해 총 15년을 감옥과 수용소에서 보냈다.

1936년에 안나 아흐마토바는 『레퀴엠』으로 작품 활동을 시작했다. 짧은 서정시의 연작인 이 작품은 그 시대의 고통을 호소하는 어투로 간결하게 묘사되어 있다. 이 작품에서 여성시인은 개인적인 요소와 초

개인적인 요소를 결합하여 하나의 독특하고 웅대한 그림을 완성했다. 여기서 그녀는 고통받는 어머니로서의 비극적 운명을 수없이 많은 다른 어머니들의 비슷한 운명과, 그 시대를 사는 모든 러시아인들의 커다란 비극과 연관시키고 있다. 그녀는 예소프치나(1930년대 후반 스탈린 체제하에서의 비밀경찰 우두머리인 예소프의 이름에서 따옴)의 악몽 같은 공포스러운 분위기를 극도로 농축되고 간결한 형식으로 그려내는 데 성공했다. 역사의 공포는 시적인 기억으로 변화되었다. 좁은 의미에서 『레퀴엠』은 수천 명의 다른 아들들을 대표하는 그녀의 아들을 위한 어머니의 고통스러운 외침과도 같다. 안나는 자신이 식료품과 속옷 보따리를 들고 온 다른 어머니들과 함께 아들의 운명이 어떻게 될지 전혀 모르는 불확실성과, 판결이 나기 전에 죽을 수도 있다는 불안감에 휩싸인 채 여러 달 동안 감옥 문 앞에서 기다리는 모습을 묘사했다. 그녀는 이 시를 자신과 고통을 함께 한 어머니들에게 바쳤다. 『레퀴엠』의 서문에서 안나 아흐마토바는 다음과 같이 쓰고 있다.

예소프 치하의 공포스러운 시간들 속에서 나는 17개월 동안 레닌그라드 감옥 앞에 줄을 선 채 나날을 보냈다. 한 번은 누군가가 나를 알아본 적이 있었다. 그때 내 뒤에 서 있던 입술이 파랗게 질린 부인은 내 이름이라고는 들어보지 못했을 터인데, 꼼짝하지 않고 있던 우리들 사이의 정적을 깨고 나에게 나지막이 물었다.(거기서는 모두가 속삭이는 것처럼 말했다.)

"당신은 그것을 묘사할 수 있나요?"

내가 말했다.

"그래요."

안나 아흐마토바. 1926년

그러자 언젠가 그녀의 얼굴에서 본 적이 있는 미소 같은 것이 스쳐지나갔다.

이 시는 현대판 '마리아의 수난'과 같은 느낌을 준다. 그리고 그것이 훨씬 후에 러시아에서 자유화, 즉 페레스트로이카의 물결 속에서 비로소 출간될 수 있었다는 사실은 놀라운 일이 아니다. 안나는 이 작품으로 마침내 연애 서정시의 좁은 틀을 뛰어넘었다. 그녀는 시대의 기록자가 되었다. 하지만 그녀는 고발과 체포의 위험에서 벗어나기 위해 이 연작시를 숨겨야 했다. 그녀의 가장 가까운 친구들만이 이 시를 읽고 외울 수 있었으며, 그런 다음에는 기록된 것을 태워버렸다.

진실은 우리들 편에 있다

안나와 푸닌은 몇 년을 지낸 끝에 결국 이혼하고 말았다. 이 여성시인은 다시 완전한 무일푼이 되었고, 검은 빵에다 설탕도 넣지 않은 차로만 연명했으며, 뼈가 앙상할 정도로 마르고 자주 아팠다. 그녀는 몇몇 이웃이 베푸는 도움으로 근근이 살았다. 이혼을 했음에도 그녀는 재앙과도 같은 주택 부족 때문에 푸닌의 집에서 계속 살아야 했다. 단지 푸닌의 전처와 방을 바꾸었을 뿐이다. 그것이 그들에게 이익이 되었던 것이다. 그런 생활은 그녀의 자존심을 많이 상하게 했지만 안나에게는 별다른 선택이 없었다. 대안은 노숙뿐이었다.

그럼에도 안나는 이 시기에 작품을 많이 썼다. 1940년 51세의 나이로 그녀는 대작 『영웅 없는 시』를 쓰기 시작했는데, 이 작업은 중단되었던 기간을 합해서 20년 이상 계속되었다. 삶의 마지막 순간까지도 그녀는 이 작업을 놓지 못했다. 이 작품의 중심에는 페테르부르크의 신화, 즉 전적으로 기억 위에 형성된 신화가 있었다. 이 작품은 연상, 복합적인 연관, 암시, 문학작품 인용, 그리고 여러 갈래로 나눠진 동기 등으로 인해 이해하기가 어렵다. 작품 이해를 위해서는 역사와 문학에 대한 어느 정도의 지식이 요구된다. 시는 세 부분으로 나뉜다. 제1부에서 작가는 제1차 세계대전과 혁명이 일어나기 이전의, 아직은 혼란스럽지 않은 마지막 해인 1913년을 끌어들인다. 사건들이 계속 일어난다. 카니발과 같은 분위기가 지배적이지만 이미 몰락의 분위기가 느껴진다. 다가올 비극적 사건들이 앞서 감지되는 것이다. 제2부 「레쉬카」에서는 안나가 명명하고 있듯이 '침묵하는 위대한 여인의 시대의 침묵'과 그것을 해독하는 문제가 다루어진다. 마지막 「에필로그」는 봉

쇄되어 있는 동안의 레닌그라드를 그리고 있지만 공포정치의 시대까지도 암시하고 있다. 『레퀴엠』과 마찬가지로 『영웅 없는 시』는 시인이 죽은 후에 러시아에서 출판되었다.

같은 해에 예기치 않게 그녀의 작품에 대한 출판금지 조처가 해제되었다. 그녀는 레닌그라드 작가연맹에 가입하게 되었고, 초여름에는 몇몇 새로운 시를 포함한 『여섯 권의 책에서』라는 제목의 초기 작품선집이 나왔다. 안나는 작품 선별에서 아무런 영향력을 행사하지 못했고, 따라서 그녀는 이 선집에 만족하지 못했다. 무엇보다도 그녀의 유명한 연애 서정시들이 많이 빠져 있었던 것이다. 그럼에도 이 책은 그녀를 다시 인정받게 해주었다. 사람들은 이 책을 사기 위해 길게 줄을 늘어섰다.

1941년에 또 다른 위대한 러시아 여성시인인 마리나 츠베타예바가 절망 때문에 자살을 감행했다. 안나와는 달리 그녀는 1920년대 초에 프랑스로 망명했다. 그리고 1938년이 되어서야 모스크바로 되돌아왔다. 그런데 그녀는 어려운 정치 상황과 개인적인 문제에서 아무런 성과도 거두지 못하고 자살을 택했다. 안나를 시인으로서 그리고 인간으로서 매우 높이 평가한 츠베타예바는 그녀에게 총 13편의 시를 바쳤다. 안나는 나중에 자신의 시 「우리는 넷이서…」에서 츠베타예바를 인정하는 자신의 마음을 표현했다. 이 작품에서 그녀는 츠베타예바와 만델스탐, 그리고 파스테르나크와 자신을 하나로 보았다.

제2차 세계대전 때에 독일군이 소비에트 연방에 진군해 들어와 레닌그라드를 포위했을 때 안나는 도시에 남아 있었다. 52세의 이 여성은 민방위대로 보초 근무에 투입되었고, 절도 있게 자신의 임무를 수행했다. 시인은 전쟁을 비극으로, 상상할 수 없는 불행으로 느꼈다. 그녀는 애국적인 시로 전쟁에 대응했으며, 이 시들은 소비에트의 여러 잡지에서 발표되었다. 그녀는 〈레닌그라드의 프라우다〉에 다음과 같이 썼다.

> 적의 혼령을 불러내는 자가
> 연기처럼 자라난다.
> 진실은 우리들 편에 있다
> 그리고 우리는 승리할 것이다!

포위당한 레닌그라드의 상황이 더 나빠지자 안나는 처음엔 모스크바로, 그 다음에는 중부 아시아에 있는 타슈켄트로 대피했다. 그녀는 그것을 구조로 생각하기보다는 계속되는 불행으로 느꼈고, '추방'과 '도주'로 표현했다. 잡지에 그녀의 참여시들이 다시 발표되기 시작했는데 그중에는 1942년 〈프라우다〉에 발표되어 수백만 러시아인들의 송가가 된 유명한 「용기」도 있다.

> 그리고 우리는 너를 보존한다.
> 러시아여, 위대한 러시아여.
> 자유롭고 순수하게 우리는 너를 지닐 것이다.
> 그리고 손자들에게 물려줄 것이다.
> 그리고 억류 상태에서 구해낼 것이다.
> 영원히!

그녀는 종종 병원에 나타나 부상당한 군인들에게 자신의 시를 낭독해주었다. 안나는 자신의 애국적인 작품들로 나중에 '레닌그라드 방어' 훈장을 받았다.

타슈켄트에서 그녀는 극작품 「프롤로그」를 썼다. 이 작품은 부조리한 재판, 즉 여성시인이 되려는 것이 유일한 범행인 여주인공에 대한 유죄 판결을 다루고 있다. 그런데 얼마 지나지 않아 안나는 이 작품을 폐기했으며, 나중에 그 작품을 재구성하려 했으나 모두 실패로 돌아갔다.

1944년 5월까지 그녀는 타슈켄트에 머물렀다. 이 도시는 전선에서 먼 후방에 있었는데, 넓은 길과 높은 건물들이 들어서 있는 유럽풍의 도시인 레닌그라드와는 전혀 달랐다. 타슈켄트는 단층집들과 널따란 정원, 가지각색의 시장이 있어 동양적인 분위기를 풍겼다. 우즈베키스탄 사람들 외에 카자흐스탄, 타타르 사람들과 다른 아시아 민족들이 이 도시에 거주했다. 전쟁 동안 소비에트 연방에서 많은 도망자들이 이 도시로 피난을 왔다. 그곳에서 안나의 생활은 다른 피난민들보다는 조금 나았다. 그녀의 애국시가 출판되고 나서 그녀는 이제 사회적으로 '유용한 여성시인'이 되었기 때문이다. 그녀는 갑자기 '최고의' 또는 '우리의 지도적인 여성시인'으로 표현되었다. 그녀는 이른바 수상자 배급을 받았는데, 그 배급을 먹을 것이 없는 사람들과 나누어가졌다. 안나는 실로 피난 기간 동안 끊임없이 고향에 대한 그리움을 토로했다. 하지만 그녀는 동양적인 세계의 아름다움을 받아들였고, 그 아름다움은 그녀로 하여금 타슈켄트와 아시아에 대한 일련의 시를 쓰도록 영감을 불러일으켰다.

전쟁이 끝나기 직전에 안나는 레닌그라드로 돌아갔다. 그녀의 인기는 계속 올라갔고, 그녀는 수많은 독서회에 참가했다. 그런데 얼마 안 있어 운명은 다시금 그녀에게 반기를 들고 말았다. 전쟁 후 소비에트 문학에서는 이른바 '주다노프 시대(당시 소비에트 연방 사회주의 공화국 문화장관 이름에서 딴 것이다)'가 시작되었는데, '추방당한 세계시민주의자'와 '퇴폐적인' 서방에 대한 공격, 사회주의 리얼리즘과 당 이념에 따른 독트린이 강조되었다. 안나는 이 같은 선동적 캠페인의 첫 번째 희생물이 되었다. 풍자가인 소쉔코와 함께 그녀는 1946년에 작가연맹에서 축출되었고, 다시 출판금지 명령을 받았다.

주다노프의 다음과 같은 발언은 잘 알려져 많이 인용되었다.

> 안나는 인민에 어울리지 않고 공허하며 이념이 없는 시문학의 전형적 대표주자이다. 비관주의적이고 퇴폐적인 정신으로 흠뻑 젖은 그녀의 시는 옛 살롱 시문학의 취향을 나타낸다.

안나의 주제 범위는 점점 개인주의적이 되어 그녀의 시문학의 영역은 초라할 정도로 제한되었다. 심지어 주다노프는 그녀의 문학성을 놓고 '침실과 기도실을 이리저리 오가며 몸을 파는 미친 매춘부의 시문학'이라고까지 했다. 또한 '창녀이자 수녀로 그녀에게는 죄와 기도가 혼합되어 있다'고 덧붙였다.

전쟁을 치르는 동안 오히려 자유로웠던 몇 해가 지난 후 이런 선동적인 캠페인은 예기치 않게 예술계 전체에 불어닥쳤다. 소비에트 연방에서는 극단적인 애국주의와 예술 작업에 대한 가차없는 통제의 시대가 시작되었다. 외교정책에서는 냉전이 지배하고 있었다.

안나는 완전히 고립되었다. 많은 친구들이 두려움 때문에 그녀에게서 등을 돌렸다. 그녀 역시 자신과 가까운 사람들이 어려움에 빠지지 않도록 그들을 피했다. 그녀는 다시 번역 작업으로 생계를 유지해야 했다. 번역 일이 성공적으로 이루어졌음에도 그녀는 그 일을 항상 부담스럽게 생각했다. 그래서 그녀는 친구이자 훗날 자신의 전기작가가 된 리디아 추코프스카야와의 대화에서 다음과 같이 말했다.

지금 나에게는 그것이 더 이상 문제되지 않지만 시인은 창작 활동을 하는 동안에는 번역을 해서는 안 돼. 만일 그렇게 한다면 그것은 시인이 자신의 뇌를 남김없이 비우려는 것과 마찬가지일 거야.

전쟁 후 안나의 아들 레프 구밀료프는 자유를 찾았으나, 1949년에 또다시 체포되었다. 안나는 아들의 생명을 걱정하며 연작시 「평화 만세」를 썼는데, 이 시에서 그녀는 스탈린을 찬양했다. 독재자가 당연히 출판을 승인한 이 연작시는 당시 가장 유명한 잡지인 〈오고뇨크〉에 발표되었다. 안나는 그 시를 씀으로써 시인의 진실성에 대한 자신의 가장 깊은 확신을 스스로 배반했다는 사실을 충분히 깨달았다. 그 때문에 그녀는 이후의 작품집 어디에도 이 시를 실으려 하지 않았다. 여하튼 그러한 자기 부정도 그녀가 원하던 바를 달성시켜주지 못했다. 안나의 아들은 이후 7년 동안 그대로 수용되었다.

걱정과 병은 안나를 많이 변화시켰다. 원숙미가 넘치던 젊은 시절, 경탄의 대상이었던 그녀의 미모는 별로 남아 있지 않았다. 1950년대 초반에 그녀는 외적으로 완전히 다른 여성이 되어 있었다. 그녀의 전기 작가 리디아 추코프스카야는 그녀를 이렇게 묘사하고 있다.

그녀는 몸집이 커졌고 뚱뚱해졌다. 얼굴은 통통하고 입은 통통한 뺨 사이에서 예전보다 더 작아 보인다. 얼굴 전체는 날카로운 윤곽을 잃어버렸다. 심지어 메부리코 형태까지 사라져 버렸다. 눈빛만이 남아 있다. 그리고 목소리가……

스탈린이 죽은 후 그녀는 소비에트 비평계에서 천천히 복권되었다. 그러다가 몇 년 후에야 비로소 그녀의 시가 잡지와 연감에 다시 발표되었다. 1958년에는 드디어 그녀의 서정시집이 출판되었다. 그런데 안나는 편집이 되고 검열을 받은 선집이 불만족스러웠다. 3년이 지난 뒤 국립 모스크바 문학출판사인 고슬리티츠다트는 시 모음집인 『시 1909~1960』를 발간했는데, 여기서는 그녀의 연애시 250편을 선별하여 묶어놓았다. 안나는 이 책 역시 만족스러워하지 않았다.

이 책은 작가의 잘못된 생각을 전달하고 있는 세 번째 책이다.

그녀 생전에 마지막으로 출판된 시집 『시간의 흐름』에도 검열이라는 같은 운명이 닥쳤다.

고령의 나이에도 이 여성시인은 내외국에서 명예로운 선물을 수없이 많이 받았다. 1964년에 75세의 이 시인에게 시칠리아에 있는 타오르미나에서 문학상이 주어졌고, 일 년 후에는 옥스퍼드 대학에서 명예박사학위를 받게 되어 50년 만에 외국 여행길에 올라 로마, 파리, 런던에서 머물렀다. 호기심과 열정에 가득 차서 감행했던 젊은 시절의 여행과 달리 이 늦은 여정은 그녀에게 아무런 인상을 남기지 못했다. 안나는 너무 늙고 원숙해서 어떤 것에도 매혹될 수가 없었다. 옥스퍼드 대학의 행사에서 그녀는 이렇게 말했다.

이것은 나의 장례식입니다. 이런 행사는 시인에게 아무 의미도 없습
니다.

생전에 이룬 명예에도 불구하고 이 여성시인의 많은 작품들은 출판
되지 않은 채로 남아 있다. 1980년대 페레스트로이카의 끝 무렵에야
비로소 그녀에 대한 출판의 제한이 완전히 없어졌다.『영웅 없는 시』
나『레퀴엠』등 그녀의 몇몇 작품은 그녀의 고향보다 외국에서 먼저
출판되었다.

삶의 마지막 즈음에 안나에 대한 찬미는 거의 숭배와 같은 성격을
띠었다. 그래서 수많은 사람들이 그녀가 '부드카(선로지기의 막사)'라
부른 그녀의 여름 별장으로 순례를 왔다. 레닌그라드 근교 조그만 부
락에 위치하고 있던 이 집은 레닌그라드 작가연맹에서 1960년대에 그
녀가 사용하도록 내준 것이다. 집은 조그맣고 난방도 되지 않으며 물
은 우물에서 길어 와야 했다. 하지만 집은 언제나 손님들로 북적댔다.
무엇보다 젊은 시인들이 많았는데, 그중에서도 요제프 브로드스키, 아
나톨리 나이만과 예브게니 레인 등이 안나에게서 조언을 구하기 위해
그녀를 찾았다. 또한 편집자, 엔지니어, 번역가 또는 아주 평범한 사람
들까지도 이곳을 다녀가면서 여성시인에게 존경심을 표했다.

고령이 될 때까지 안나는 시적 힘과 형식적 지배력을 유지하고 있었
다. 대단한 끈기와 세심함을 가지고 그녀는 자신의 후기 서정시 작업
에 임했다. 그녀는 조각가처럼 모형을 빚은 다음 각각의 세부적인 사
항을 다듬었다. 그리고 변함없이 자신의 초기 시에서 확립한 원칙, 명

쾌함과 단순함, 그리고 언어적 표현의 의미심장함에 충실했다.

명성을 얻고 인정을 받았음에도 안나는 마지막까지 집도 없이 가난하게 지냈다. 그녀는 변변한 가구조차 없었기 때문에 트렁크에 물건을 두고 살았다. 그녀가 유일하게 가진 것이라고는 원고밖에 없었다.

1966년 3월 5일, 그녀는 77세의 나이에 심부전증으로 세상을 떠났다. 비록 장례식이 공개적으로 치러지지는 않았지만, 시인의 사망 소식은 빠르게 전해졌다. 끝없이 이어지는 인파가 안나가 묻힌 코마로보를 찾았다.

고통으로 가득한 삶은 안나 아흐마토바를 불행하게 만들지 않았다. 이 여성시인은 자신이 죽기 일 년 전에 전기 성격을 띤 단편을 하나 썼는데 이 글은 다음과 같은 말로 끝을 맺고 있다.

나는 비할 데 없이 특별한 시간들을 살았고, 전무후무한 사건들의 증인이 되었다는 사실 때문에 행복하다.

1988년에는 안나 아흐마토바의 이름을 딴 별이 하나 생겨났다.

엘레오노라 부르미스트로프

나는 오래된 영혼을 가지고 있다

Leonora Carrington
레오노라 캐링턴(1917~현재, 화가 · 작가)

_레오노라 캐링턴

영국에 태어나 엄한 가톨릭교 부모 밑에서 자라났지만,
자유분방한 그녀의 기질은 가족들에게 골칫거리였다.
이러한 자유로운 기질은 당시의 새로운 화풍인 초현실주의로 그녀를 이끌었다.
이때 막스 에른스트를 만나 그와 함께 파리로 가서
초현실주의자 그룹에서 활동하게 된다.
이후 삶의 무대를 멕시코로 옮긴 그녀는
당시 초현실주의 화가인 프리다 칼로, 레메디오스 바로 등과 교류하며
마술적 페미니즘의 화풍을 창조한다.
1963년 멕시코 인류학 박물관의 벽화 「마야의 마술적 세계」는
독특한 화풍으로 인정받았다.

나는 길들여지지 않는다

나는 여기에 있기를 바랐습니다.
유감스럽게도 나는 너무 늙었습니다.
그렇지만 당신들이 내가 있었던 몇몇 장소를 구경하신 것을
정말 소중히 여기겠습니다. 고맙습니다.

이 인사말은 화가이자 작가인 레오노라 캐링턴이 81세 때 일본에서
열린 자신의 그림과 조각 순회 전시회용 카탈로그 앞에 쓴 것이다. 그
녀는 늘 그래왔듯이 거울문자로 인사말을 썼다. 이미 아주 어릴 적부
터 그녀는 거울문자 쓰기 방식에 익숙해져 있었고, 일관되게 그것을
지켜왔다. 모든 것을 꿰뚫어보려고 하는 듯한 탐구적이고 맑은 시선을
가진 이 훌륭한 숙녀는 언제나 자기 주관이 뚜렷했다. 그녀는 지식과
이해는 다른 것이며 이해가 더 중요하다고 생각했다. 그렇기 때문에

그녀는 자신의 인생에서 '이해'를 추구하는 데 주력했다. '왜'라는 물음은 지금까지도 그녀의 생각을 이끄는 추진력이다.

레오노라 캐링턴은 1917년 4월 6일 영국 백작령인 랭카셔의 클래이튼 그린에서 엄한 가톨릭교도 부모 밑에서 둘째 아이로 태어났다. 아버지 해롤드 와일드 캐링턴은 아주 부유한 섬유 제조업자로 성공했고, 따라서 가족은 상류 계급에 속했다. 나중에 아버지는 사업체를 화학산업계의 대기업인 임페리얼 케미컬 인더스트리즈(I.C.I.)에 팔았고, 그 회사의 주요 주주가 되었다. 레오노라의 어머니 모린은 아일랜드 시골 의사의 딸로, 교양 있고 박식한 여성이었으며, 19세기 초반의 인기 작가였던 마리아 에드워드의 친척이었다. 장남인 패트릭과 둘째 레오노라 다음으로 아들인 제럴드와 아서를 두었다.

레오노라가 세 살 때 부모님은 랭카스터 근교 크루키 성으로 이사했다. 밖으로 돌출된 창, 뾰족한 합각머리 지붕, 그리고 튼튼한 성탑이 있는 이 집은 캐링턴 가족의 신분에 어울렸고, 아이들에게는 수많은 유령 이야기의 재료를 제공했다. 부모는 상류 계층에서 으레 그러하듯 자신들의 자녀를 아일랜드인 보모와 프랑스인 가정교사, 그리고 예수교 신부에게 맡겼다.

나는 어머니를 하루에 한 번밖에 보지 못했다. 가정교사가 차를 마시기 위해 나를 어머니에게 데려갈 때였다.

따라서 레오노라가 아일랜드인 보모 메리와 친밀했다는 사실은 전혀 놀라운 일이 아니다. 메리는 고갈되지 않는 저장고라 할 만큼 많은 전설과 동화를 알고 있었다. 그녀가 힘센 동물로 변할 수 있는 신들의 이야기, 전설로 숨겨져 있는 보물과 머리 다섯 개 달린 거인들, 사람들을 마법에 걸리게 하는 나쁜 마술사, 그리고 숲에 살고 있는 요정들의 이야기를 할 때면 어린 소녀는 황홀해하면서 귀를 기울였다. 그 놀라운 존재들은 소녀의 피어나는 환상 속에서 계속해서 살아남았고, 그 안에서 나름대로의 삶을 살아가고 있었다. 머릿속에 숲의 정령과 땅의 정령이 가득 차 있었으므로 레오노라 캐링턴이 뭐에 홀린 듯 이 존재들을 종이 위에 옮겨놓으려고 애썼던 것은 당연하다. 그녀가 지난 시간을 회고할 때면, 어릴 적에 종이 한 장을 놓고 구부리고 앉아 거기에 아주 유별난 인물들을 그려넣는 자신을 보곤 한다. 그녀에게는 자신의 기억 속에서의 지난 시간이 항상 그림을 그린 것처럼 보인다. 그녀는 익살스럽게 거기에 다음과 같이 덧붙인다.

아마도 지금 그것은 과장되었을 것이다. 분명 나도 내 또래 다른 아이들처럼 한 번쯤은 볼거리를 앓았던 게 틀림없다.

당시엔 좋은 집안 출신의 고명딸에게는 분명히 정해진 미래가 있었다. 참한 여성으로 성장해 훌륭하고 부유한 배우자를 만나 결혼해야 하는 것이다. 미래에 크고 화려한 살림을 이끌어가기 위해 필요한 전제조건은 건실한 교육이었다. 그래서 아버지는 아홉 살 된 딸을 에섹스 근교 첼름스필드에 있는 수도원 부속학교 홀리 세플처로 보냈다. 비교적 자유롭게 자라서 강한 의지를 지니고 있었으며 오빠와 두 남동생에 맞서 자신의 뜻을 관철시키는 법을 배웠던 한 소녀에게 그것이 무엇을 의미하는지 학교의 수녀들은 재빨리 알아챘다. 레오노라는 자신의 인생에 아무런 역할을 하지 못할 것 같은 것들을 배우고 싶어하지 않았다. 그것은 그녀의 아버지가 추측하듯이 반항적인 태도와는 아무런 관계가 없었고 단지 시종일관된 것일 뿐이었다. 예컨대 레오노라 캐링턴은 무엇인가를 쓸 때면 언제나 정서법이나 문법을 무시하고 거울문자로 썼는데, 나중에 초현실주의자들도 그들의 추종자들에게 유사한 것을 요구했다.

수업시간이 끝날 무렵에 그녀의 노트는 선생님들이 요구한 내용 대신 기이한 생물들이 가득 그려져 있었다. 수녀들은 아홉 살 난 소녀가 감히 학교의 규칙에 노골적으로 맞서리라고는 생각지 못했다. 오히려 그들은 아이가 제정신이 아니라고 생각했다. 시간이 지날수록 그들은 이 반항아를 길들이고 얌전한 소녀로 키워내려는 노력을 포기했다. 레오노라 캐링턴은 학교로부터 아무것도 받아들이려 하지 않았으므로 그들은 더 이상 참지 못하고 그녀를 집으로 돌려보냈다. 아버지는 화가 나서 펄쩍펄쩍 뛰었다.

학교에서 쫓겨나다시피 한 딸을 다른 학교에 넣는 것이 간단한 일은 아니었다. 랭카스터 주교의 개인적인 추천으로 마침내 애스코트에 있는 세인트 메리 수도원에서 그녀를 받아들였다. 이번에는 학교측이 더 이상 참지 못할 때까지 2년이 걸렸다. 가족회의가 열렸다. 이 행실 나쁜 아이를 어떻게 해야 할까? 분명 그녀는 '검은 양'이었지만, 또한 분명한 것은 그녀가 캐링턴 가문 출신이라는 것이다. 그래서 가족들은 레오노라를 가능한 한 먼 곳으로 보낸다는 대안을 찾기에 이르렀다. 그리하여 15세의 이 미성년자는 가문의 명성에 누가 되지 않기 위해 피렌체의 한 기숙여학교로 들어갔다. 그곳에서 그녀는 난생처음 박물관을 방문하여 옛 거장들의 작품을 스스로 찾는 경험을 하게 되었다.

특히 르네상스 시대의 그림들이 그녀의 마음을 사로잡았다. 레오노라 캐링턴은 작품들을 베끼느라 그곳에서 오랜 시간을 보냈다. 이어서 그녀는 파리의 기숙학교에서 한 해 동안 상류층 숙녀를 위한 마지막 과정인 사교 예절을 배웠다. 어쩐 일인지 이 학교에서는 그녀도 잘 견뎌냈다.

이제 레오노라는 17세가 되었다. 그녀는 검은머리에 똑똑하고 재치 있는 숙녀가 되어 있었다. 아버지는 그녀를 바로 결혼시키고 싶었을 것이다. 그녀가 조지 5세의 궁정에서 열린 무도회에서 처음 사교계에 등장한 이후로 그녀를 사모하는 남자들은 많았다. 다음 시즌 때 그녀의 부모는 런던의 고급 주택가인 메이페어에 집을 빌려 머물면서 각계의 많은 유명 인사들을 리츠 호텔의 떠들썩한 무도회에 초대했다. 그러나 그것은 모두 헛수고였다. 레오노라에게 접근한 남자들은 모두 그녀의 냉담한 거절로 인해 좌절을 맛보아야 했다.

이 여성 예술가는 당시 자신의 감정을 1938년에 쓴 단편 「사교계의 신인」에서 다음과 같이 피력했다.

5월 1일에 맞춰 어머니는 나를 위하여 무도회를 준비했다. 나는 밤새도록 고통을 당했다. 나는 이전부터 무도회를 싫어했으며, 무엇보다도 나 때문에 열리는 무도회는 더더욱 그랬다. 1934년 5월 1일 새벽에 나는 하이에나를 찾아갔다.

마법의 이야기를 통해 그녀는 동물원의 하이에나에게 자신의 자리에 앉아달라고 부탁했고 이 동물은 주저하지 않고 그렇게 했다. 거칠고 사나운 웃음으로 길들일 수 없고 독자적인 존재로서의 하이에나는 레오노라의 '길들여지지 않은' 측면을 묘사하는 동물이 되었다. 이 밤의 동물은 처음부터 늘 그녀의 그림 속에 나타났고, 그녀와 함께 발전했다. 말하자면 첫 자화상에서 하이에나는 탄력 있는 젖꼭지에 윤기 있는 털을 지니고 있는 젊은 모습이었는데, 1987년의 그림에서는 그것이 늙어서 털이 텁수룩하게 늘어지고 목발에 겨우 의지하고 있는 모습이다.

이 모든 쓸데없는 일을 거친 후에 나는 나의 부모에게 말했다. '좋아요, 부모님은 재미를 보셨어요, 이제 나는 내 자신을 돌봐야겠어요!'라고 말이다. 부모님에게는 안됐지만 나로서는 이 모든 사회적인 번거로움을 드디어 끝을 내는 것이었다.

아버지는 이를 갈며 그의 딸이 자기 마음대로 하는 것을 허용할 수밖에 없었다. 마침내 레오노라는 당시 명망 있는 아카데미인 아메데오젠팡이라는 런던의 미술학교에 지원하면서 어느 펜션의 소박한 방으로 이사했다.

레오노라 캐링턴은 부지런한 미술학도였지만, 교사의 생각에 매달려 오랫동안 시간을 허비하지는 않았다. 그녀는 이미 오래 전부터 자신의 머릿속에 자리잡고 있었던 것을 그렸다.

우리는 사과를 그려야 했다. 그는 아주 엄한 교사였다. 우리는 항상 똑같은 사과를 그려야 했다. 그 사과가 완전히 쪼그라들며 썩어버릴 때까지 말이다.

초현실주의 화가들과의 만남

1936년 여름에 프랑스에서 시작된 새로운 예술 경향인 초현실주의가 런던에도 들이닥쳤다. '국제 초현실주의자 전람회'에 호기심 많은 수천 명의 방문객들이 몰려들어 피카소, 르네 마그리트, 마르셀 뒤샹과 막스 에른스트 등의 작품을 보려고 했다. 레오노라 역시 그 전시회에 갔다. 그녀는 그곳에서 처음으로 자신의 표상 세계와 가까운 작품들, 예컨대 새의 머리를 지닌 사람들, 신비로 가득한 공간, 독특한 꿈의 환상 등을 보고 마음을 빼앗겼다.

나중에 어머니는 그녀에게 초현실주의에 대한 책을 선물했다. 「꾀꼬리에게 위협받는 두 아이」라는 막스 에른스트의 그림이 책 표지를 장식하고 있었다.

나는 엄청난 충격을 받았다. 여기에 있는 이것, 이것이 무엇인지 나는 안다고 생각했다. 나는 그것을 이해하고 있다.

그 다음해에 막스 에른스트가 개인전을 열기 위해 런던으로 왔다. 레오노라 캐링턴은 전시회에 이어 저녁에 열리는 디너 모임에 초대 손님으로 가게 되었다. 독일인 화가는 영어를 전혀 하지 못했기 때문에 그녀가 프랑스어로 더듬거리며 말해야 했다. 그림에도 두 사람은 금방 서로를 이해했는데 그것은 일종의 영혼의 친화력 같은 것이었다. 46세의 막스와 20세의 레오노라는 연인 사이로 발전하게 되었다. 아버지는 딸의 터무니없는 연애를 방해하기 위해 온갖 방법을 강구했다. 그는 초현실주의자 그룹의 저주받은 그림에 대해 소송을 걸었다. 그는

"순전히 포르노그래피야!"라며 흥분했다. 그러나 아무리 비난하고 위협하고 막아보아도 아무 소용이 없었다. 콘월에 있는 작은 시골 여관에서 레오노라는 막스 에른스트의 돌풍과 같은 여인이 되었다.

자연 그대로의 검은색 곱슬머리를 한 그녀는 그야말로 돌풍이었다. 막스는 이미 20년대에 그것을 그렸는데, 그 그림에는 두 마리의 말이 서로 뒤엉켜 싸우고 있었다. 서로 엉겨붙어 있는 그림에서 휘몰아치는 것은 남성적인 힘과 성적 충동일까, 아니면 여성적인 야생성일까?

레오노라는 결국 오젠팡에서의 학업을 포기했다. 그녀는 주저 없이 막스를 따라 파리로 가서 초현실주의자 그룹에 들어갔다. 그들은 그녀를 환영했다. 단지 막스의 두 번째 아내인 마리 베르테만이 남편의 새로운 애인을 마음에 들어하지 않았다. 하지만 그렇다고 해서 누가 그녀를 나쁘게 생각할 수 있겠는가?

레오노라는 초현실주의자들이 열광했던 뮤즈 상(像)을 구현하고 있는 것처럼 보였다. 천진난만함과 야생의 아름다움을 동시에 가지고 있는 그녀는 그야말로 한없이 풍부한 아이디어를 지니고 있었다. 작가인 앙드레 브르통은 관습에 얽매이지 않는 이 여성에게 마음을 빼앗겼다. 그는 그녀가 중세에 태어났더라면 마녀로 화형당했을 것이라고 믿었다. 왜냐하면 그 당시 많은 여성들이 젊고 독립적이며 아름답다는 이유로 죽어야 했기 때문이라는 것이다.

"오늘날 레오노라 캐링턴이 아니면 그 누구에게 이런 묘사가 꼭 맞아떨어지겠는가?"

그녀는 막스뿐만 아니라 『초현실주의 선언』을 쓴 앙드레 브르통을 위시한 초현실주의자 전체에 상상력과 창작력을 북돋워주었다.

1924년의 초현실주의 선언에서 브르통은 무의식의 세계인 꿈은 광기의 한 현상이며, 정상적인 오성에 의해 제어되는 사고 및 감정과 마찬가지로 현실을 파악하는 타당한 형식이라고 주장했다. 따라서 상상, 즉 내면의 그림들이 의미심장해지면서 화폭과 책에서 자리를 잡게 되었다. 논리적인 개념들은 그림에서든 글에서든 배척되었다. 이른바 자동기술법이라고 하는 것은 아주 직접적으로 현존하는 정신 상태를 표현해준다고 한다. 또한 텍스트에서 문체상으로나 문법적으로 글을 다듬기 위한 여지는 더 이상 존재하지 않는다는 것이다. 우연, 무의식 그리고 꿈들이 바로 즉석에서 받아쓰듯 창작이 이루어지게 하는 요소들이었다.

그림이 그려지는 대상들은 다의적이며 마법과도 같은 수수께끼가 되었다. 예술가들은 각각 자신만의 표상과 언어의 보고를 가지고 있었다. 예를 들면 레오노라 캐링턴에게 있어서 말〔馬〕은 끊임없이 등장하는 모티브이다. 처음에 언젠가 그것은 그녀의 '다른 자아'를 대변했다. 어릴 때 그녀는 말이 되기를 바랐다.

"내가 말이라면 다른 종류의 에너지가 내게 주어질 텐데."

그녀의 가장 어릴 적 기억 중의 하나는 집의 어느 어두운 구석에 있는 너무나도 멋있는 목마와 관계가 있었다. 레오노라는 이 목마와 내면적으로 연결되어 있었는데, 그녀는 어린 시절 외로움을 느낄 때마다 자신의 고민을 이 목마에게 속삭이곤 했다.

동물을 사랑했던 레오노라는 일찍이 승마를 배웠다. 어머니와 그녀는 자기 소유의 말을 가지고 있었고, 방학 때는 함께 말타기를 했다. 신화에 나오는 흰색 말에 대한 이야기를 그녀는 아일랜드인 보모에게서 들었다. 그 말은 옛 켈트족에게는 성스러운 동물이며 바람보다 빨라서 공기까지도 뚫고 날아갈 수 있는 빛의 동물이었다.

이 모티브는 레오노라 캐링턴의 그림 속에서 계속 등장했는데, 그 그림들은 환상적인 것과 부조리한 것을 표현하는 그녀의 특별한 재능을 분명히 보여주었다. 이미 어린 시절부터 그녀는 상상의 왕국에서 살았고 초현실주의에 부합되게 그녀만의 고유한 사고와 표상세계를 구축했지만 그것이 그녀의 엄격한 작업 방식에 방해가 되지는 않았다. 캐링턴은 그림을 그릴 때 그리고 나중에는 글을 쓸 때에도 왼쪽 눈으로는 현미경으로 보듯 살펴보고 오른쪽 눈으로는 망원경을 통해 보듯이 사물을 바라본다는 요구를 스스로에게 설정해 놓고 있었다.

그러나 초현실주의는 양식상의 경향이었을 뿐만 아니라 삶의 모든 영역을 뚫고 들어온 운동이기도 했다. 작가인 앙드레 브르통, 폴 엘뤼아르, 화가인 살바도르 달리, 마르셀 뒤샹 그리고 막스 에른스트와 같은 예술가들은 사회적인 모든 관습의 거부를 기치로 내걸었다. 사적으로도 터부시되는 영역은 있을 수 없었으며 사랑이나 성(性)에 있어서도 그랬다. 그런데 성적 자유가 여성들에게도 똑같이 허용되었지만 자신의 여자에게는 허용되지 않았다. 다른 여성들은 밖으로부터 에너지를 제공하는 뮤즈가 되어야 했다. 이것은 여성들에게 독자적인 예술가로서의 능력을 허용하지 않는 남성적인 생각이었다. 여성들의 유일한 임무는 남성의 상상력을 고취시켜 거기에서 새로운 예술적 창작이 이루어질 수 있도록 하는 것이었다.

레오노라 캐링턴처럼 지적이고 재치 있으며 유머 있는 여성들은 이 활기 있는 작업 환경 속에 자신들이 동료들로부터 뮤즈나 매개체로 잘못 이용되어 자신들의 예술적 능력이 침해될 수 있는 위험이 도사리고 있음을 본능적으로 인식했다. 그것은 레오노라가, 진정한 초현실주의자인 그녀가 그런 사상에는 동의하려 들지 않았던 이유이기도 했다. 그것에 대한 의견을 묻는 질문에 그녀는 이렇게 대답했다.

"나는 그가 누구이든 그 사람의 뮤즈가 될 시간이 없었어요. 나는 부모에게 저항하고 예술가가 되는 것을 배우느라 정신이 없었답니다."

순진하고 단순하며 광기와 아름다움을 함께 지닌 아이 같은 뮤즈라는 여성상은 당시 여성들에게 자신만의 성숙한 예술가적 개성을 발전시키는 가능성을 제공하지 못했으므로 다른 진지한 여성화가들도 초현실주의자에 속하기를 명백하게 거부했다. 그들 중에는 멕시코 사람인 프리다 칼로, 에스파냐인으로 나중에 레오노라와 친한 친구가 된 레메디오스 바로, 그리고 코스모폴리탄 사람인 레오노르 피니가 있었다. 다른 한편으로 초현실주의는 여성들이 처음으로 접하는 창조적인 창작활동과 사회와 가족의 기대로부터 해방되는 일이 함께 이루어질 수도 있는 세계, 반항이 하나의 미덕으로, 상상력이 더 자유로운 삶으로 가는 통행증으로 생각되어지는 세계를 짧게나마 볼 수 있게 해주었다. 레오노라 캐링턴은 아이디어가 많았고, 막스 에른스트는 이런 그녀를 유럽 미술계에 소개했다.

막스를 비롯해 다른 유명한 초현실주의자들과 함께 그녀는 1937년 처음으로 파리와 암스테르담에서 전시회를 열었다. 그녀의 그림 「새벽집의 여관」은 자화상으로 크게 인정받았다. 그림에는 레오노라가 큰 방 안에서 옛 빅토리아 시대풍의 의자에 앉아 있는데, 의자의 다리 모양이 그녀가 달라붙는 바지 밑에 신고 있는 굽 높은 펌프스와 비슷하다. 굽이 높은 구두에 그녀는 승마복을 입고 있다. 어깨까지 흘러내린 숱 많은 머리카락이 탐스럽게 바람에 날리고 있는데, 그 모습이 마치 밖에서 막 내달리고 있는 흰 말의 갈기와도 같다. 하얀 목마는 그녀

자화상 「새벽집 여관」, 1936/37년

의 뒤에서 허공 속에 흔들거린다. 그녀 앞에는 하이에나를 연상시키는 전설적인 동물이 서 있다. 오른손의 모양을 보면 새끼손가락과 둘째손 가락이 펴져 있다. 즉 그녀가 마력을, 그리고 마녀의 힘의 상징을 사용 하여 세 개의 탱탱한 젖을 가진 그 동물에게 마법을 걸었다는 걸 추측 하게 해준다. 그 외에는 이 황량하고 적갈색 타일을 깐 공간 안에는 아 무것도 없다. 이것은 18세에서 21세의 젊은이들이 특히 그런 것처럼 스스로 강하고 활력 있다고 느끼는 자의식 강한 여성의 그림이다. 그 녀는 밖으로 나가 자유 속으로, 삶 속으로 가고자 한다. 아직은 그녀가 거기에 앉아 있지만 다음 순간에는 달라져 있을 것이다. 레오노라 캐 링턴은 도약하고자 한다.

146

사랑과 함께 타오르는 예술혼

마리 베르테와의 격렬한 싸움으로 연인들은 1937년 여름에 남쪽으로 도망했다. 당시로서는 아직 외딴 골짜기이며 마리 베르테의 고향인 아르데쉐를 막스는 훤히 알고 있었다. 그들은 아비뇽 북쪽에 위치한 생 마르탱 마을의 소란스러운 선술집 위층에 방을 하나 얻었다. 레오노라는 단편소설을 쓰기 시작했다. 그녀는 자신이 많은 것을 그림에서 표현하고자 했지만 또 다른 것은 이야기에서 표현하고 싶어한다는 것을 깨달았기 때문이다. 막스 역시 그녀의 상상력과 영국인다운 유머 감각에 매료되어 그녀가 글을 쓰도록 격려해주었다. 그녀는 그림도 많이 그리고 스케치도 많이 했다. 그중에 「새를 가진 여인」이라는 작품이 있는데, 이 그림에는 레오노라 캐링턴이 말과 비슷한 머리 모양을 한 모습으로 그려져 있으며, 그녀의 애인은 작은 새로 표현되어 있다.

막스 에른스트는 그의 새로운 애인과 지낸 몇 달 동안 그림을 그릴 기분이 별로 생기지 않았다. 무더운 여름에 두 사람이 포도나무 사이 가파른 길을 내려가 강 쪽으로 달려갈 때면 종종 다른 사람들의 시선을 끌었다. 그때 그들은 수영복을 머리 위에 걸치고 가는 것을 좋아했다. 그들은 벌거벗은 채로 갔다. 강에 도달하면 그들은 수영복을 다시 입었다. 마을 사람들이 저 외국인들은 미치광이라고 입을 모았다.

방해받지 않는 여름날의 목가적인 생활은 마리 베르테의 도착으로 갑자기 중단되었다. 그녀는 이 연인들을 찾아냈고 막스와 심하게 싸웠다. 그녀는 남편을 되찾으려고 했으며, 변덕스러운 막스는 막다른 구석에 몰리자 온갖 구실을 갖다붙였다. 남편에게 분노하고 상처받은 아내는 혼자서 다시 파리로 떠나버렸다.

막스는 우유부단한 사람이었고 결단력이 없었다. 가을이 되자 막스는 낙심한 레오노라를 버려두고 아내를 따라갔다. 레오노라에게는 세상이 무너지는 일이었다. 그녀의 후원자이자 보호자이며 애인이고 영원한 친구인 그가 이 낯선 지방에 그녀를 혼자 버려둔 채 가버린 것이다. 그녀는 우중충한 마을 선술집 위에 있는 방 외에는 오갈 데가 없었다. 이 지방의 겨울은 정상적인 사람도 슬프고 우울하게 한다. 레오노라는 막스 에른스트가 스스로에게 붙인 이름인 '로플로프, 탁월한 새'가 언젠가 자신에게 다시 되돌아오리라고 믿지 않았다. 불행하고 고독한 그녀는 자신의 고통스러운 감정을 단편 「리틀 프랑시스」에 쏟아 부었다. 그 작품에서 막스는 우브리아코 아저씨로, 마리 베르테는 그의 유별난 딸 아멜리아로 나온다. 또한 리틀 프랑시스는 좌절로 인해 말의 머리 모습으로 자라난 소년으로 나오는데, 이는 레오노라와 유사하다. 이 소설은 비극적으로 끝난다. 리틀 프랑시스가 아멜리아에게 속아 함정에 빠져 죽음을 당하게 된다. 그러나 현실의 레오노라는 혹독한 겨울을 이겨냈다. 1938년 봄에 막스 에른스트는 돌아왔다. 마침내 아내와 이혼을 한 것이다.

행복하고 생산적인 시간이 시작되었다. 두 사람은 이제 전력을 다해 일을 했다. 막스는 무엇보다도 레오노라의 단편소설을 위한 삽화를 완성하였고 앙드레 브르통은 그 소설을 『타원형의 숙녀』라는 이름으로 같은 해에 출판했다.

여름에 이들은 마을 근처에서 자신들의 취향에 맞는 거의 쓰러져 가는 농가를 발견했다. 레오노라는 자신의 부모에게서 돈을 받아 그 집을 살 수 있었다. 두 사람은 함께 집을 보수하고 정돈했다. 막스는 커다란 부조로 집을 장식하고 사람과 동물의 잡종을 묘사한 조각품들을 자유롭게 배치했다. 레오노라는 그림을 그리고 글을 쓰거나 부엌, 정원, 또는 자신들의 포도밭에서 일을 했다. 두 예술가는 서로서로 새로운 이념을 불어넣고 줄어든 흥미를 되살려주었다. 또한 시골 생활을 즐기기 위해 손님들이 많이 찾아왔다. 레오노라의 초상화를 시작한 레오노르 피니 또는 파리의 친구들처럼 이곳에 오는 여행자들이 그 손님들이었다. 뉴욕에 있는 자신의 박물관에 전시할 새로운 작품을 찾아다니는 미국인 페기 구겐하임도 들렀는데, 그는 캐링턴의 작품을 하나 사가지고 돌아갔다.

미칠 듯한 고통의 시간

다시 한 번 홀가분한 여름이 시작되었다. 하지만 이것이 이 연인들에게는 마지막 여름이었다. 그들은 수영을 하고 피크닉을 갔으며, 마을의 행사에 끼기도 했고, 근교로 소풍을 나가기도 했다. 불청객들은 재빨리 쫓아버렸다. 레오노라가 불청객에게 일부러 자신의 머리카락이 들어간 오믈렛을 모른 체하고 대접했다는 이야기도 전해진다. 레오노라와 막스는 외부와는 격리된 채 자신들만의 꿈나라에서 살았다. 1939년 9월 전쟁이 터졌는데도 그들은 별로 개의치 않았다. 먼 폴란드와 독일에서 일어난 학살이 그들과 무슨 관계가 있었겠는가?

그러나 막스는 독일인이었고, 전쟁의 영향은 그에게도 닥쳤다. 이 지역에 있는 독일인들은 모두 신고해야 했고, 국가의 적으로 수용되어야 했다. 아마도 막스 에른스트는 예술가인 자신에게는 아무 일도 없을 것이라 생각했던 것 같다. 그래서 그는 평상시와 같이 작업을 계속했다. 그런데 어느 날 근위기병들이 그들 집의 문을 두드렸다. 그리고 그에게 짐을 챙길 여유도 주지 않고 그를 범인처럼 연행해 갔다.

그 후 고독한 3개월 동안 레오노라는 그의 초상화를 그렸다. 물고기 꼬리가 달린 깃털 모피를 두른 막스가 얼음 덮인 황야 가운데 서 있다. 그 뒤 대각선 방향으로는 얼음으로 된 말이 있다. 손에는 유리 램프를 들고 있고 그 속에는 또 한 마리의 조그만 말이 들어 있다. 레오노라의 '다른 자아'가 막스가 없어서 얼음으로 굳어버린 것인가? 나중에 막스는 레오노라가 그린 이 그림을 머물고 싶지 않은 먼 곳에까지 가지고 간다.

크리스마스 전날 막스는 다시 풀려났다. 그러나 생 마르탱에서는 잠시 동안만 함께 지낼 수 있었다. 왜냐하면 1940년에 그가 다시 체포되었기 때문이다. 이처럼 반복되는 이별은 레오노라에게는 설 땅을 잃어버리게 하는 것이었다.

아랫마을에서 몇 시간을 울고 나면 나는 다시 내 집으로 올라와 24시간 내내 새우잠을 잠깐 자는 것 외에는 토하기를 반복했다. 나는 오렌지 꽃 즙을 마셔 일부러 구토가 나오게 했다. 그 당시 나는 내 위가 찢어지는 듯한 격렬한 경련을 통해 마음의 고통에서 벗어날 수 있기를 희망했다.

그녀는 정원과 포도밭에서 쓰러질 때까지 일을 했고, 아무것도 먹지 않았다. 하지만 이 같은 과격한 방법도 그녀에게 안정을 주지는 못했다.

영국의 옛 친구인 캐서린 예로우와 그녀를 따라온 미셸 루카스는 독일군을 피해 프랑스를 떠나기로 하고 레오노라의 집에 잠시 들렀다.

생 마르탱 다르데쉬에서의 레오노라 캐링턴, 1939년

두 사람은 레오노라의 괴로운 상황을 판단하고 절망에 빠져 있는 그녀에게 함께 에스파냐로 가자고 설득했다. 레오노라는 공황 상태에서 짐을 쌌다. 그녀는 그렇게 사랑하던 집을 얼마 되지 않는 돈을 받고 얼떨결에 넘겨버렸다. 막스가 없는 그 집은 그녀에게 더 이상 아무런 의미가 없었다. 세 사람을 태운 자동차가 20킬로미터도 채 못 가 타이어가

고장나는 바람에 서게 되자 레오노라는 자신의 내면적 힘이 물질에 영향을 미쳐 이런 일이 일어났다고 확신하게 되었다. 그녀는 자기 자신이 고장 났고 그것이 차에 전이되었다며 더 이상 가지 않으려 했다.

자동차는 다시 움직였고, 그들은 안도라까지 갔다. 그러나 에스파냐로 들어가는 것은 비자 없이는 불가능했다. 그리고 아버지와 레오노라 사이에 전보가 오가는 동안 (아버지는 자신의 영향력을 발휘하여 필요한 서류를 준비했다) 레오노라는 내면의 변화를 느꼈고, 자신의 감각이 확대된다는 믿음이 생겼다.

그녀는 1943년에 쓴 책 『아래에』에서 이렇게 밝혔다.

내가 산과 하나가 된 이후로 나는 나와 동물들, 즉 말과 염소, 새들 사이에도 일치감이 생기게 하려고 마음먹었다. 내가 그들과 의사소통을 하는 것은 피부를 통해서였다. 내 감각이 그 당시만큼 예민하지 못한 바람에 뭐라 형용하기는 어렵지만 일종의 스킨십 언어를 통해서 그 일이 가능했다.

아버지는 레오노라와 함께 친구들의 서류까지 마련해 그들이 국경을 넘을 수 있게 해주었다. 마드리드에서 세 사람은 리츠 호텔에 묵었다. 그런데 그곳에서 레오노라의 행동은 친구들이 보기에도 점점 더 기이하고 이상해졌다. 그녀는 몇 시간이고 방 안에 틀어박혀 밤새도록 얼음처럼 차가운 물로 목욕을 했다. 그리고 그녀는 매일같이 거대 기업인 I.C.I.의 마드리드 지사장 미스터 질리랜드를 찾아갔는데, 그것은 모든 직원들 앞에서 그와 이 회사의 대주주인 자신의 아버지가 얼마나 '한심한 사람'인지를 그에게 말해주기 위해서였다. 그녀는 충격을 받

은 상태였는데, 결국에는 정신이상이 되어 혼자 힘으로 히틀러의 독일
로부터 해방되려고 했다. 그녀는 어느 곳에도 히틀러 추종자와 그에
연루된 자가 있다는 망상에 사로잡혔고, 그들을 영국 대사관에 밀고했
다. 딸의 이상한 행동으로 아버지는 더 이상 견디기 힘든 지경에 이르
렀다. 그는 1940년 8월에 사업 파트너의 도움으로 레오노라를 상탕데
르에 있는 정신병원에 입원시켰다.

엄청난 고통이 시작되었다. 간병인들은 젊은 처녀를 벌거벗긴 채
침대에 묶어 놓았고, 그녀가 똥오줌을 싼 채로 누워 있도록 내버려두
었다. 그리고 간질성 발작을 유발하는 카르디아졸 주사를 그녀에게
주입했다.

그리고 나는 추락했다. 깊은 동굴로 추락했다. 점점 더 깊이……. 그
굴의 끝에는 정적이 나를 기다리고 있었다. 극도의 불안 속에 있는 영
원한 정적이.

레오노라는 자신이 미치지 않았다는 것을 알고 있었다. 그렇지만 그
녀는 어디에 있었으며, 무엇 때문에 사람들은 그녀에게 고통을 주었는
가? 그녀의 적들은 누구였는가? 지치게 하는 불확실성은 견뎌내기 힘
들었다. 레오노라 캐링턴은 혼란된 생각에 빠져 헤매고 다녔다.

어느 날 그녀는 자신의 부모가 오랫동안 신뢰했고 부모가 에스파냐
로 보낸 어릴 적 보모를 만났다. 메리는 레오노라 캐링턴 옆에서 떠나
지 않았고 경쟁이라도 하듯 계속 눈에 띄는 곳에 머물렀다.

나중에 레오노라는 병원에서 자신보다 약간 나이가 많은 남자와 알
게 되었는데, 그들은 식사시간이면 활발하게 대화를 나눴다. 그는 그

녀에게 치료에 도움이 되는 말을 해주었다.

"당신은, 당신은 여기 오래 있지 않을 거예요."

처음으로 그녀를 진지하게 받아들이고 그녀에게 불안감을 주지 않는 분별 있는 사람이 그녀에게 말을 거는 것처럼 보였다. 그는 그녀가 동물과 특히 가까운 것은 자연스러운 일이며, 그녀의 담당 의사인 돈 루이스 모랄레스는 마법사가 아니라 악당이라는 사실을 분명히 했다. 속박은 풀어졌고, 이 여성 환자는 병이 낫는 단계로 접어들었다.

그녀의 아버지는 이제 레오노라를 어떻게 할 것인지 나름대로의 복안을 가지고 있었다. 이 '미친 딸'을 리스본으로 데려가서 그곳에서 배를 타도록 하기 위해 아버지는 보모를 보냈다. 그 종착지는 아프리카에 있는 폐쇄된 시설이었다. 부모로서는 그것으로 레오노라 문제가 영원히 해결될 것이라 생각했다.

병원에 있는 동안 레오노라는 무척 의심이 많아졌고, 극도로 분위기에 민감해졌다. 그녀는 자신이 자유로운 곳으로 가게 되지 않을 것이며, 그렇기 때문에 무조건 자신의 '감시자'에게서 벗어나야 한다는 사실을 직감적으로 깨달았다. 리스본에 도착한 레오노라는 메리에게 배를 타기 위해서는 따뜻한 장갑을 사야 한다고 말했다. 그녀는 장갑을 사러 갔다가 복잡한 골목으로 도망쳐서 숨는 데 성공했다. 그녀는 택시를 타고 멕시코 외교관인 레나토 레딕을 만나러 갔다. 그는 파리 시절에 알고 지내던 사람으로 그가 자신을 도와줄 것이라고 생각했다. 처음에는 그가 자리에 없었기 때문에 그녀는 대사관 직원들에게 자신이 추적당하고 있다는 사실을 알리고 머물러 있어도 좋다는 허락을 받았다.

나중에 도착한 레나토 레딕은 그녀를 다정하게 돌봐주었다. 그는 막스 에른스트처럼 레오노라보다 나이가 많았다. 나중에 그는 그녀에게 한결같고 아버지 같은 친구가 되었다. 그래서 기회가 되는 대로 그와 함께 멕시코로 가기 위해 그와 결혼했고, 마침내 아버지의 올가미에서 벗어날 수 있게 되었다. 후에 그녀는 늘 아버지와의 어려운 관계에 대해 이야기했는데, 1946년에 집필하여 1962년에 멕시코시티에서 공연된 극작품 「페넬로페」에서도 마찬가지다. 이 작품에서 페넬로페는 "내 아버지는 악한이야"라고 말한다. 그리고 얼룩무늬 새는 그녀에게 이렇게 충고한다.

그를 삶아버려, 구워버리라고, 으깨고 잘게 썰어버려.

돌아온 사랑 그리고 이별

막스 에른스트 역시 자유의 몸이 되어 1940년 겨울에 마르세유에 정착했다. 그곳에서 페기 구겐하임은 우연히 그를 알게 되었고, 그와 사랑에 빠졌다. 그는 레오노라에 대한 감정을 가슴에 묻어두었다. 그는 레오노라가 리스본에 왔다는 소식을 듣고는 페기를 재촉하여 그곳으로 갔다. 그는 자신의 돌풍인 그녀를 다시 찾았으나 그녀는 다른 사람이 되어 있었다.

몇 주일 동안 그는 거의 매일 그녀를 만났다. 그들은 함께 스케치를 하고 그림도 그리고 잡담도 나누었지만, 그는 그녀에게 페기 이야기를 할 용기가 나지 않았다. 그리고 어느 날 페기가 그들을 찾아왔고 레오노라에게 현재 페기와의 관계를 깨우쳐 주었다. 그 이후로 레오노라는 막스를 더 이상 만나려고 하지 않았다. 나중에 페기는 이 시기에 대해 다음과 같이 썼다.

> 그녀는 막스와 함께하는 자신의 삶은 지나갔다고 느꼈다. 왜냐하면 이제 더 이상 그의 노예가 되는 것이 그녀에게는 불가능했기 때문이다. 그의 노예가 되는 것은 그녀가 그와 함께 살 수 있는 유일한 방법이었다.

페기는 레오노라가 막스를 진정으로 원하지 않았다고 믿었다. 막스는 언제나 아기 같았다. 그는 그 누구의 아버지도 될 수 없었다. 레오노라는 그 무엇보다도 그녀의 균형을 잡아주고 다시 정신이상이 되지 않도록 보살펴주는 아버지 같은 사람이 더 필요했다. 잠깐 동안 레나토 레딕은 이 역할을 할 수 있었다. 그러나 나중에는 이런 보호 본능적인 사랑을 감당할 수 없었다. 아마도 그녀는 당시에 그것을 이미 인식했던 것 같지만 훨씬 뒤인 1990년에야 자신을 인터뷰한 수잔 루빈 술레이먼에게 그 사실을 털어놓았다.

> 애정 관계에는 항상 종속성이 뒤따르지요. 종속되면 심하게 고통스러워집니다. 나는 수많은 여성들(사람들이라고 해도 되겠지만 나는 여성들이라고 말하겠어요. 왜냐하면 그건 거의 여성들이 그러니까요)이 이러한 종속성으로 인해 압박당하고 위축된다고 생각합니다. 비단 경제적인 종속뿐만이 아닙니다. 감정적인 종속이나 견해의 종속까지도 의미하는 것이지요.

1941년 여름 마침내 모든 서류가 준비되어 레나토는 자신의 젊은 아내 레오노라와 함께 뉴욕으로 가는 배에 올랐다. 한편 페기와 그녀의 가족 그리고 막스는 비행기를 택했다. 레오노라는 뉴욕의 화랑에서 우연히 막스와 다시 마주쳤고, 이 만남은 두 사람을 불행으로 이끌었다.

막스 에른스트와 첫 번째 아내 사이에서 태어난 열일곱 살짜리 아들 지미는 다음과 같이 말했다.

나는 아버지가 뉴욕에서 레오노라를 처음 만나고 돌아왔을 때처럼 실망감과 행복감이 묘하게 섞인 아버지의 얼굴을 다시는 본 기억이 없다.

레오노라는 막스를 만난 느낌을 다음과 같이 적고 있다.

어느 순간 그는 내가 파리에서 알던 그 남자였다. 활력 있고 환한 표정에다가 재치 있고 편안했다. 그 다음 순간 나는 그의 얼굴에서 무서운 악몽을 보았지만, 그는 자주 거기서 깨어났다. 나는 그를 자주 만났지만 매번 같은 식으로 끝났다.

사실상 그것은 거의 절망적인 상황이었다. 레오노라와 막스는 빈번히 만났다. 레나토는 질투했고 페기는 격분했다. 레오노라는 1942년, 그와의 만남에 마침내 종지부를 찍고 남편 레나토를 따라 멕시코로 갔다. 그 뒤 막스 에른스트가 나이 들어서도 두 사람이 만나는 일은 없었다.

오늘날 레오노라는 이 시기에 대해 말하려 하지 않는다. 그녀는 심지어 노여워하기까지 한다. 그녀의 81년이라는 긴 생애 중 왜 하필 이 5년 동안에 대해서 얘기해야 하는가? 그러나 이 몇 년이야말로 중요하고 인상적인 시간이었다. 이 시기는 이후 그들이 성숙하면서도 극히 생산적인 창작을 하기 위한 토대였던 것이다. 그리고 이 시기는 그들의 본질을 형성하기도 했다. 이때 이후로 그녀는 특정한 감정 상태가 자신에게 얼마나 고통스럽고 위험한지 알게 되었다. 하지만 그녀가 경악할 만한 경험들, 무엇보다도 정신병원에서의 경험들을 극복할 수 있었기 때문에 그녀에게는 엄청난 힘이 생겨났다. 그녀는 자신이 가진 강점과 약점을 잘 파악했고, 그것을 통해 더더욱 자신감을 갖게 되었다.

상상과 정열이 부르는 곳으로 간다

멕시코는 나에게 낯선 행성 같았다.

레오노라 캐링턴은 처음으로 이 '신비로운' 땅에 들어선 1942년을 이렇게 기억한다. 오늘날까지도 그녀는 처음에 자신을 엄습했던 이러한 낯선 감정을 정확히 기억하고 있다. 그럼에도 그녀는 그곳에서 유럽 어느 곳에서보다 더 좋은 대접을 받고 편안한 마음을 가질 수 있었다. 그녀와 함께 유럽의 많은 예술가들이 멕시코에 왔으며, 이미 수십 년 전부터 화가와 작가들이 이 나라에 매료되어 이곳에서 살고 있었다.

뉴욕과 멕시코시티는 이제 유럽을 능가해 세계적으로 새롭게 활기를 띠는 당대 예술의 중심지로 여겨졌다. 레오노라 캐링턴은 이 예술계에 활동적으로 참여해야 했다. 55년이 넘게, 물론 단지 잠깐씩 중단되기도 했지만 멕시코는 그녀의 제2의 고향이 되었다.

유럽인들이 국외자로서, 그리고 인정받는 예술가로서 자신들이 원하는 대로 사는 것이 이곳에서는 가능했다. 그들은 체재국의 관습에 그렇게까지 얽매일 필요가 없었고, 또한 자신들이 버리고 온 문화를 특별히 키워야 할 의무감도 느끼지 않았다. 사회적 서열도 없었고, 그 누구와도 만날 수 있었다. 유럽적인 생활방식이 멕시코식 방식과 섞였다. 그래서 그 유명한 디너파티가 그곳에서도 열렸는데, 흥분한 사람들은 계속해서 말을 하거나 가장무도회를 열기도 했다. 유명한 화가의 몇몇 작품들이 그것을 보여준다.

레오노라는 우선 자신의 지난 몇 년 동안의 경험들을 그림으로 그리기 시작했다. 예를 들면 「녹차」와 같은 그림을 설명하면 이렇다. 영국의 공원으로 추정되는 잘 가꾸어진 공원 전면에 젊은 숙녀가 서 있다. 그녀는 눈을 감고 있다. 머리에는 차양 같은 것을 쓰고 있다. 검고 흰 기다란 천이 그녀의 몸을 꼭 죄게 휘감고 있어 전혀 움직일 수가 없다. 천의 흰색은 창백한 얼굴이나 하얀 발과 거의 색조 차이가 없다. 숙녀는 창백하고 죽은 듯이 보인다. 그녀는 마법의 영역 속에 서 있다. 그리고 관찰자는 메마른 땅만 있는 이 평온한 풍경 아래 박쥐, 새들 그리고 다른 동물들이 날아다니고 뛰어다니는 것을 본다. 여기에는 분명 망상의 심연, 밤의 동물과 현실이 나란히 빽빽하게 놓여 있다. 그림 오른쪽에는 두 마리의 말이 나무에 묶여져 있다. 한 마리는 갈색 말로, 젖이 팽팽하게 불어 있고 커다랗게 벌린 입과 머뭇거리는 시선으로 거칠게 고삐를 잡아당기고 있다. 다른 한 마리는 흰색인데 꼼짝 않고 서 있다. 여기서 레오노라는 그녀가 에스파냐에서 언젠가 죽음을 알게 되었다는 것을, 즉 마비와 정지를 이야기해주고 있다. 종말. 풍경의 짙은 초록색, 즉 삶은 그녀의 경험 영역의 바깥에 있다. 말들은 당시 그녀의 영혼 상태를 반영한다.

레오노라는 열심히 작업했고, 많은 양의 독서를 했으며, 새로운 사람들을 많이 알게 되었다. 그녀는 부유한 기인 에드워드 제임스를 사귀게 되었는데, 이 영국인은 그녀에게 무의식의 사물들을 그녀만의 방식으로 재현하도록 격려해주었다. 그는 레오노라 예술의 열렬한 찬미자요, 수집가이자 구매자였다. 에드워드는 항상 설명하기 어려운 것을 추구하는 레오노라에게 『티베트의 종교적 경구집』을 추천했는데, 그 책은 인간의 죽음과 환생을 다루고 있다. 이 책은 레오노라를 깊이 감동시켰다. 이때부터 그녀는 티베트의 종교적 수장인 달라이 라마와 교류를 하기 위해 노력했다. 나중에 달라이 라마가 인도로 망명해 있었을 때 그녀는 여러 해에 걸쳐 그와 활발하게 편지를 주고받았다.

레오노라 캐링턴은 말할 수 없는 것과 설명할 수 없는 것을 밝히려고 애썼다.

나에게 있어 공간은 형식이다. 그리고 우리의 삶과 우리가 살고 있는 장소들은 젤리를 담는 그릇과도 같다. 젤리는 열이 가해지면 그 형태를 잃어버린다. 그리고 인간의 삶도 똑같다. 나에게 있어 그림 그리는 것 역시 그와 비슷하게 어떤 윤곽에서 다른 윤곽으로 변하는 것, 그쪽으로 몰아가는 것이다.

이 시기는 실험기였다. 어떤 형식이 인생에 맞으며 어떤 형식이 그림에 맞는가? 1945년 작품 「반대편 집」은 레오노라가 자신의 과거를 현재 및 미래의 발전 가능성과 어떻게 연결시키고 있는지를 보여주는 훌륭한 예이다. 그림에는 어떤 집의 각각 다른 영역에서 동시에 꿈에서나 가능하듯 그녀의 이전과 현재의 삶이 나타난다. 그곳 2층에는 어린 소녀가 슬픈 모습으로 머리를 무릎에 파묻은 채 방구석에 앉아 울고 있다. 소녀 앞에는 이미 이전의 그림들에서 보여주듯이 하얀 목마가 흔들거리고 있었는데, 아마 그 목마를 타고 노는 것이 소녀에게는 금지되어 있는 것 같았다. 지그재그 무늬의 바닥에서부터 무성한 숲이 방 안까지 자라나 있다. 부엌에는 비싼 의상을 둘러입은 세 명의 여자들이 초록빛을 띤 마녀의 물약이 부글부글 끓고 있는 솥 앞에 서 있다. 그들은 여자 마법사, 여신들, 마법의 힘을 가진 여성들인가? 레오노라에게 있어서 이 여성들은 양육, 즉 생명을 선물하는 것을 상징하며 그럼으로써 남성들보다 더 밀접하게 우주와 연결된다. 탁자에는 말의 머리를 한 또 한 명의 여성이 그림자처럼 앉아 있다. 화가는 그 속에 자기 자신이 있다고 생각할까? 그림에는 크거나 아주 작은 특이한 형상들이 움직이고 있다. 여기에는 머리카락 대신 가지가 자라난 여자가, 저기에는 곤충의 날개 같은 숄을 걸친 여자가 있으며, 탁자 아래에는 여기저기를 스치고 지나가는 것처럼 보이는 요정 같은 정령들이 있다.

이 그림은 앞으로 닥칠 레오노라의 결혼식과, 아주 근본적인 의미의 생산 능력에 대한 동경을 암시하는 것일 수도 있다. 1943년에 이 26세의 화가는 헝가리 신문 사진기자 에메리코 쉬키 바이츠를 사랑하게 되었기 때문이다. 그녀는 레나토 레딕과 이혼하고 쉬키 바이츠와 결혼했다. 그러나 그녀는 첫 남편과도 계속해서 밀접한 우정 관계를 지속했다.

1946년 결혼과 동시에 아들인 가브리엘이 태어났다. 그녀는 아들의 탄생을 「사랑이 해와 다른 별들을 움직인다」라는 특별한 그림으로 축하했다. 이 그림에서는 여자들이 춤을 추면서 태양의 신인 헬리오스의 탄생을 축하하고 있다. 다음해에 레오노라는 둘째 아들 파블로를 낳았다. 또 하나의 그림은 그녀가 가정적인 분위기 속에서 활동하고 있음을 보여준다. 「밤 아이 방의 모든 것」이라는 이 그림에서는 어린아이가 밤이 되었는데도 잠이 들지 않아서 해먹 위에 누워 흔들거리고 있다. 그리고 동화에서처럼 물레질을 하는 여자를 포함한 세 명의 여자와 한 마리의 고양이가 아이 주위에 모여 있다.

레메디오스 바로와 프리다 칼로

레오노라는 이 몇 해 동안 많은 그림을 그렸다. 그림을 그리는 데는 많은 에너지가 소모된다. 특히 아이를 키우고 상당한 기간 동안 당연히 그것이 본질적으로 예술보다 더 중요하다고 여길 경우에 말이다. 그녀에게 있어 요리와 아들들을 돌보는 일은 일종의 실험과 변화 같은 것이었다. 요리든, 양육이든, 그림 그리기든 간에 모든 일은 그녀에게 똑같이 중요했다. 왜냐하면 모든 것이 어떤 원천적인 요소, 생동적인 요소를 지녔기 때문이다. 그녀는 의식적으로 자신의 일상을 마음껏 즐겼다. 그리고 예술가 친구들과는 대개 부엌에서 만났다. 그녀가 파리에서 처음 만난 후 멕시코시티에서 우연히 다시 만난 여성화가 레메디오스 바로가 그녀의 가장 친한 친구가 되었다. 두 여성은 여러 해 동안 지속적으로 만났다. 그들은 밤새도록 부엌 식탁이나 레오노라의 조그만 화실에 앉아 꿈과 이념을 함께 나누고 토론을 했으며, 서로 영감을 불어넣어주었다. 두 사람은 정신적인 것과 마술적 힘을 믿었는데, 그들은 여성적인 힘 그리고 자연과 그 힘과의 밀접한 관계를 연구하기 위해 마술적 힘을 실험하기도 했다. 바로 거기에서 거의 폭발적이라 할 수 있는 창의력이 생겨났다.

사람들에게 방해받지 않고 영감을 얻기 위해 두 여성은 남장을 즐겼다. 그들은 시장으로, 그리고 남자들이 함께 가지 않으면 위험할 것 같은 지역으로 갔다. 그들은 종종 멕시코시티의 마녀 시장에도 갔는데, 그곳에서 그들은 어떤 장면을 포착하여 자신들의 작품에서 재현하기도 했다. 시인인 옥타비오 파스는 늘 붙어 다니는 이 두 사람을 가리켜 "극도로 정신 나간 모습을 한 채 우리 도시를 휘젓고 다니며 사회의 윤리나 미학에 대해 아무 생각이 없는 마법에 걸린 여자 마술사들"이라 했고, "그들은 어디로 가는가? 상상과 정열이 부르는 그곳으로 간다"며 경탄했다.

레오노라는 자신의 그림이 감동을 주는 시가 되도록 하기 위한 효과에 연연해하지 않았다. 그녀가 그린 형상들의 배치는 비밀스런 타로 카드처럼 해독될 수 있다. 신화와 전설, 그리고 설화의 세계 속에서 여유 있게 머무르는 사람이 그것을 빠르게 해낸다. 그러나 다정다감함과, 정신분석학자인 C. G. 융이 '집합적 무의식'이라 이름 붙였던 그림 속의 보편타당성이 해독을 충분히 해내지 못한 사람들의 마음도 움직인다. 그렇지만 그녀의 작품 그 어느 것도 완전히 해독될 수는 없다.

레오노라의 결혼사진을 찍은 헝가리 사진작가 카티 호르나는 이 여성화가를 아주 특별한 여성으로 느꼈다.

레오노라 속에는 아주 오래된 영혼이 깃들여 있다. 그녀의 가장 놀라운 특징 중의 하나는 인간 존재의 순간들을 하나의 축제로 변화시키는 신비로운 능력이다. 식사를 하면서 그녀는 자신의 아이들을 위한 당근 자르기를 성대하게 행하며 그것을 하나의 축제로 만들었다. 그것은 요리나 대화, 또는 일 어떤 것이든 상관없이 어디에서나 자신의 표현을 찾아내는 그녀의 창조성과 일치한다. 그녀는 특별한 재능이라는 축복을 받았다.

레오노라는 친구가 그런 말을 하는 것에 이의를 제기하지 않았다. 그러나 그녀는 본래 창조성의 개념을 진부한 것으로 여겼다. 창조성에 대해 질문받자 그녀는 의미심장한 유머로 대답했다. 80세가 된 이 화가는 한 인터뷰에서 다음과 같이 밝혔다.

나는 창조적으로 된다는 것이 무엇을 의미하는지 한 번도 완전히 이해하지 못했습니다. 나는 그 단어가 종종 사용되는 것은 알고 있습니다. 예를 들어 우리가 이 냉동 야채를 사면 덤으로 작은 비닐팩도 받게 되지요. 그 속에 무엇이 있는지 나는 모릅니다. 그것의 이름은 창조적 소스입니다. 그래서 우리가 그것을 짜내면 마요네즈 같은 것이 나오고 하나의 창조가 이루어집니다. 당신의 질문에 적절한 대답이 되었나요?

이제 멕시코는 그녀의 고향이 되었지만 처음에는 그녀의 작품들이 1920년대 이후로 벽화 화가들에 의해 주도된 멕시코의 당대 미술로부터는 아무런 영향을 받지 않았다. 벽화 화가들은 회화가 사회적이고

작업중인 레오노라 캐링턴

정치적인 기능을 지녀야 한다고 생각했다. 그들은 스스로를 민중을 위한 사명을 지닌 계몽주의자요 중개자로 생각했다. 그들은 이야기체의 그림들을 통해 이 나라의 많은 문맹자들이 자신들의 역사에 가까이 다가갈 수 있도록 했고, 국가 의식을 고취시키기를 희망했다. 그림들은 과거를 찬미했고, 말 그대로 찬란한 미래가 그려졌다. 디에고 리베라는 이런 경향을 이끄는 예술가였다. 레오노라도 그를 알게 되고 인정하게 되었다. 그러나 그녀는 그의 부인인 프리다 칼로와 더 많은 교류를 나눴다. 프리다는 꿈을 그리는 화가가 되기보다는 자신만의 독특한, 우연에 의해 야기된, 종종 아주 고통스러운 현실을 그리는 화가가 되려고 했다.

비록 한쪽은 원천적이면서 조야한 벽화, 다른 쪽은 초현실주의라는 두 예술적 방향이 얼핏 보기에는 전혀 공통점을 갖고 있지 않았음에도 레오노라 캐링턴과 레메디오스 바로는 1960년대에 들어서면서 그들의 멕시코인 동료들과 함께 작업을 했다. 그리하여 레오노라는 1963년에 멕시코 인류학 박물관에 걸 마야 문화의 마술적 세계에 대한 거대한 벽화, 「마야의 마술적 세계」를 그려달라는 주문을 받았다. 레오노라는 아주 진지하게 준비를 했다. 그녀는 자신이 알지 못하는 인디언들이 있는 곳, 멕시코의 남동부로 여행을 떠났다. 바로 그곳에서 그녀는 이들이 살아가는 모습을 정확하게 파악하고 그것을 자연 그대로 그려내고자 했다.

당시 15세였던 아들 파블로가 그녀를 따라갔다. 그에게 이 여행은 가장 좋았던 추억 중의 하나이다.

늘 그렇듯이 우리는 엄마가 가장 좋아하는 교통 수단인 철도를 택했다. 우리는 여러 날을 달려가 마침내 버스를 타고 우리의 목적지인 산 크리스토발 데 라스 카사스로 향했다. 당시 그곳에는 수백 개에 달하는 서로 다른 카물라 인디언 종족들이 살고 있었다. 엄마는 이 지역에 있는 동물과 인디언들을 대상으로 수십 장의 스케치를 했다. 우리는 종교적 의식의 증인이 되었다. 예배당 그늘 아래에서 카물라 인디언 종족들은 소나무 잎으로 만든 양탄자 위에서 코펄 향의 연기가 자욱한 가운데 하프와 여덟 줄짜리 기타를 연주했다. 나는 엄마가 그 영혼의 모습을 뚫어지게 쳐다보며 빨리 지나가는 모습들을 메모지에 스케치했던 것을 기억한다. 어떤 위독한 환자를 위해 주술을 하는 의식에도 우리는 참여했다. 환자는 자신의 소박한 오두막집 점토 바닥 위에 누워 있었다. 주술사인 안툰은 셀 수 없이 많은 색상의 촛불을 밝히고는 노래와 함께 최면술 같은 제식행사를 치렀다. 엄마는 다시 한 번 입을 다물지 못했고, 도움이 되는 조언과 주문을 외웠다. 다행히 엄마는 우리를 초대한 사람을 존중했으므로 나에게만 들릴 정도로 나지막하게 말했다.

멕시코 원주민촌에서의 이처럼 특별한 탐험은 뛰어난 벽화로 결실을 맺었다. 그리고 그것은 이 나라에서 가장 훌륭한 회화 중의 하나로 손꼽히게 되었다. 인디언들과 함께 지낸 몇 달 동안 레오노라 캐링턴은 정보들을 그림으로 직접 그려서 얻었다. 사진 찍는 것이 금지되어 있었으므로 그녀는 스케치북을 가득 안고 돌아왔다.

이때부터 그녀의 그림에는 환상의 동물 이외에도 재규어와 뱀이 자주 등장했는데 이 둘은 인디언들이 특히 숭배하는 동물들이었다. 재규어는 마야 신화에 나오는 저승의 동물신으로 우주와 밀접하게 연결되어 있다고 여겨졌다.

레오노라 캐링턴은 멕시코에서 살았던 몇 해 동안 이미 뉴욕에서 성공적인 전시회를 여러 번 개최했음에도 새 고향에서의 개인전은 1956년에야 비로소 열렸다. 그녀는 이제 세계의 중요한 예술가들 사이에서 위치를 확고히 할 수 있었다. 하지만 유럽에서는 레오노라 캐링턴의 작품이 적절한 대우를 받게 되기까지 오랜 시간이 걸렸다. 유럽에서 그녀는 1990년에 런던 서펜틴 갤러리에서 열린 개인전으로 주목을 끄는 데 성공했다. 오늘날 이 예술가의 작품들은 주로 미국과 일본에서 감상할 수 있다. 그녀 자신은 지금까지 자신이 얼마나 많은 그림을 그렸는지, 그리고 어느 개인 박물관에 그것들이 걸려 있는지 알지 못한다. 그것이 그녀에게는 전혀 관심거리가 되지 않았다. 얼마 전에 레오노라 캐링턴과 계약을 한 뉴욕의 아트 브루스터 갤러리의 한 직원이 찾아낼 수 있는 그녀의 작품을 모두 조사하여 빠짐없이 목록으로 만들었다.

영감을 주는 존재

레오노라 캐링턴이 지닌 다방면의 재능은 다른 영역에서도 발휘되었다. 작가인 옥타비오 파츠를 비롯한 다른 예술가들과 함께 그녀는 연극 단체인 '포에지아 엉 포즈 알타'를 결성했다. 이것은 그녀에게 그녀의 친구인 레메디오스 바로와 함께 무대 미술을 담당하고 의상과 분장을 기획하며 연극에 출연할 기회를 제공했다. 그리하여 셰익스피어의 「헛소동」과 같은 고전 작품들이 공연되었다. 예술가들 사이에 조성된 무엇인가 새로운 것을 시작해야겠다는 분위기로 인해 멕시코에서 아방가르드 극장 설립과 같은 새로운 발전이 이루어졌다. 이후에 해프닝 공연이 이어졌고 부조리극도 처음으로 공연되었다.

작가이기도 한 레오노라는 자신의 작품도 공연할 수 있었다. 그녀가 1947년에 집필한 극작품 「페넬로페」가 1962년에 드디어 공연되었다. 그 드라마에서 여주인공 페넬로페는 자신의 말 타르타르(그리스의 지옥을 일컫는 타르타로스에서 이름을 따왔다)와 사랑에 빠진다. 그녀는 동물과 노는 것을 금지한 아버지의 권위주의적인 규칙에 반발한다. 결국 페넬로페는 새끼 암말로 변해서 꿈에서처럼 무중력 상태로 다른 세계로 날아감으로써 그녀의 아버지가 구현하고 있는 편협하고 환상 없는 인간세계에서 벗어난다.

이처럼 레오노라 캐링턴에게 있어 예술적으로 가장 활동적인 시기였던 1960년대 초반에 일련의 단편소설 외에도 자전적인 색채가 있는 소설 『보청기』가 출판되었다. 이 소설에서 레오노라는 늙음이라는 주제를 유쾌하고도 자기 반어적으로 다루었다. 일인칭 화자인 92세의 할머니 마리온 레더비는 양로원으로 밀려나게 된다. 그리고 다시 마법의 약을 통해 변신과 재탄생이 다루어진다. 여기서 저자가 보여주는 것은 혼란스런 불꽃놀이다. 이때 저자는 언어적·내용적 한계를 뛰어넘으려고 시도한다. 소설이 진행되면서 책을 읽는 여성들은 갑자기 또 다른 줄거리를 이끌고 있는 전혀 다른 이야기 속에 들어가 있음을 알게 된다. 그래서 그 이야기는 혼란스럽지만 범상치 않은 생각들과 악마적인 내용으로 가득 차 있다. 환상은 그 상대인 이성을 월등히 능가하므로 삶에서 이성보다 환상에 더 많은 자리를 내줘야 한다는 레오노라의 요구가 명백하게 드러난다. 마리온은 이렇게 말한다.

나는 매일 고양이의 털을 빗겨주지. 그리곤 빗 속에 남아 있는 털을 카르멜라를 위해 모아둔다. 그 털이 충분히 모이면 풀오버 스웨터를 짜주기로 그녀에게 약속했거든. 작은 마멀레이드 병 두 개에 벌써 예쁜 흰털을 가득 채워놓았어. 그리고 그것으로 편안하고 값싸게 따뜻한 겨울옷을 장만할 거야.

이 미친 할머니에게서는 많은 것들이 가능해 보인다. 그녀는 제국주의 시대의 옷장 속에서 버섯을 키우고 자신의 책들을 늑대 껍질로 제본하며 장미 무늬가 들어간 검은 제복을 입은 차장을 고용하고 술에 취한 노아가 배에서 바다로 떨어지게 해서 그의 아내가 동물들을 상속받을 수 있게 한다.

그러나 멕시코의 1960년대를 특징짓는 새로운 출발의 분위기는 예술에서만 나타난 것은 아니다. 정치적으로도 그 시대는 표면 아래에서 끓어오르고 있었는데, 그것은 파업과 집회에서 표현되었다. 사회 개혁이 지연되자 수천 명의 사람들이 토지의 정당한 배분을 요구하며 거리로 나왔다. 멕시코에서 제19회 올림픽대회가 열리기 직전에 이처럼 긴장된 분위기는 트라텔롤코의 라스 트레스 쿨투라스 광장에 모인 대학생들의 평화적 시위에서 정점을 이루었다. 시위가 조용히 이루어지도록 배려해야 했던 정부측 군인들이 갑자기 비무장 상태인 군중들을 향해 발포하기 시작했고, 그 와중에 수백 명의 대학생이 죽음을 맞았다. 레오노라는 이 사건에 경악하고 격분하여 이제 스물두 살과 스물한 살인 두 아들과 함께 저항의 뜻으로 멕시코를 떠나기에 이르렀다. 그러나 남편인 쉬키 바이츠는 그녀와 함께 가지 않았다. 그들의 애정은 그 사이에 우정으로 변해 있었던 것이다. 일 년이 지난 뒤에야 그녀는 다시 돌아왔다.

그런데 1984년 엄청난 지진이 멕시코를 뒤흔들었을 때 그녀는 책임 있는 정치가들의 행동에 대한 노여움으로 다시 한 번 멕시코를 떠나야 했다. 레오노라는 의사가 되어 지진으로 인한 희생자들을 돌보는 아들 파블로를 도와주었다. 많은 사람들이 아직 매몰되어 있었고, 그래서 사람들은 원조 물품 이외에도 독일산 셰퍼드를 공수해 와서 희생자들을 찾게 했다. 그런데 잘 훈련받은 셰퍼드가 이 중요한 일에 투입되는 대신 경비견이나 애완동물이 되어 영향력 있는 인물들의 집으로 사라져버린 것이다. 영국 여성 레오노라는 끊임없는 이 땅의 부패와 권력 남용에 분개했다. 그리고 그것은 드디어 그녀에게 참을 수 없을 정도가 되었다.

레오노라 캐링턴은 멕시코를 떠난 직후 무일푼으로 뉴욕에 왔다고 말한 바 있다. 그녀는 혼자서 뉴욕으로 왔고 결국 쉬키 바이츠와 이혼했다. 그녀는 유니온 스퀘어 근처에 있는 작은 아파트로 이사하여 맨해튼에 있는 '아트 브루스터 갤러리'와 거래를 시작했다.

우리는 내가 그려야 할 그림의 수에 합의했으며, 그 대신 나는 매달 일정 액수를 받아서 생계를 꾸려갈 수 있게 되었다.

그 이후로 그녀는 80세가 넘은 노구를 이끌고 뉴욕과 지금은 다시 주거주지가 된 멕시코시티, 그리고 그녀의 아들 가브리엘이 문학교수로 있는 시카고 사이를 오가고 있다. 자신의 책 『아래에』의 서문에 레오노라 캐링턴은 다음과 같이 썼다.

오늘날 내가 젊은 영혼을 가졌다고 누군가가 내게 말하면 나는 모욕당한 느낌이 든다. 나는 오래된 영혼을 가지고 있다. 그것을 이해하도록 노력해보라.

그러나 그것은 고령의 나이임에도 늘 탐구하고 움직이고, 저항하는 오래된 영혼임에 틀림없다.

그녀는 자신이 원하든 원하지 않든 간에 영감을 주는 존재이다.

크리스티네 볼프룸

내 안에는 슬픔과 고통이 너무 많아

Lili Boulanger

릴리 불랑제(1893~1918, 작곡가)

25년이 채 안 되는 삶을 살았지만, 20세기의 가장 위대한 여성 작곡가이다.
음악가 집안에서 태어났고, 언니 나디아 불랑제와 함께 음악활동을 시작했다.
1913년 열아홉 살에 프랑스 작곡가 교육과정에서
최고로 여겨졌던 '그랑프리 드 롬'의 110년 역사상
여성으로서는 최초로 대상을 차지하면서 재능을 인정받았다.
이후 시에 곡을 붙여 많은 곡을 작곡했는데,
주로 내면에서 맴도는 생각과 추억의 흐름을 표현해냈다.
1918년 3월 8일 「하늘의 빈터」 초연에 참석하지 못한 채
일 주일 후 짧은 생을 마감했다.

꺼져가는 촛불에서 떨어지는 눈물처럼

릴리 불랑제는 25년을 채 살지 못했다. 그러나 그 짧은 생애 동안 그녀는 자신을 20세기의 가장 위대한 여성 작곡가의 대열에 끼게 하는 작품들을 만들어냈다. 릴리가 파리의 몽마르트 묘지에 묻힌 지 2년이 지난 1920년에도 그녀의 음악은 콘서트홀에서 계속 연주되었고, 사람들의 환호를 받았다. 그녀의 가장 친한 친구인 미키 피레는 릴리 불랑제의 음악이 주는 감흥을 다음과 같은 시구(詩句)로 표현했다.

그녀의 가슴에서 화음이 울려 퍼진다
형용하기 어렵도록 맑은 날의 미풍에도
흔들리는 형체 없는 장미 꽃잎처럼,
꺼져가는 촛불에서 떨어지는 눈물처럼,
천사의 날개에서 깃털이 떨어지듯.

가벼운 구름에서 뽑아낸 실처럼 부드러운

가느다란 모슬린 실로

그녀의 멜로디를 엮어낸다네.

그 속에는 항상 깊은 애정과 안식이 있다네

영혼들이 서로 이야기를 나눌 때의

침묵 속처럼.

릴리 불랑제는 18세기 이후로 파리에서 특별한 명성을 떨친 음악가 집안에서 태어났다. 그녀의 완전한 이름인 마리 쥘리에트는 친할머니를 상기시킨다. 친할머니는 인기 있는 오페라 가수로, 드레스덴 출신의 첼리스트 프레데릭 불랑제와 결혼했다. 그녀의 아들이자 릴리의 아버지인 에르네스트는 성공한 작곡가로서 그의 조국 프랑스에서는 희극적 오페라들로 유명해졌다. 그는 62세의 나이에 상 페테르부르크에서 파리로 성악을 배우기 위해 그를 따라온 열아홉 살의 제자 라시아 미셰츠키와 결혼했다. 라시아는 항상 자신이 러시아 공주라고 우겼다. 그녀가 귀족 출신이라는 것이 진실이든 아니든 그들의 딸들에게는 아무런 상관이 없었다. 딸들은 어머니에게서 늘 특별한 무언가를 보았다.

이 프랑스와 러시아인 커플이 1893년 8월 21일 오후 1시에 드디어 오래도록 고대하던 둘째 딸을 품에 안았을 때 장녀인 나디아는 이미 여섯 살이었다.

아버지가 내게 여동생이 생겼다고 말했을 때 나는 어린 여동생이 누워 있는 요람을 떠올렸다. 나는 내가 그 아이를 보호해야 할 의무가 있음을 알았다.

파리의 뤼 라 브뤼에르 30번지에 있는 집에는 아직도 할머니의 가구들이 있고 살롱에는 여러 오페라에서 역할을 맡은 그녀의 유화 초상화들이 걸려 있다. 집에서 아버지가 성악을 가르치게 되자 나디아는 이상한 반응을 보였다. 소리를 조금만 들어도 울면서 멀리 도망가버렸던 것이다. 부모님은 음악소리를 약하게 하기 위해 무거운 커튼을 쳤다. 그런데 나디아가 세 살 때였다. 그녀는 소방차 소리를 듣고는 갑자기 피아노로 달려가더니 그 소리를 따라 연주를 하려고 했다. 이로써 그 동안 음악을 멀리 하던 일은 끝이 나고 이때부터 그녀는 체계적인 피아노 수업을 받게 되었다. 그리고 일곱 살 때부터는 이미 '국립음악학교'에서 음악수업을 받았다. 이 학교는 단순한 음악학교가 아니었다. 이 학교는 국가의 재정 지원에 의해 1795년에 설립된 엘리트 교육기관으로 프랑스에서 음악가가 되기 위해 공부하는 사람은 반드시 거쳐야 하는 과정이었다. 입학은 콘테스트를 거쳐서 결정되었다.

나디아가 '여동생'의 길을 어느 정도 터준 셈이 되었다. 이 여동생도 일찌감치 음악 신동으로 밝혀져 언니와 함께 음악을 배우고 악기를 다루었던 것이다. 불랑제의 집에서는 언제 어디서나 음악이 들려왔고, 이곳에서 릴리 불랑제는 자유롭게 자신을 펼칠 수 있었다. 그녀는 세 살도 되지 않아 힘들지 않게 노래의 멜로디를 따라 불렀고, 자신이 듣는 것을 모두 따라할 수 있었다. 그리고 여섯 살 때는 벌써 집안의 친구이자 작곡가로 음악학교에서 나디아를 가르치는 가브리엘 포레의 가곡 여섯 곡의 악보를 보고 그 자리에서 불렀다. 릴리는 음표 읽는 것을 글자 읽는 것보다 먼저 터득했다. 그녀는 바이올린, 첼로, 하프를 배웠고, 피아노와 오르간으로 연주하는 것을 좋아했다. 그리고 몸 상태가 허락하는 한 그녀는 나디아를 따라 음악학교에도 갔다. 튼튼한 나디아와는 반대로 사랑스럽고 부러질 듯이 연약한 릴리는 어릴 때부터 몸이 아팠기 때문이다. 두 살 때 그녀는 결핵이 원인인 듯한 급성 폐렴을 앓다가 겨우 살아났다. 하지만 병은 완치되지 않았고, '폐병'이라고도 불린 만성 염증이 되었다. 급성으로 악화된 결핵은 릴리의 장에도 옮겨왔다. 결국 이 장결핵은 치명적인 것으로 진행되고 말았다.

릴리가 아직 어렸을 때 그녀는 종종 집안에서 아버지 옆에 꼭 붙어 있곤 했다. 그녀가 태어났을 때 아버지는 이미 78세였고, 자신에게는 오히려 할아버지 같았던 아버지를 신처럼 숭배했다. 나디아는 두 사람이 아주 가까운 사이임을 알았다. 릴리는 그가 무엇을 가장 좋아하는지, 무엇을 요구하는지, 무슨 일을 하는지 세세하게 알았고, 마지막 죽는 날까지 아버지에 대한 기억을 되살리는 것을 멈추지 않았다. '투 타 리브(모든 것이 잘될 것이다)'라는 글이 새겨진 아버지의 인장 반지를 릴리는 즐겨 자신의 편지에 눌러 찍었다.

나디아는 어머니와 더 가깝다고 생각했다. 어머니의 질투심과 신경질적인 에너지는 릴리를 오히려 피곤한 존재로 느꼈다. 어머니는 성악가로서의 자신의 경력을 모두 포기하고 처음부터 재능 많은 소녀들을 뒷바라지하는 데 전력투구했다.

"나의 어머니는 내가 태어난 이후 자신이 죽을 때까지 나를 위해서 살았다."

나디아는 어머니에 대해 이렇게 인정했다. 라이사 불랑제는 딸들을 자랑스러워했지만 그들에게 많은 것을 요구했다. 나디아가 학교에서 우수한 성적을 받아오면 그녀는 이렇게 말했다.

"모든 것을 아주 잘해서 좋구나. 하지만 말해보렴, 네가 할 수 있는 것을 정말로 다 했다고 생각하니?"

아버지는 릴리가 여섯 살 때인 84세의 나이로 생을 마감했는데, 나디아와 종종 그랬듯이 음악에 관한 전문적인 대화를 나누던 중이었다. 그는 병에 걸렸음에도 아무런 내색을 하지 않았다. 그는 아이들이 전혀 준비되지 않은 상태에서 자신의 죽음을 맞았다. 릴리는 '처음으로 커다란 비탄'을 맛보았다.

이제 집안의 장녀는 가능한 한 빨리 가족을 돌봐야 했다. 나디아는 목표대로 1904년에 '국립음악학교'에서의 학업을 끝냈다. 그녀는 오르간, 푸가, 작곡, 피아노 반주에서 최우수 성적을 받았다. 그녀는 곧 음악을 가르치기 시작했고, 17세의 나이에 가장이 되었다.

90세를 넘게 산 나디아 불랑제는 후에 지휘자로, 특히 음악교육학자로 크게 명성을 얻었다. 그녀는 교사로서 엄청난 카리스마를 지니고 있었다. 많은 유명 음악가들, 예를 들면 바이올리니스트인 예후디 메뉴인이나 재즈 피아니스트인 키스 자렛 같은 사람들이 이 학교에서 그녀에게 사사했다. 나이가 많은데도 뛰어난 화술을 통해 자신의 이야기를 듣는 사람들을 끌어들이는 이 여성을 모두가 존경했다. 프랑스에서는 사람들이 나디아의 제자 그룹을 일컬어 '불랑제리'라는 애칭으로 불렀다. 그것은 제과점을 뜻했는데, 그녀의 성 '불랑제'가 '빵 굽는 사람'을 의미하기 때문이었다.

세기 초에 나디아는 교사, 오르간 연주자, 협주 피아노 연주자로서

열심히 일했다. 왜냐하면 그녀는 남자들이 받는 돈의 반밖에 받지 못
했기 때문이다. 프랑스의 법이 그렇게 규정하고 있었다. 따라서 너무
나도 일찍 나디아에게 무거운 짐이 지워졌다. 불랑제 부인은 스스로도
그렇거니와 딸들을 여전히 신분에 맞게 입히고 먹였다. 게다가 자신의
살롱도 계속 끌어가려고 했기 때문에 그만큼 나디아의 짐은 무거워졌
다. 그리고 건강이 나쁜 릴리가 스위스로 가거나 전문의에게 상담을
받는 것도 분명 많은 돈이 들었을 것이다. 하지만 릴리는 여전히 아무
런 부담 없이 살 수 있었다.

어릴 때부터 열여섯 살이 될 때까지 그녀는 음악의 세계 속에서 노래
하면서, 그리고 특별히 어떤 것을 지정하지 않고 여러 악기들을 섭렵
하면서 살았다.

나디아는 만년에 약간은 질투 섞인 어투로 이렇게 회상했다.

생활환경은 이렇듯 큰 차이가 났으며 그런 사실은 당대의 많은 사람
들이 왜 이 자매를 '정반대의 인물'로 느꼈는지 설명해준다. 활동적이
고 건강한 나디아는 의무감, 정확성, 공명심을 지닌 근면한 성격이었
다. 그녀는 퉁명스러운 표정을 하고 있었고, 동그란 안경을 낀 두 눈은
공격적으로 반짝거렸다. 그녀는 다른 사람들과 일정한 거리를 유지했
다. 반대로 릴리는 '예쁜 처녀'였다. 그녀는 당당하면서도 우아하고 어
느 때는 약간 교태를 부리는 것 같기도 했다. 그녀는 영리해 보이고 이
해력이 빨랐으며 삶의 기쁨으로 가득 차 있어 다른 사람까지 기쁘게
했다. 키가 크고 날씬하며 머리를 높이 올린 이 여성, 유겐트슈틸 사진
에서 나온 것 같은 매혹적인 이 여성에게는 쉽사리 숭배자가 생겼다.

모두가 각자 자신에게 주어진 길을 간다네

1900년 초, 릴리는 어느 죽음에 직면하게 되었는데 주위 사람의 죽음을 겪는 것이 처음은 아니었다. 이미 일 년 전에 새로 태어난 여동생이 며칠 살지 못했던 것이다. 그런데 릴리에게 아버지의 죽음은 어떤 것에도 비할 수 없을 만큼 너무나 뼈아픈 체험이었다. 나디아가 추측하듯 그것이 결국 작곡을 하게 된 계기가 되었을까? 릴리 자신은 그에 대해 침묵했지만 죽음, 슬픔, 그리고 사라져가는 것은 그녀의 음악에서 중요한 주제가 되었다. 1906년 그녀가 너무나 사랑했던 이모가 죽은 후 그녀는 13세의 나이에 처음으로 '죽음의 편지'라는 가사에 곡을 붙였다. 그런데 그때까지 7년이라는 세월은 릴리가 가족과 많은 친구들 속에서, 파리에서뿐만 아니라 시골인 가르젱빌에서도 계속해서 보호를 받으며 무언가를 찾고 배울 수 있는 시기였다.

세기가 바뀌는 시기에 센 강으로 둘러싸인 이 조그만 장소에 예술가들의 터전이 생겼다. 중심이 된 사람은 피아노의 대가이자 음악교수인 라울 퓌노인데, 그는 나디아의 중요한 후원자이자 음악적 파트너였다. 그는 가족 전체를 그곳으로 초대했다. 그의 하얀 집 '메종 블랑쉬'는 많은 음악가들에게 만남의 장소였다. 불랑제 가족은 그곳이 너무 좋아서 아예 가르젱빌에 자신들의 집을 마련했고, 1905년에 불랑제 부인은 담쟁이덩굴이 뒤덮인 '레 메조네트'를 사들였다.

특히 릴리는 선생님이 바로 친구가 되는 이런 환경 속에서 자신의 재능을 한껏 펼칠 수 있었다. 아마도 그녀는 옛 정원과 맑게 갠 정원의 마술을 두 개의 피아노곡 「덩 비에 자르뎅」과 「덩 자르뎅 클레르」로 표현했을 때 어린 시절의 아름다운 정원을 마음에 그렸을 것이다.

여덟 살이 되자 릴리는 트루빌에서 열린 한 음악 미사에서 바이올리니스트로 데뷔했고, 열한 살에는 어느 학교 콘서트에서 베토벤 소나타를 연주하여 피아니스트로 나섰다. 그 해에 불랑제 가족은 제9구역에 있는 뤼 발뤼로 이사했다. 클리쉬 광장 근처에 있는 이 구역에는 4층짜리 저택들이 좁은 거리의 가장자리에 줄지어 있었다. 그 집들은 파리의 전형적인 집 모양인 하우스만 스타일로 지어진 것으로써 사암으로 만들어졌고 단철로 만든 큰 대문이 있었다. 오늘날 뤼 발뤼에는 36번지 집 앞에 붙은 현판이 1904년부터 죽을 때까지 이곳에서 살았던 '두 위대한 여성 음악가' 릴리와 나디아 불랑제를 기억하게 한다. 이 거리는 한 광장으로 통하고 있었는데, 이 광장은 어느 사이에 '릴리 불랑제' 광장으로 이름이 바뀌었다.

릴리가 다시 그랜드 피아노 두 대와 오르간 한 대가 있는 새 집으로 이사했을 때 그녀는 아마 꿈도 꾸지 못했을 현실에 매우 놀랐을 것이다. 나디아와 어머니는 방 하나를 함께 썼지만 어린 릴리는 혼자서 방을 썼다. 그녀에겐 특별히 자유로운 공간이 필요했다. 왜냐하면 릴리는 규칙적으로 학교에 갈 수가 없었기 때문이다. 그녀는 너무 자주 아파서 침대를 지키는 일이 많았다. 어머니는 그녀의 방에 러시아 성화상을 세워놓았는데, 릴리는 학교에 가지 못할 때면 그것을 관찰했다. 믿음이 깊었던 그녀에게 마리아상은 많은 위로가 되었다. 「아베마리아」와 성경 「시편」은 그녀가 열여섯 살이 되기 전에 곡을 붙이려고 시도한 가사들이었다. 그런데 나중에 그녀는 이 시기의 작품들을 만족해하지 못하고 그것들을 없애버렸으므로 제목만 전해진다.

릴리는 여전히 자신의 길을 분명히 정하지 못했다. 그녀가 어쩌면 언니를 뒤따라가려고 하는 것이 아닌가 하는 물음에, 열다섯 살의 릴리는 자신은 아주 좋은 목소리를 가지고 있으므로 아마도 성악가가 될 것이라고 대답했다. 그러나 그녀는 이미 처음으로 작곡한 작품의 음표를 악보에 그려넣고 있었다. 그녀는 16세기의 거장에서부터 모차르트, 쇼팽과 슈만, 베토벤과 바그너를 거쳐 당대의 작곡가로 그녀가 특히 존경한 드뷔시의 음악에 이르기까지 많은 곡을 들었다. 그녀의 하프 선생님은 그녀에게 드뷔시의 성공작인 「펠레아스와 멜리장드」의 리허설을 들을 기회까지 마련해주었다. 그녀의 재능은 점점 더 빛을 발했는데, 비단 음악적인 지평만 넓어진 것이 아니었다.

불랑제 가족의 친구들은 지식인들과 예술가들로 구성되어 있었다. 여러 가지 언어로 말하는 것이나 다른 문화와 종교에 대해 논하는 것은 모든 사람에게 당연한 일이었다. 20세기 초엽 유럽에서는 거의 유행과도 같이 오리엔트나 아시아를 매력적으로 생각했다. 불랑제 가족과 가까운 한 여자친구는 인도의 위대한 시인 타고르를 개인적으로 조금 알고 있었으며 릴리는 이 그룹을 통해서 훨씬 후인 1914년에 태고의 불교 기도문인 「전 우주를 위하여」의 프랑스어 번역본을 구하게 되어 거기에 곡을 붙였다. 4연으로 이루어진 노래의 후렴은 거의 릴리의 삶에 대한 주제곡이 될 수도 있을 것이다.

적도 방해자도 없이 고통을 극복하고

행복을 얻기 위해, 자유롭게 행동하기 위해,

모두가 각자 자신에게 주어진 길을 간다네.

이미 어릴 적 그녀는 주위에서 보편적인 종교 사상을 접하게 되었고, 그 사상에 깊이 사로잡혔다. 엄격한 가톨릭 신앙 속에서 자랐음에도 그녀의 생각은 편협하지 않았다. 릴리는 시간이 갈수록 신비스러운 것에 끌렸고, 예감과 징후, 그리고 단어들과 숫자 뒤에 숨겨진 메시지와 의미를 믿었다. 숫자 13은 그녀의 숫자였다. 그녀의 이름 철자 수가 모두 13개였기 때문이다. 그런 이유에서 그녀의 이름 첫 부분의 철자를 딴 로고는 숫자 13처럼 보인다. 또한 그녀의 가장 유명한 연가곡 「하늘의 빈터」는 열세 곡의 노래로 이루어져 있다.

이 같은 릴리의 지극히 개인적인 면들은 그녀의 가장 친한 친구인 미키 피레만이 알았다. 이 동갑내기 소녀는 1908년 가르젱빌의 예술가 집단 거주지에서 라울 퓌노를 통해 알게 되었다. 라울이 유복한 프랑스 실업가의 딸이면서 신진 피아니스트였던 미키를 가르쳤던 것이다. 이 사랑스러운 소녀와 함께 릴리는 발랄하고 자유분방하게 생활할 수 있었다. 릴리는 모든 10대들이 그렇듯 그녀와 함께 자신들의 비밀스런 숭배자들에 대해 소곤거렸다. 또한 이 친구에게도 릴리는 '인생의 가장 깊은 감정적 만남'이었다. 미키는 릴리를 사랑하고 숭배했으므로 그녀의 후원자가 되었다. 하지만 미키는 드러나지 않는 후원자였다. 피레 가족은 퓌노 선생을 통해 불랑제 자매를 재정적으로 지원해주었는데, 그것은 친구를 곤란하지 않게 하고 나디아의 체면을 지켜주기 위해서였다.

릴리는 진지하고도 열린 눈으로 세상을 보았다. 그녀가 두 살이었을 때 기차 여행중 그녀의 시선에 끌린 한 이방인이 아버지에게 이렇게 예언했다고 한다.

이 눈은 당신에게 큰 기쁨 아니면 큰 비탄을 가져다 줄 것입니다.

릴리는 커가면서 자신이 육체에 종속되어 있는 것과 다른 사람의 도움을 필요로 하는 것이 무엇을 의미하는지 끊임없이 체험했다. 젊고, 많은 계획을 가지고 있어 무언가를 원하지만 그것을 할 수 없을 때 특히 고통스럽다. 아마도 그녀는 가르젱빌에서 그것에 대해서도 미키와 많은 대화를 나누었을 것이다. 그러나 오랜 시간이 지난 후에야 그녀는 친구에게 다음과 같은 편지를 썼다.

나는 나의 삶을 방해하는 모든 것에 지쳐버렸어. 그리고 종종 그것이 내 마음에 무거운 짐이 돼. 차라리 나 혼자서 그것을 간직하고 싶을 정도야. 왜냐하면 그 어떤 병도 내 주위의 다른 사람들을 슬프게 할 가치가 없기 때문이지.

릴리의 가족은 그녀의 병을 사적인 문제로 다루었다. 그래서 그녀의 상태는 거의 말하기 부끄러운 것이 되어 침묵에 붙여졌다. 심지어 릴리가 죽은 지 수십 년이 지난 후까지도 나디아는 여동생의 전기작가인 레오니 로젠슈틸에게 릴리의 병을 밝히지 않았다. 아주 가까운 친구들에게만 그 사실을 알렸고, 그들만이 릴리의 건강이 얼마나 위태로운지를 알았다.

그 때문에 불랑제 부인은 사람들이 보기에 종종 기이하게 생각할 정도로 행동하곤 했다. 예를 들어 다른 아이 하나가 임파선이 부어 있다는 이유만으로 부활절 날 갑자기 릴리와 함께 예술가들의 집단 거주지를 급히 떠나는 식이었다. 이 같은 극단적인 과잉보호는 아직은 릴리가 잘 지내던 이 시기에, 모든 사람들이 알고 있는 그녀에게는 맞지 않았다. 이 활발하고 무사태평한 소녀는 지피와 파슝 같은 애견들과 함게 떠들며 돌아다녔고 가정 콘서트, 카드놀이의 밤, 정원 파티 등에 빠지는 법이 없었다. 스카프와 베일로 중세의 공주처럼 변장을 하고는 가장무도회에 나타나는가 하면, 삶의 기쁨이 넘쳐나고 언제라도 장난칠 기분이 날 정도로 릴리는 잘 지냈다.

그런데 릴리는 실제보다도 나이가 좀 들어 보였다. 나디아 불랑제가 "릴리는 일찌감치 두드러진 특징을 가졌다. 얼마 지나지 않아 보호받는 사람은 오히려 나였다. 그녀가 더 강했기 때문이다. 그녀는 나보다 에너지가 더 많고 믿음도 더욱 굳건했다"라고 말할 정도로 그녀는 성숙했다.

릴리가 건강이 괜찮을 때면 더욱 명랑했고 또래보다 훨씬 더 열심히, 그리고 빨리 배웠다. 그녀는 무의식적으로 시간이 정해진 달리기를 한 것이었을까?

릴리 불랑제의 이른 죽음은 분명 그녀의 삶 전체를 마지막에서부터 보는 위험을 내포하고 있다. 그러나 이러한 관찰 방식은 그녀를 폄하하는 일이 될 것이다. 이 천재 소녀는 아주 뚜렷한 목표를 가지고, 또 본질적인 것에 대해 분명한 관점을 가지고 자신의 길을 갔으며, 자신의 가능성을 모두 이용했기 때문이다. 그녀는 정신적·육체적 한계에 이를 때까지 충실하게 자신의 삶을 살았다. 그리고 그녀가 창조해낸 것은 아름다움과 고통, 병과 요절로 얽어진 그녀의 전설이 없더라도 존속할 수 있다. 오히려 그 전설은 릴리를 현실에서 밀어내고 여성 작곡가로서 전문적인 비평을 받지 못하게 함으로써 그녀의 작품에 대한 관점을 흐리게 한다.

작곡가를 꿈꾸는 여성

라이사 불랑제가 릴리에게 앞으로 무엇을 할 것인지 결정하도록 재촉한 것은 릴리가 열여섯 살 때였다. 릴리는 조금도 주저하지 않고 작곡가라고 대답했다. 그러나 그녀의 불안정한 건강은 직업 예술가로서 활동하는 데 방해가 되었다.

가족과 친구들 중 그 누구도 이런 직업상의 소망에 대해 놀라지 않았고, 그녀를 단념시키려고 하지도 않았다. 그 동안 나디아 역시 작곡가에 도전하여 1908년, 네 번의 시도 끝에 당시 프랑스 작곡가 교육 과정에서 최고로 여겨졌던 '그랑프리 드 롬'에서 2등을 했다. 이미 1835년에 아버지가 열아홉 살의 나이로 이 상을 수상한 바 있었다. 그래서 릴리는 모든 사람의 지원을 기대할 수 있었고, 그것이 그녀의 자신감을 강하게 해주었다. 여성운동에 의해 촉발된 여성 예술가들의 지위에 대한 사회적 논쟁에 릴리는 개의치 않았다. 그녀는 남성들의 선입견에 맞서지 않고 거침없이 전문가로서의 자신의 길을 나아갔다.

1910년부터 1912년까지 단 2년 반 동안 그녀는 음악학교에서 작곡가가 되기 위해 필요한 전문적인 수업을 받았다. 그녀는 화성학, 대위법, 푸가, 작곡법 수업에 등록했다. 교사들은 그녀가 총명하다고 평가했다. 가족의 친구이면서 화성학 교사인 조르주 코사드는 그녀에게 개인 교습을 해주었고, 이미 나디아를 담당한 적이 있는 피아니스트이자 작곡가인 폴 비달도 마찬가지였다.

1912년 3월 중순, 뤼 발뤼 36번지에는 특별히 많은 사람들이 붐볐던 것이 분명하다. 불랑제 부인은 여느 때처럼 유명한 오후의 콘서트에 사람들을 초대했다. 그런데 이번에 인쇄된 프로그램에는 특별한 행

릴리 불랑제, 뤼 발뤼. 파리. 1913년

사가 하나 있었는데, 그것은 바로 릴리 불랑제가 이날 저녁 작곡가로
데뷔한다는 것이었다. 나디아와 라울 퓌노가 피아노 작품 몇 곡을 연
주한 뒤, 손님들은 처음으로 「세이네레스」와 「봄」이라고 이름 붙인 두
편의 가곡을 들을 수 있었다. 그것들은 시에다 곡을 붙인 것으로 릴리
가 곧 참가하려고 하는 '그랑프리 드 롬' 경연대회를 위한 작품이었다.
　불랑제 부인의 살롱 콘서트는 파리의 음악계에서는 모두가 함께하
는 행사였으므로 사적인 일임과 동시에 공적인 행사였다. 그러므로 명
망 있는 음악 잡지들 역시 릴리의 데뷔를 기사로 알리고 있었다.

　　그녀의 세이네레스 합창은 이미 견실한 테크닉을 보여주고, 4중창인
　　르누보는 특별히 신선한 영감을 지니고 있다.

청중들의 호응도 커서 앙코르 박수갈채를 받을 정도였다고 한다.
　이 같은 성공을 거둔 후에 릴리는 리비에라 휴양지로 여행을 떠났
다. 그녀는 몬테카를로에서 삶을 즐겼다. 카지노에도 가고 해양박물관
에도 갔으며 친구들과 식사를 하러 다니기도 했다. 그러면서도 그녀는
「세이네레스」를 관현악곡으로 편곡하는 작업을 계속했다. 그 사이에
어느덧 7월이 되었고, 그녀의 건강이 다시 악화되었다. 그럼에도 그녀
는 열세 명의 다른 후보자와 함께 파리 근처에서 콩쿠르 예선에 참가
했다. 예선에서 최고 성적을 낸 여섯 명이 선발되어 본선에 참가하는
데, 그들은 4주간 격리되어 지정된 악곡을 만들어내야 했다. 곡을 만
들면 작곡가가 직접 자신의 작품을 지휘하는 공개 연주를 거친 후 우
선적으로는 음악 부서에서, 그 다음에는 예술 아카데미의 회원 40명
이 비밀투표로 우승자를 선발하게 된다.

이런 선발 과정은 그때그때마다 매번 신경을 소모시켰고, 건강한 사람도 한계에 이를 정도로 지치게 하는 일이었다. 릴리가 자신에게는 무리인 이 일을 하려고 했을 때 그녀는 그 이유를 정확히 알고 있었다. 그녀는 의식적으로 아버지와 언니의 뒤를 이어 집안의 전통을 살리려 했던 것이다. 또한 우승을 하게 되면 명예뿐만 아니라 경제적으로도 웬만큼 안정이 되기 때문이다. 즉 3만 프랑의 상금과 로마 근처 메디치 빌라에서 다년간 머물면서 일을 할 수 있는 기회가 주어지는 것이다. 게다가 우승자의 작품은 음반으로 발행되고 공연도 하는 큰 기회를 잡을 수 있었다. 그러므로 릴리의 우승은 나디아에게서 '가족 부양'의 짐을 덜어줄 수도 있을 것이다. '그랑프리 드 롬'은 웬만하면 계속해서 일거리를 가져다주기 때문이다. 그러나 이 상을 받겠다는 결심은 무엇보다도 내면의 힘과 자신의 능력에 대한 커다란 신뢰에서 비롯되었다. 그녀는 자신을 다른 사람, 즉 작곡가로서의 나디아와 비교하곤 했는데, 아마도 그녀는 이번 대회에 참가하는 것을 통해 적어도 이 영역에서만큼은 언니의 그늘에서 벗어나 더 이상 '작은 아이'로 머물러 있지 않으려 했던 것 같다. 그러나 릴리는 첫 번째 도전에서 좌절했다. 1912년 봄에 그녀는 건강상의 이유로 도전을 중단해야 했던 것이다. 하지만 그녀가 물러선 것이 사람들에게는 알려지지 않았다.

여름이 되자 잠깐 다녀가는 사람들에게조차도 릴리가 전보다 약해졌고 야위었다는 사실이 눈에 띄었다. 그러나 릴리는 포기하지 않았다. 다시 건강이 회복되자 그녀는 곧바로 다음해 콩쿠르 준비에 돌입했다. 그녀는 집에서 계속 수업을 받았고, 새로운 악곡들로 자신의 작업 노트를 채웠다. 그녀는 늘 시에다 곡을 붙였는데, 그것이 자신이 바라던 바였기 때문이다. 당시 프랑스에서는 가곡을 만드는 것이 작곡의 꽃으로 여겨졌고 성악이 시대적인 기호에 맞았다. 반대로 독일에서는 작곡가가 인정받기 위해서는 기악곡에서 두드러져야 했다. 가곡은 불랑제 집안의 오랜 전통이었다. 유명한 소프라노 성악가였던 할머니에게 그것은 거의 하나의 의식과도 같았고, 릴리가 어린 시절 아버지의 수업을 엿들을 때에도 그것은 대부분 가곡이었다. 또한 문학을 사랑하고 문학작품을 많이 읽은 그녀에게는 이 음악 형식이 특별히 잘 맞는 것처럼 보였다.

1912년 11월, 불랑제 부인은 의사의 권유에 따라 휴양을 위해 딸을 대서양 해안으로 데려갔다. 그러나 이 시기의 휴양은 릴리에게 별다른 위안을 주지 못했다. 릴리는 자신이 나디아를 위해 이런 '희생'을 했다고 친구 미키에게 보내는 편지에서 고백했다. 왜냐하면 자신이 건강하게 돌아가면 언니가 너무너무 좋아할 것이기 때문이라는 말이었다.

나는 너무나도 슬퍼! 사람들은 나를 제대로 보지 않는 것 같아. 모두들 내가 어리고 가벼운 천성을 가진 사람이라 생각해. 내 안에는 슬픔과 고통이 그토록 많은데도 말이야!

릴리는 미키에게 계속해서 편지를 썼다.

나는 너희들이 그리워. 왜 그런지 모르겠지만 나는 너무 외로워! 내가 얼마나 깊이, 그리고 신뢰감 있게 사람을 사랑할 수 있는지 아무도 몰라. 내 마음이 얼마나 따뜻한 애정을 필요로 하는지를, 그리고 내가 당장 울어버릴 수도 있을 것이라는 사실을 아무도 이해하지 못해. 그리고 나는 지금도 역시 울고 있어!

110년 전통의 역사를 다시 쓰다

1913년 봄, 릴리는 '그랑프리 드 롬'을 얻기 위해 두 번째 도전에 나섰다. 그녀가 예선을 통과하자 그녀에 대한 기사가 많이 실렸다. 여성으로서는 세 번째로 그 대단한 본선에 진출했기 때문이다. 그녀의 이름은 기사에서 늘 언니 나디아와 관련되어 다루어졌다. 그래서 그녀는 대중들에게 더 쉽게 알려질 수 있었다. 나디아는 파리 외곽에 있는 콩피에뉴의 성까지 여동생을 따라갔다. 그곳에서 한 달 동안 격리되어 있을 것이다. 어느 사진에서 불랑제 자매가 커다란 모자를 쓰고 성의 울타리 앞에 나란히 서 있는 모습을 볼 수 있다. 릴리는 진지하고 긴장돼 보이며, 그녀 옆에는 키가 조금 더 작고 약간은 우람한 체격의 나디아가 카메라를 보며 미소 짓고 있다. 그녀는 여동생을 자랑스러워했을까? 두 사람은 그들에게 닥칠 일을 두려워했을까?

릴리는 4주 동안 외로움을 참아가며 두 개의 완전한 악보를 써냈다. 관현악곡과 피아노 발췌곡이었다. 지정곡인 '칸타타'에 그녀가 사용해야 했던 텍스트에서는 행운이 따랐다. 프랑스인 외제느 아드니가 괴테의 작품을 본떠 만든 극시 「파우스트와 엘렌」의 상징적이고 꿈 같은 분위기가 그녀와 잘 어울렸다. 엘렌이 꿈꾼 파우스트는 그녀를 자기 것으로 만들려고 했다. 그런데 메피스토는 아름다운 여인을 죽음의 세계에서 데려오는 데 성공하지 못했다. 파우스트는 사랑의 맹세로서 그것을 해냈다. 그 다음에 트로이의 전사들이 그 부인을 다시 데려가고 파우스트는 쓰러지고 만다. 작곡가는 짤막하게 이어지는 '있을 수 있는 극적 상황들'을 모두 음악으로 표현해야만 했다. 즉 '마법에 빠진 꿈, 천사들이 여기저기 날아다니는 장면, 무시무시한 요괴 또는 신의

릴리 불랑제와 나디아 불랑제. 1913년

저주, 사랑의 장면' 등이 그것들이었다. 작업이 너무 힘들었기 때문에 마지막 주에는 심사에 낼 악보의 정서(淨書)를 다른 사람의 힘을 빌려서야 마칠 수 있었다.

7월 4일, 마침내 마지막 심사에 앞서 벌어지는 연주의 날이 다가왔다. 무대에 서기 전에 릴리는 몽마르트에 있는 아버지의 무덤에 꽃을 가져다 놓았다. 그녀의 순서는 세 번째였는데, 흰색 드레스를 입은 그녀는 테너 한 명, 바리톤 한 명, 소프라노 한 명을 지휘했다. 그리고 언니 나디아가 성악가들의 피아노 반주를 맡았다. 연주가 시작되자 청중들은 모두 릴리의 음악에 매료되었다.

잡지 〈뮤지카〉의 한 옵서버는 그녀가 얼마나 주의 깊고 사랑스럽게 행동하는지에 주목했다.

그 모습은 공명심으로 인해 초췌해진 남성 경쟁자들과는 반대였다. 그들은 용감한 작곡가로서 말의 목덜미 위에 구부리고 있는 기수처럼 피아노 옆에 앉아 반주자들에게 박차를 가했다. 또한 흥분한 모습으로 극적인 표정을 지으며 곡의 해석자들을 향해 마구 팔을 내저었다. 이 순간 청중들은 여성적인 것에서 숭고함을 느낀다. 한쪽에는 자신들의 시간이 왔음을 분명히 확신하고 있는 흥분한 동료들이 있고, 다른 쪽에는 너무나 침착한 젊은 처녀가 있었다. 그녀의 겸손하고 명확한 행동, 연주되는 동안 내내 보여준 편안한 태도는 남성들이 유치해 보이게 만들었다. 실제로 스스로 강하다고 여기던 남성들에게는 슬픈 시간이었다. 월계관을 다투는 싸움에 여성 엘리트가 등장했을 때 이미 강한 남성은 패배해버리고 말았다.

　여성을 적대시하기로 유명한 심사위원회는 8표 가운데 5표의 찬성표를 던져 릴리를 최고로 뽑았다. 다음날 전체 심사가 이루어졌고, 그 투표 결과는 더욱 명백해졌다. 릴리 불랑제가 36표 중 31표를 얻어 '그랑프리 드 롬' 상을 받게 된 것이다. 심사위원들은 이 여성 작곡가가 제출한 작품을 '주목할 가치가 있는 칸타타'라 불렀다. 그 근거는 '주제의 기본 이념의 예지, 연주의 정확성, 감성과 온기, 시적인 느낌'이었다.

　1884년에 이 상을 처음으로 수상한 클로드 드뷔시 역시 이 젊은 여성 동료의 작품을 인정했다. 그는 이렇게 확언했다.

　다양한 작곡 기법을 구사하는 그녀는 본질적으로 상당히 노련해 보인다. 그밖에도 그녀는 최고의 정교함으로 곡을 이끌어간다. 엘렌은 가벼운 바이올린 소리로 자신의 등장을 예고한다. 그리고 음악은 사랑스러운 파동 속에서 진행된다.

　드뷔시는 명령을 통해 창조적으로 되는 것, 음악학교에서 세워 놓은 학교의 틀을 파괴하지 않는 것, 그리고 자신만의 개성 있는 작품을 감행해보는 것이 얼마나 어려운 일인지 스스로의 체험을 통해서 알고 있었다. 그렇기 때문에 그는 이러한 형식의 경쟁을 더 이상 시대에 적합하지 않다고 여겼다.

　1913년 7월 5일은 열아홉 살의 릴리 불랑제가 '그랑프리 드 롬'의 110년 역사상 여성으로서는 최초로 대상을 수상한 날로, 그녀를 단숨에 프랑스를 비롯한 유럽 전체와 미국에서까지 이름을 떨치게 한 날이다. 심지어는 러시아에서도 총보에 대해 문의해 올 정도였다.

당연히 그녀는 온 세계의 여성들로부터 칭송을 받았다. 그녀의 수상
은 20세기를 향해, 평등을 향해 분명히 한 걸음 더 나아간 쾌거였다.
많은 해설자들은 종종 만족해하면서 이 여성 작곡가는 "자신의 성공
속에서 페미니즘의 승리를 선언하는 축하를 피했다"고 단언했다. 하
지만 그녀 자신은 그것에 대해 침묵했다.

릴리 불랑제는 분명 옛 여성상을 파괴한 것은 아니다. 그녀는 오히
려 오래된 고정관념을 뒷받침하고 있다. 그녀는 천재 소녀일 뿐 성인
여성도, 아이도 아니다. 그녀는 요정에 비교되었고, '성스러운 영혼을
지닌 빛나는 작은 비둘기'로 환영받았다. 음악학자인 에바 리거는 다
음과 같이 말했다.

남성 세계가 재능이 뛰어난 여성에게 어떻게 반응하는가? 사람들이
릴리의 성공과 나디아를 비교해 생각해보면 남성 편에서의 비합리적
인 불안들이 작용하고 있었다는 가정이 당연하다고 생각된다. 보란
듯이 차려입은 릴리의 여성스러움과 그녀의 가냘픈 체격은 그녀를 약
하게 보이게 했고, 그래서 남성들은 그녀가 예술적으로 두드러진 업
적을 이루었음에도 불안해하지 않았다. 반대로 공명심과 의지가 강한
나디아는 어떤 것에도 타협하지 않았고, 분명 이것이 많은 남성 동료
들에게 위협적인 존재로 작용했을 것이다.

1930년대에도 아직은 작곡 담당 여교수를 뽑는다는 것이 일대 사건
이었던 음악학교의 교수직을 두고 길고도 굴욕적인 투쟁을 한 나디아
의 경험들을 함께 나눌 만큼 릴리는 충분히 오래 살지 못했다.

시에 곡을 붙이다

쾌거를 이루고 나서 맞은 여름은 릴리에게 아무 걱정도 없는 시간이었다. 그녀는 파리에서 친구들과 함께 소풍을 다녔고, 이 가게 저 가게를 돌아다니며 먹고 마시는 것을 즐겼다. 그녀의 칸타타는 리코르디 출판사에서 출판했는데, 이 출판사는 그녀와 전속 계약을 체결하여 이후에도 그녀의 작품을 담당했다. 지루한 교정 작업을 할 때는 나디아의 두 여제자가 릴리를 도와주었다. 10월과 11월 초까지는 니차에 있는 미키의 집에 머물렀다. 커다란 정원이 있는 대저택인 카스텔 피레는 게으름을 피우며 지내기에 아주 좋은 장소였다. 11월부터는 프랑스 주요 도시에서 연주회가 연이어 열렸다. 그녀는 테아트르 뒤 샤틀레에서 「파우스트와 엘렌」의 초연을 지켜보았다. 며칠 지나지 않아 그녀는 파리를 방문하여 '음악의 여신들'로 칭송받게 된 불랑제 자매의 작품을 레옹 푸아리에 극장에 올린 특별 공연에 참석했다. 오르세 궁전에서의 밤도 그 뒤를 이었다.

그 후 12월에 릴리는 다시 병이 났다. 이때 나디아는 라울 퓌노와 함께 연주 여행을 떠났는데 퓌노가 모스크바에서 갑자기 죽는 바람에 프랑스로 돌아왔다. 1914년 1월 가르젱빌에서 치러진 그의 장례식에도 참석할 수 없을 정도로 릴리의 건강 상태는 나빴다. 심지어 그녀는 빌라 메디치에서 머물기로 했던 것조차 연기해야만 했다. 1월 말 그녀가 그곳에 나타나지 않자 소위 '스타'의 행보에 대한 추측성 소문이 난무했다. 정말로 어머니가 그녀를 따라 그곳으로 간 게 틀림없을까? 릴리는 정말로 아픈 걸까, 아니면 단지 '대외적으로'만 아픈 걸까? 사람들은 이런 것들을 궁금해했다.

2월 말, 릴리는 니차에 있는 미키 부모님의 집에 잠시 머물면서 로마로 계속 여행하기 위한 힘을 축적했다. 이 기간 동안 예전부터 구상해왔던 것이 구체화되었는데, 그것이 그녀의 가장 중요한 작품이 되었다. 릴리는 이미 여러 달 전에 시인 프랑시스 잠의 연작시 「슬픔」을 접하게 되었다. 모두 24편의 시에서는 한 남자가 잃어버린 사랑을 회상하고 있다. 릴리는 그중에서 13편을 골라 거기에 더 친근한 새로운 제목을 붙였는데 그것이 바로 「하늘의 빈터」이다.

릴리는 꼭 1년 동안 이 13편의 시에 곡 붙이는 작업을 했다. 니차에서 출발하여 계속 여행했던 이탈리아에서 그녀는 처음으로 학교의 모든 의무에서 벗어나 혼자서 자신이 원하는 대로 작곡을 할 수 있었다. 테너가 피아노 반주에 맞춰 부르도록 쓰여진 가곡은 순간의 음악이었고, 그녀는 영혼의 상태, 즉 내면에서 맴도는 생각과 추억의 흐름을 표현했다.

릴리 불랑제는 「하늘의 빈터」로 음악적 일기를 쓴 것은 아니다. 그녀는 아마도 연작시에 나오는 비밀로 가득 찬, 사라진 여인 속에서 자기 자신을 다시 발견했는지도 모른다. 그러나 개인적인 기분, 회상과 체험이 시의 선택과 음악에 훨씬 더 많은 특징을 부여했다. 그녀가 다섯 번째 곡 「내 침대 발치에서」를 어머니에게 바친 것은 뤼 발뤼에서 자신의 침대 옆에 있던 성화상을 회상한 것에서 비롯되었다. 그리고 「그녀는 아주 자유분방하다」를 '나의 귀여운 미키'에게 바친 것은 두 사람의 관계에 대해 무언가를 말한 것이었다.

때때로 그녀의 시선은 위로 향했네.

마치 나의 생각을 급습하려는 듯

그녀의 상냥함은 늦은 시간의 생각들이 펼쳐져 있는

노랗고 푸른 벨벳과도 같다네.

그녀가 빌라 메디치에서도 지켜왔던 특유의 전형적인 작업 방식은 여러 해에 걸쳐서 형성되었다. 릴리는 많은 작업 노트에 직관적인 착상들을 메모했다. 그녀는 텍스트가 담고 있는 음악적 기본 이념을 찾아낼 때까지 끊임없이 구상했다. 릴리는 대개 시에다 곡을 붙였으므로 단어에 많은 신경을 써서 작업했다. 마지막으로 그녀는 피아노곡을 만든 다음에 비로소 그것을 관현악곡으로 개작했다.

하지만 1932년까지도 나디아는 릴리의 작업 노트가 출판되는 것을 원하지 않았다. 왜냐하면 음악적인 아이디어들은 너무 개인적인 성격의 메모들 속에 들어 있기 때문이다. 사람들은 항상 배반을 두려워한다. 이 삶 속에는 나약함과 신중함이 너무나 많기 때문이라는 것이 나디아의 견해였다.

릴리는 친한 친구인 미키와도, 그리고 나디아와도 작업이 완전히 끝나기 전에는 자신의 일을 상의하는 법이 없었다. 작곡가로서 그녀는 혼자였다. 그것도 아주 단호하게 혼자를 고집했다. 그녀가 가장 창조적이었던 시기는 빌라 메디치에서였는데, 그곳에서 그녀는 금세 잘 적응했다. 그랜드 피아노와 러시아 성화상이 놓여 있는 그녀의 방에는 화려한 가구들이 있고, 무성한 나무와 분수가 솟아오르는 정원이 내다보이는 넓은 창문이 있었다. 예술가 동우회에서 그녀는 친구들을 사귀었고, 그들은 그녀를 '여동생'이라 불렀다. 그녀는 화가들의 모델이 되어주기도 했고, 로마에 있는 예술가 살롱을 방문했을 때는 열광하며 그곳을 자세히 둘러보았다.

나디아 불랑제는 후에 릴리가 그 집을 떠나지 못하고 그 집과 거의 뗄 수 없을 정도로 하나가 된 상황에 대해 종종 얘기했다. 분명 두 사람 사이에 강한 연대감이 있었지만 릴리가 창작 활동을 가장 왕성하게 했던 몇 해 동안 나디아는 오히려 여행을 많이 다니며 릴리 가까이에 있지 않았다. '그랑프리 드 롬'의 대상을 수상한 이후에 동생은 실제로 더 이상 '어린 여동생'이 아니었다. 릴리는 자신의 경력을 쌓았고, 인기 있는 예술가로 떠올랐다. 그녀는 작곡가로서의 나디아를 뒷전으로 밀어냈다.

15년간 열심히 작업을 했음에도 나디아는 첫 번째 시도에서 우승한 병약한 릴리만큼은 성공하지 못했다. 그렇다면 이제 두 사람 사이에 질투나 경쟁심 같은 것이 생겨났을까? 어쨌든 나디아는 때때로 여동생을 피했다. 하지만 그녀는 연주자였기 때문에 어차피 자주 여행을 떠나야 했다.

음악학자인 리거는 그 둘의 관계를 이렇게 판단했다.

독자적인 인물로 인정받으려는 그녀의 욕구가 갑작스런 릴리의 성공으로부터 계속 그녀를 멀어지게 했다.

이 시기의 사진에서 나디아는 경직되고 움직임 없는 표정을 보여주고 있는 반면, 릴리는 긴장이 풀린 편안한 모습을 보인다.

당시 자매는 아마도 내면적으로 다른 길을 가고 있었는지 모른다.

팜므 프라질의 마지막 초연

1914년 여름에 릴리는 작업을 위해 이탈리아에 머무르는 일을 중단하고 다시 가르젱빌에 와서 지내고 있었다. 그러던 중 그녀는 충격적인 8월 3일을 겪게 되었다. 독일이 프랑스에 선전포고를 하며 제1차 세계대전이 발발한 것이다. 친구 미키는 니차로 되돌아가 한 병원에서 부상자들을 돌보는 일을 했다. 전쟁은 빌라 메디치의 음악학교 교수들과 학생들을 사방으로 흩어놓았다. 릴리는 편지로, 그리고 나중에는 소포로 전방에 있는 동료들과 그들을 기다리는 가족들을 지원하려고 애썼다. 이 일은 광범위하게 확산되었다. 그녀는 나디아와 함께 프랑코 아메리카위원회를 설립하여 위원회를 통해 그런 임무가 더욱 포괄적이고 더욱 훌륭하게 처리될 수 있도록 했다. 심지어 불랑제 자매는 1915년 12월부터는 군인들을 위한 신문까지 발행했다. 그 외에도 릴리는 자신의 이전 작품들을 개작하고 「어떤 군인의 장례식을 위하여」의 교정본을 마지막으로 수정했다. 이 곡은 일종의 조가(弔歌)로서 그녀는 이 곡에서 처음으로 중세적인 음악 요소, 즉 그레고리우스 송가에서 따온 멜로디를 사용하며 예술가로서의 새로운 영역을 개척했다. 거의 3년에 걸친 작업 끝에 전쟁중인 1915년 11월 7일, 드디어 파리에서 합창곡이 공연되었다. 이것이 릴리 불랑제가 함께한 두 번째 공연이었다. 그리고 자신의 마지막 초연이 되리라는 것을 그녀는 아직 모르고 있었다.

1916년 2월이 되어서야 릴리는 다시 빌라 메디치로 돌아와 작업을 계속할 수 있었다. 그녀는 성경 텍스트에 관심을 돌려 여러 개의 「시편」에 곡을 붙였다. 어쩌면 이 고전적인 기독교의 기도들은 자신의 병과 유럽 전체에 닥친 전쟁이라는 혼돈 속에서 그녀에게 정신적 지주가 되었는지도 모른다. 「시편」에 곡을 붙이는 작업을 하면서 이 여성 작곡가는 자신의 독자적인 스타일을 발전시켰다. 무엇보다도 「시편」 130편 「주여, 내가 깊은 곳에서 당신에게 외쳤습니다」의 총보에 열중하다 보면 거기에서 매혹적인 대립 주제들을 찾을 수 있다. 우울과 슬픔, 죽음의 예감이라는 색조 속에 들어 있는 서정적 요소와, 용솟음치는 듯한 힘과 깜짝 놀라게 하는 격렬함이 그것이다. 그녀는 3중의 목관악기 연주자, 수많은 금관악기, 타악기, 하프 두 대, 오르간, 현악기 연주자, 그리고 독주자와 여러 파트의 합창단이 속한 관현악단을 아주 훌륭하게 다루었다.

그런데 얼마 안 있어 릴리의 건강이 더 나빠졌다. 여러 친구들이 그녀에게 용기를 주기 위해 빌라 메디치로 왔는데, 그중에는 위대한 비극 배우인 늙은 엘레오노라 두세도 있었다. 릴리가 로마에서 만났던 이 여배우는 그녀에게 장미를 선물했다. 릴리는 미키에게 보내는 편지에서 자신이 얼마나 용기가 없는지 숨길 수가 없다고 한탄하고 있다.

그것은 이번에는 그렇게까지 심하지 않아서인지 통증 때문도, 지루함 때문도 아니고, 내가 원하던 것을 했다는 느낌을 결코 가지지 못할 거라는 사실을 내가 알기 때문이지. 왜냐하면 무슨 일이든 중단되는 법 없이는 할 수가 없고, 중단되는 시간이 내가 일하는 시간보다 더 길거든.

그런데 아직 그녀의 마음속에는 한 가지 특별한 일이 자리잡고 있었다. 그녀는 오래 전부터 오페라, 그것도 '반전(反戰)' 오페라를 만들고 싶어했다. 그녀는 극작품인 『말렌 공주』를 가극 대본의 토대로 골랐다. 이 작품은 모리스 메테르링크가 썼는데, 릴리가 이미 곡을 붙인 두 편의 시가 그의 붓끝에서 나왔다. 그녀는 니차에서 이 작가를 개인적으로 만났고, 그는 릴리가 개작한 오페라 대본에 동의했다. 릴리는 오페라 대본을 통해 극작품의 내용을 '페미니즘화시켰다.' 내용인즉 전쟁을 수단으로 성장한 한 나라에서 권력을 둘러싼 싸움이 두 여주인공 사이의 갈등으로 첨예화된다. 그 한쪽이 말렌인데, 그녀는 흰 옷을 입고 있으며 창백한 얼굴에 연약한, 그야말로 전형적인 팜므 프라질(연약한 여성 - 옮긴이)이다. 그녀의 상대역은 자신의 애인을 독살하고 여주인공을 교살하는 위험하고 아름다운 팜므 파탈(요부 - 옮긴이)인 안느이다.

메테르링크는 릴리 불랑제의 건강을 매우 걱정했다. 그는 '사랑스러운 어린 동업자'에게 헌사와 함께 사진을 한 장 보냈다. 릴리가 '말렌 공주에게 신과 음악, 그리고 운명의 요구로 그녀가 기다려왔던 생명을 불어넣고 있기' 때문이다. 오페라의 인물 말렌과 여성 작곡가 릴리, 그리고 그들의 치명적인 운명은 서로 하나가 되었다.

미국의 바이올리니스트인 앨버트 스팔딩은 예전에 가르젱빌에서 릴리 불랑제와 만났을 때 받았던 인상에 대해 다음과 같이 피력했다.

그녀는 메테르링크의 작품에 나오는 파멸의 운명을 타고난 공주처럼 사랑스럽고 아름다우며 나약했다.

신화는 살아 있고 실제의 릴리는 퇴색했다.

끝없는 슬픔 속에서 짧았던 삶

1916년 여름, 릴리 불랑제는 자신이 기껏해야 2년 정도밖에 살 수 없다는 사실을 알게 되었다. 그녀는 의사에게 진실을 알려달라고 했다. 다가와 있는 피할 수 없는 죽음에 대한 사실을 그녀는 미키에게만 알렸다. 그리고 어머니와 언니에게는 그들을 위해 알리지 않았다.

그녀는 작업을 위한 장학금을 중도에 포기하고 다시 파리로 돌아갔는데, 이곳에서 그녀의 상황은 계속 나빠졌다. 릴리는 이제 자리에 누워 있어야 했다.

"나의 불쌍한 내장이 거역하는 바람에 나는 유동식밖에 먹을 수가 없다."

그리고 씻을 때조차도 그녀는 도움이 필요하다고 했다. 그녀는 기껏해야 45분 정도 마차에 앉아 있을 수 있고, 단지 3분 정도만 걸을 수 있을 뿐이다. 그녀는 아무 일도 못하고 노력도 못하며, 요컨대 그리 즐겁지 못했다.

이때 친구들은 그녀에게 농아이며 장님인 시인 바르타 갈르롱 드 칼론에 관한 얘기를 들려주었다. 그녀는 30년 동안 행복한 결혼생활을 영위했고 아이들을 훌륭히 키웠다. 릴리 불랑제는 이 특별한 여성을 사귀고 싶어했다. 그리고 드디어 8월에는 그녀를 찾아갔다. 릴리가 자신의 곡에 붙일 가사로 선택한 이 여성시인의 텍스트는 「끝없는 슬픔 속에서」였다. 이 작품에서는 한 여인의 망령이 자신의 무덤을 찾아다니다가 거기서 울고 있는 아이를 발견하고 위로해준다. 이 내용을 따서 만든 노래는 말하는 어조와 비슷한 멜로디로 프랑스의 한 자장가에서 따온 소절로 끝을 맺는다.

어느 날 릴리가 너무 아파서 집에서조차 음악 시연회에 참석할 수 없게 되었을 때, 그녀는 '부드럽고 우울한 미소를 띠며' 다음과 같이 말했다고 나디아는 회상하고 있다.

나를 제외하고는 누구든지 이 음악을 듣게 될 것이라는 사실이 우스워!

9월에 릴리는 다시 한 번 새로운 삶의 용기를 갖게 되었다. 그녀가 마침내 다시 일할 수 있게 된 것이다. 그러나 조금 나아진 건강이 그리 오래 가지는 못했다. 그녀는 자신을 과대평가했다. 이제는 글씨를 쓰는 것마저도 그녀에게는 힘에 부치는 일이었다. 그러나 그녀는 오페라 작업 계획을 밀어붙였고, 자신에게 남은 마지막 힘까지 다해 일에 매달렸다. 릴리는 어머니와 함께 다시 바다를 찾았지만 이번에는 대서양의 심연도 그녀에게 도움이 되지 못했다. 그녀는 종종 열에 시달렸지만 몸이 조금이라도 나아질 때면 언제나 「말렌 공주」의 초안을 붙들고 앉았다.

몇 주 동안 미키가 친구 옆에 머물러 있었다. 릴리의 침대 발치에는 피아노가 한 대 있었는데 역시 여행을 온 나디아가 피아노 앞에 앉아 여동생의 반주를 맡았다. 릴리는 가느다란 목소리로 미키를 위해 「하늘의 빈터」를 불렀다. 너무나도 감동한 미키는 흐르는 눈물을 참을 수가 없었다. 릴리가 열두 번째 곡을 부르기 시작했을 때 세 사람 사이에 어떤 일이 일어났을까?

그녀의 메달 하나가 내게 남아 있다네.

그 속에는 숫자 하나와
'기도하다, 믿다, 바라다'라는
단어들이 새겨져 있다네.
하지만 나는 무엇보다도 메달이 거무스레한 것을 본다네.
비둘기색 목줄에 입힌 은이 검게 녹슬었다네.

1917년 7월에 릴리는 두 번째 수술을 받았다. 확실하지는 않지만 생명을 연장하기 위한 마지막 시도였다. 그 후 나디아는 여동생에게 더이상 희망이 없다는 사실을 알게 되었다. 그녀는 미키가 자신보다 먼저 그것을 알고 있었다는 사실에 너무나 놀랐다. 나디아는 자신이 릴리의 심각한 상황을 눈치채지 못한 것에 죄책감을 느꼈을까? 그녀는 '어린 동생'을 아버지가 부탁했던 것만큼 돌보지 못했는가? 그녀는 너무 오랫동안 눈을 감고 있었는가? 나디아가 1979년 자신의 죽음을 맞을 때까지 동생의 작품을 알리는 데 온 힘을 기울인 것은 일종의 보상 행위, 즉 나이 들어서까지 건강한 그녀가 가지고 있던 '죄책감의 콤플렉스'를 다스린 것이라 할 수 있다.

왜 더 이상 작곡하지 않느냐는 질문에 대해 나디아는 "그건 그 누구와도 상관없는 일이에요"라는 말로 대응했다. 그녀는 죽음에 이르러서야 마침내 한 저널리스트에게 이렇게 대답했다.

나는 재능이 없어요. 내 동생 릴리야말로 작곡가였죠. 그 아이가 스물네 살의 나이로 죽었을 때 이미 대단한 여성 작곡가였답니다. 동생은 나를 가르치는 길로 들어서게 했어요.

그것은 여동생이 죽음에 임박하여 나디아에게 남긴 말 때문이다.

언니가 더 나이 들었을 때, 내가 세상을 떠나는 날까지 언니에게 가져다주었던 것을 언니의 모든 제자들이 가져다줄 것이라는 사실을 생각해.

릴리는 너무나도 큰 고통을 견디고 있었다. 진통제는 점점 제 기능을 하지 못했다. 나디아가 '너무나 슬프다'고 기억하는 마지막 여름에 가르젱빌에서 그녀는 다시 한 번 사진을 찍었다. 릴리는 언제나처럼 우아하게 옷을 입고 의자에 앉아 있었다. 불랑제 부인은 분명하고 단호한 눈길로 자신을 쳐다보는 딸 쪽으로 몸을 굽히고 있었다. 자세히 살펴봐야만 릴리가 의자에 묶여져 있다는 사실을 알아챌 수 있다.

12월부터 릴리는 다시 파리의 뤼 발뤼에 있는 집에서 지냈다. 그 동안 그녀는 분명 피아노 앞에 앉았을 것이다. 그녀가 자신의 내부에 아직 음악이 많이 들어 있다고 주장한 것이다. 1918년 1월 18일, 그녀는 마지막 음표를 작업 노트에 그려넣었다.

「말렌 공주」는 결국 오페라 무대에 세워지지 못했다. 이에 대해 나디아는 "내 동생이 나에게 이 작품을 완성시켜달라는 소망을 피력했음에도 나는 그것에 성공하지 못했다. 언젠가 그 일이 이루어질까?"라고 쓰고 있다. 「말렌 공주」는 꽤 많이 진척되었고 훌륭하다. 그럼에도 공연은 할 수 없다. '미완성'이라고 말할 수밖에 없다. 유감스럽게도 그것이 진실일 것이다. 비록 아주 조금밖에 모자라지 않음에도 오늘날까지 발견되지 못한 미완성 오페라는 비밀에 싸여 있다. 아마도 그것은 나디아 불랑제의 유산이 그녀가 지정한 대로 2009년에 공개되면 발견될 것이다.

릴리는 자신의 마지막 곡의 음표 하나하나를 언니에게 받아쓰도록 했다. 그것은 훌륭한 「예수 기도서」였다. 그녀는 자신의 내면에서 한 아이가 현악 4중주와 하프, 그리고 오르간 소리에 맞춰 다음과 같이 말하는 것을 들었다.

"온화한 예수님, 주여, 그들에게 안식을 주소서, 그들에게 영원한 안식을 주소서."

이 시점에서 그것은 분명 릴리의 가장 깊고도 절실한 소망이었을 것이다.

독일 군대가 파리를 포격하자 불랑제 집안의 여인들은 전쟁의 마지막 교전이 있기 전에 파리 서쪽에 위치한 메치로 피난을 떠났다. 릴리는 미네랄워터밖에는 마실 수가 없는 상태였다. 그녀의 온몸은 부어올랐고 높은 열이 그녀를 고통스럽게 했다. 태피터 옷감으로 만든 드레스가 바스락거리는 소리나 불랑제 부인의 짙은 향수 냄새조차도 릴리는 이미 견뎌내지 못했다. 파리에 있는 친구들이 어려운 전시에 환자의 붓기와 열을 완화시키기 위해 얼음을 조달하려 애썼다.

3월 8일 파리에서 「하늘의 빈터」가 초연되었을 때 작곡자는 거기에 참가할 수 없었다. 일주일 후 그녀는 병자성사를 받았다. 릴리는 사후의 삶을 믿고 있었다. 영생을 믿던 그녀는 1918년 3월 15일 금요일에 아주 편안하고 의식이 또렷한 상태에서 숨을 거두었다.

그녀의 수의는 이미 5년 전 미키가 그녀에게 선물한 벨벳 드레스였다. 릴리 불랑제는 자신의 삶에서 너무나 많은 의미를 지닌 칸타타 「파우스트와 엘렌」 연주를 들을 때에도 이 옷을 입었다. 그녀는 자신의 작품 대부분을 콘서트홀에서 들어보지 못했다. 그렇지만 미키 피레는 릴리에 대해 이렇게 쓰고 있다.

　그녀는 자신의 삶을 음악과 함께 지나왔다.

　릴리 불랑제의 50주기를 맞는 날, 언니 나디아는 자신과 릴리가 작곡한 곡을 한데 묶어 '릴리 불랑제를 기리며'라는 제목의 콤팩트 디스크를 발매했다. 그 부록에 나디아는 이렇게 썼다.

　릴리의 작품들 속에는 기술적인 새로움은 없지만 그녀는 지적 논쟁이 아직 시작되기 전의 시대에 살았다. 그녀는 자신의 독자적인 메시지를 표현하기 위해 꼭 필요한 형식을 창조해냈다. 그녀는 음악사에 짧지만 영속적인 한 획을 그었다.

　오늘날 새로운 세대의 여성 음악가들과 음악학자들은 릴리 불랑제의 작품을 조금 다르게, 즉 더욱 도발적인 작품으로, 그래서 대담하고도 '어린 여동생'이라는 상(像)과는 완전히 동떨어지게 느끼고 있다. 이 프랑스 여성은 분명 자신이 살았던 시대의 여성 작곡가였지만 그녀의 작품 속에는 그녀가 이미 전통적인 화성학에서 빠져나왔음을 보여주는 요소들이 많이 있다. 이제 남성적 요소와 여성적 요소를 하나로 묶어 음조의 한계에까지 나아간 냉철하고 힘있는 그녀의 음악세계가 어느 정도 느껴질 수 있다. 1993년 그녀의 탄생 100주년 기념행사가 여러 곳에서 열린 뒤로 릴리 불랑제는 마침내 더욱 유명해졌다. 또한 유례없이 공연이 자주 열리고 있으며 앞으로도 계속해서 그럴 것이다. '릴리 불랑제의 음악은 우리 시대의 콘서트 프로그램에 들어간다'

라고 불랑제 전문가인 카트린 모슬러는 주장하고 있다.

20세기 말에 이 곡들은 우리가 그 역사적인 해석을 위해 미리 애쓰지
않아도 당장 이해하게 되는, 시대를 앞선 무의식의 암호로 우리에게
다가온다.

샤를로테 케르너

나는 아무것도 후회하지 않아

Edith Piaf

에디트 피아프(1915~1963, 상송가수)

_에디트 피아프

20세기에 수백만의 사랑을 받았던 샹송의 여왕이자 대중스타다.
파리의 빈민 구역에서 태어나 목소리 하나로 세계를 사로잡았던 그녀는
끊임없는 스캔들과 시기와 명성들로 가득 찬 전설 같은 삶을 살았다.
또한 1941년 독일군이 파리를 점령하자 노래를 통해 저항했으며,
이브 몽탕과의 변함없는 우정과 사랑을 유지했다.
「장밋빛 인생」이라는 유명한 곡을 비롯하여 수많은 곡을 남겼으며,
『나의 인생』이라는 자서전을 출간했다.

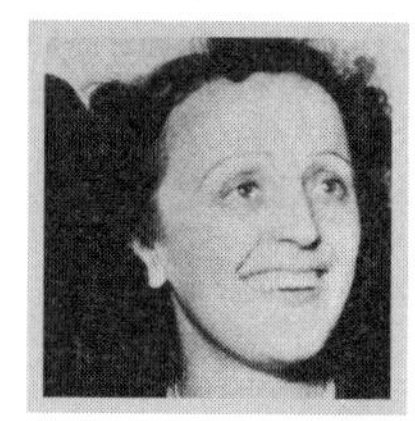

수백만의 사랑을 한 몸에 받은 샹송의 여왕

회칠을 한 듯 하얗게 화장한 얼굴, 숯검정처럼 검은 눈썹 위로 넓은 이마. 위를 향한 시선, 환희에 찬 정부(情婦). 입은 아주 크게 벌어져 있고 입술은 붉다. 코바늘로 뜨개질한 하얀 옷깃은 어릿광대의 주름 옷깃처럼 폭넓은 톱니 모양이다. 어두운 그림자, 희미하지만 부드럽지는 않다. 에디트 조반나 가송은 몇 안 되는 데뷔 초기의 사진에서 마치 '곡예사 멋져요!'라며 유랑극단을 선전하는 여인과 같은 모습으로 나온다. 지금과는 다른 시대, 아직은 영화가 덜 발달하고 사진을 일 년에 몇 번 열리는 대목장에서나 찍을 수 있었던 무성영화 시대의 모습이다.

'피아프'는 서커스단 분위기를 결코 잃지 않을 것이다. "브라보, 브라보, 광대를 위하여" 하면서 말이다. 드레스가 조그만 여성을 헐렁하게 감싸고 있다. 몸이 커지면 맞도록 세 치수 정도는 더 크게 만든 것처럼 보인다. 깊게 파인 목선이 미끄러져 내린다. 그리고 쥐어뜯은 듯한 곱슬머리는 항상 그녀가 쏟아지는 빗속에서 막 빠져나온 것처럼 보이게 한다. 전체적으로 조그맣고 깡마른데다 구부정한 모습이다. 그리고 마음이 넓고 사랑으로 가득 차 있으며 수백만의 사랑을 한 몸에 받은 여성. 그녀가 바로 상송의 여왕 에디트 피아프이다. 그러나 그녀의 삶은 뒤죽박죽이었다. 말하자면 그녀의 인생은 빈곤과 괴로움, 거짓말, 부적절한 남성들, 거짓된 감정들, 명성과 시기, 부(富)와 병으로 가득하며 가파른 상승과 심연으로의 추락, 타오르는 야심과 자기 부정 사이를 아슬아슬하게 오가는 전설 같은 삶이었다.

파리의 참새인 에디트 피아프는 생의 의욕에 가득 차 있었고, 유례없는 성공을 거둔 신데렐라였지만 스캔들이 그치지 않는 요부로 전후 유럽의 여성들에게는 공포의 대상이었다. 그녀는 프랑스 다음으로 독일에서 많은 팬을 가지고 있었다. 세상 그 어디에서도 젊은이들이 담배 연기 자욱한 파리의 나이트클럽에서 허스키하고 농염한 여가수의 목소리에 그토록 빠져든 곳은 없다. 또한 그 어느 곳에서도 소녀들이, 난쟁이와 왕자를 더 이상 믿지 않는 백설공주들이 얼굴에 그렇게 눈처럼 하얗게, 또 그렇게 붉게 화장하지 않았고, 눈 주위에 검게 테두리를 그리지 않았다.

에디트 피아프가 누구인지, 어디 출신인지, 이런 물음에 대해선 항상 소문이 무성했다. 그녀가 죽은 후 여러 기사에서 밝힌 것처럼 그녀의 키가 1미터 38센티미터, 1미터 47센티미터에서 1미터 50센티미터까지 변화했다는 사실은 사소한 일에 지나지 않는다. 나쁜 친구들과 진정한 친구들, 진지하지 못한 이복 자매, 친지와 동반자들이 그녀에 대한 책을 쓰면서 그녀와의 친분을 부풀리거나 미화했고, 들은 이야기들을 과장했으며, 에디트 피아프의 삶에 영향을 끼친 자신들만의 역할을 새로이 만들어냈다. 에디트 피아프 자신도 마찬가지로 생전에 자신의 전설을 만들어내는 것을 좋아했다. 파리 거리의 아이는 자신의 어린 시절을 실제보다도 훨씬 더 비참하게, 그럼으로써 더욱 낭만적으로 묘사했다.

에디트 피아프는 1915년 12월 19일 파리의 빈민 구역인 벨빌에서 태어났다. 그곳 벨빌 가(街) 72번지에는 다음과 같은 내용의 휘장이 문 위쪽에 걸려 있다.

지독히 가난한 이 집의 계단 위에서 1915년 12월 19일 에디트 피아프가 태어났다. 그녀의 목소리는 후에 세계를 사로잡았다.

얼음같이 찬 겨울바람이 부는 가운데 희미한 가로등 불빛 아래에서 경찰들이 보호 망토를 덮어주며 출산을 도왔다는 감동적인 이야기도 있다. 그런데 이 여가수의 출생증명서에는 이와는 조금 다른 내용이 기재되어 있다. 제20 군(郡) 라 쉰느 가 4번지에서 태어났다고 적혀 있는데 이 주소는 테농 병원에서 엎어지면 코 닿을 거리에 있다. 그 구역에는 오늘날에도 빈민들, 도망자들 그리고 식민주의 정책에 따라 파견된 프랑스 군인들과 이미 오래 전에 철수한 아프리카의 외인 병사들, 아랍에서 온 이주민들이 살고 있다. 에디트 피아프는 그들에게 매우 경탄하면서 낭만적인 상송으로 그들의 전투와 비참함을 노래했다.

그녀의 부모는 가난했고, 서커스단의 일원으로 전국을 두루 전전했으며, 상황이 나쁠 때는 거리에서 노래했다는 것 역시 사실이다. 1914년 33세의 떠돌이 곡예사이자 막 징집된 군인 루이 알퐁스 가숑은 16세의 오페라 가수이자 시장 광장의 누가과자 장수이며 유랑가수인 아네타 마일라르와 결혼했다. 루이 알퐁스의 할아버지가 곡마사로 서커스단에 고용되어 일하기 전까지 성실한 노동자로 살아온 가숑의 가족사에 비해 아네타의 가족사는 별로 알려진 것이 없다. 에디트는 이런 이야기들을 좋아했다. 또한 그녀의 외할머니인 에마 세드 벤 모하메드도 서커스단 주변 출신이라고 에디트는 자신의 첫 번째 전기인 『행운의 무도회에서』를 통해 밝히고 있다. 외할머니는 지독히 가난한 지역인 북알제리 카빌라이 출신으로 '아이샤'라는 예명으로 훈련된 벼룩을 가지고 공연했다.

그녀의 전기에 보면, 아버지는 몸을 자유자재로 구부리는 곡예사, 어릿광대 그리고 벼룩 서커스단 단장과 사기꾼의 역할을 번갈아가며 했다고 나와 있다. 에디트의 어린 시절에는 훈련되지 않은 벼룩도 충분히 있었을 것이다. 그녀의 어머니는 남편과 딸을 방치했기 때문에 아이가 알코올 중독인 부모 옆에서 타락하게 되는 일이 있을 수도 있었고, 아버지 루이가 후에 어린아이를 창녀촌으로 끌고 가는 일이 일어날 수도 있었다. 결국 에디트는 두 살이 되자마자 친할머니 집으로 가게 되었다. 그곳은 노르망디 베르나이에 있는 한 유곽이었다. 확실하지는 않지만 할머니는 유곽 주인이거나 아니면 많은 급료를 받는 요리사였는데, 유곽의 창녀들은 감동적이게도 아이를 돌보고 학교에 보내려고 했다. 그런데 아이의 사진을 보면, 예의바른 품위에 대한 가숑 부부의 소망도 나타난다. 사진 속에는 어린 에디트가 검은색 옷을 잘 차려입고 퍼머를 한 머리에 커다란 나비 리본을 달고서 무릎 양말에 에나멜 가죽구두를 신은 모습으로 두 손을 포개고 서서 생각에 잠긴 눈빛으로 카메라를 쳐다보고 있다.

에디트가 어렸을 때 눈이 먼 적이 있었는데, 리지외의 성 데레사 성지 순례길에 오른 동안에 기적이 일어나 치료되었다는 이야기는 에디트 자신이 퍼뜨린 많은 전설 중의 하나이다. 아마도 베르나이에서 각막염에 걸린 그녀가 치료를 받은 후 몇 달이 지나서 저절로 나은 것은 사실인 것 같다. 창녀들은 에디트가 1921년 8월 19일에 자신들의 기도 덕분에 시력을 되찾았다고 확신했다. 고맙게도 그날 하루 동안 유곽이 닫혀서 성지 순례가 이루어졌던 것이다.

아버지는 그 동안에 여덟 살이 된 딸을 다시 데려와서 그녀와 함께 프랑스 전역을 거쳐 북부 에스파냐로 옮겨갔다. 그는 곡예사로 공연을 했고, 딸은 돈을 받아 모았다. 그는 딸의 따귀를 때리기도 했지만 그녀가 뭔가를 배우기 원해서 그녀를 학교에 보냈다. 그가 공연하는 동안에 아이는 벌써 프랑스 국가인 마르세유의 노래, 전 세계적으로 불리는 짧은 사랑의 노래를 흥얼거렸다. 때때로 에디트는 '말하는 책상'이 되어 공연해야 했다. 그녀는 책상다리 사이 덮개 밑에 숨어 앉아서 아버지가 노크로 신호를 하며 던지는 질문에 대답을 했다. 또 어떤 때는 '어머니 없는 어린 소녀의' 역할도 맡아야 했다. 그것으로 아버지는 숙녀들의 마음을 흔들었고, 그들의 지갑뿐만 아니라 다른 것까지 열게 했다.

에디트의 어머니는 그녀에 관한 많은 전설들이 주장하듯 일찍 죽은 것이 아니다. 리네 마사라는 이름으로 그녀는 골목을 전전하며 값싼 클럽의 가수로 쇼프로에 출연하고 술을 마셨으며, 1945년 파리에서 죽었다. 그녀는 그 동안 유명해진 자신의 딸에게 몇 번 도움을 청했다. 에디트는 내키지 않아도 가끔씩 그녀를 지원해주었지만, 어머니를 그냥 돌려 보내는 일이 많았다. 에디트는 자신을 버리고 떠난 어머니를 결코 용서하지 않았다. 그러나 필연이라도 되는 것처럼 그녀는 거의 어머니의 운명을 되풀이했다.

소녀 시절 에디트는 술만 마시면 구타를 일삼는 아버지와 아버지의 애인에게서 도망쳐 나왔다. 그녀는 유제품 가게와 칠공장에서 일했다. 그녀는 밴조를 연주하는 법을 배우고 거리와 병영, 그리고 교외의 영화관에서 트리오로 「치치, 초체테 그리고 초추」를 불렀다. 열여덟 살이 되던 해에 에디트는 임시 노동자인 남자와의 사이에서 아이를 하나 낳았다. 하지만 그녀는 그를 떠났다. 에디트는 딸 마르셀을 한동안 데리고 다녔으나 그녀가 돌아오기를 원하던 남자는 아이를 데려갔다. 하지만 이 딸은 에디트가 태어난 바로 테농병원에서 두 살 때 뇌막염으로 죽었다. 이 일 역시 나중에는 전설이 되었는데, 그 내용인즉 에디트가 장례비용을 마련하기 위해 하마터면 몸을 팔 뻔했다는 것이었다.

에디트와 그녀의 친구인 시몬 베르토는 계속해서 골목을 돌아다니며 유흥업소에 출연했고, 사기꾼들과 포주들에게 둘러싸인 환경에서 지냈다. 경찰 은어로 그들은 거리의 동냥꾼이었다. 별명이 모모네인 시몬은 늘 에디트를 따라다녔다. 두 젊은 아가씨들은 자유분방하고 지저분하고 값싼 호텔에서 하루 벌어 하루 사는 식으로 살았다. 종종 일행이 셋이 되기도 했는데, 에디트가 애인을 방으로 데려왔기 때문이다. 에디트가 가장 좋아하는 타입은 푸른 눈에 금발머리를 가진 남자였다. 가끔은 아버지가 그녀를 찾아왔다. 모모네는 그를 자기 아버지처럼 생각하며 에디트를 부러워했다. 그래서 나중에 그녀는 에디트의 이복 자매가 되었고, 아버지는 에디트에게서 항상 아쉬워했던 곡예사의 재능을 모모네에게 전해주었다.

두 여자는 함께 공연했다. 에디트는 아코디언 댄스파티에서 노래했고, 예명을 바꿔가며 3류 유흥업소 무대에 올랐다. 거기다 모모네는 서커스 기술을 보여주기도 했다.

파리에서의 생활

힘든 과정을 거친 에디트의 인기 상승은 1935년 루이 르플레의 '르 게르니스' 카바레에서 시작되었다. 사실 그녀의 첫 무대는 아니었지만 어쨌든 그녀의 데뷔 무대 이야기는 감동적이다. 르플레는 거리에서 발견한 밑바닥 인생의 여성으로, 파리 빈민촌에서 이런 아가씨들을 부르는 '참새'라는 뜻의 '피아프'로 소개했다. '피아프'는 그때부터 그녀의 예명이 되었다.

한 번도 자신의 무대복을 가진 적이 없는 에디트 피아프는 수수하고 민속적인 노래를 불러 저명한 손님들로부터 재능 있는 가수라는 환호를 받았다. 게르니스에서의 벼락 같은 출발은 몇 달 지나지 않아 급속한 추락으로 끝이 났다. 동성애자인 르플레가 자신의 집에서 강도에게 총에 맞아 죽었기 때문이다. 르플레는 불투명한 과거를 지닌 에디트 피아프를 적극적으로 홍보하던 차였기에 그녀는 곧 의심과 주목의 대상이 되었다. 궁핍과 비참 그리고 극심한 향락의 시대에 굶주림으로 고생하는 실업자들의 도시 파리에서 '천한 여성'의 인기 상승은, 그녀의 갑작스러운 추락이 선정적인 것을 좋아하는 대중들의 가십거리가 되는 것만큼이나 비난의 대상이 되었다. 그녀는 무대 위에서 야유를 받아야 했다.

에디트 피아프는 연애 사건의 소용돌이에 빠져들었고, 순회공연도 성공을 거두지 못했다. 하지만 몇 안 되는 친구들의 도움으로 그녀는 새로운 도약에 성공했다. 배우이자 대본작가인 레이몽 아소가 그녀를 돌봐주었는데, 그녀에게 예의범절과 정서법을 가르친 히긴스 교수가 바로 그였던 것으로 보인다. 자화자찬식의 이런 주장은 나중에도 많은 남자들에 의해 계속되었다. 아소는 정말로 그 주장에 걸맞은 유일한 남자로 남았다. 그는 에디트를 사랑했고, 그녀에게 샹송 가사들, 즉 가난한 사람들, 권리를 박탈당한 사람들, 외인 병사들, 선원 그리고 창녀들의 마음에 맞는 노래 가사들을 써주었다. 그는 무대에 설 때마다 꼼꼼하게 연습할 것을 그녀에게 강요했다. 1937년 3월, 마침내 그녀는 파리에서 가장 크고 유명한 뮤직홀인 'A.B.C'에서 열망하던 공연을 하게 되었다. 지방 라디오 방송국을 통해 그녀의 목소리는 인기를 얻었다. 그녀의 첫 음반은 성공적이었다.

그녀는 계속해서 성공을 구가했고, 소란스러운 파리의 밤 생활을 즐겼다. 그리고 1939년에 그녀는 아소와 헤어졌다. 이제부터 에디트에게 일어나는 사건들은 시대정신과 개인적인 정서불안에서 비롯된다.

파리의 야간 술집은 가난한, 또는 부유한 지식인들의 활동 무대였다. 파리의 초현실주의자들은 밤이 되면 술집에 모여들어 고통과 운명에 얽매인 개인, 그리고 인간 존재의 비참함과 무의미함을 논했다. 그들은 어두운 인생에 대한 허기로 허덕였다. 많은 이들은 위험한 불장난을 저질렀고 어떤 이들은 좌절했다. 새로운 친구들의 마음에 들도록 자신을 만들어가려고 한 거리의 독학자 에디트 피아프는 끊임없는 애인 교체, 술, 마약 등 모든 것을 경험했다. 그리고 자신은 진짜이기 때문에 정말 멋있다는 사실을 발견했다.

그녀는 변할 필요가 없었다. 아니면 변했을까? 이 시기에 그녀가 당한 수많은 모욕이 그녀에게 깊은 상처를 주었다. 그녀는 아직도 늘 정식으로 씻을 줄도, 옷을 입을 줄도, 화장할 줄도 모르며 식탁 예의범절도 모르는 보잘것없고 보기 드문 인물이었다. 에디트는 종종 가식 없이 행동했지만 공명심은 대단했다. 그녀는 어울려 이야기하고 오류 없이 쓰는 법을 배우고자 했다. 그녀는 문장들을 달달 외웠다. 그녀는 책을 읽었으며 나중에는 보들레르, 지드, 스타인벡, 잭 런던, 베어톨트 브레히트와 텔라르 드 샤르댕에서부터 프랑스 역사에까지 이르는 자신의 교양 프로그램으로 애인과 수행원들을 괴롭혔다.

고루한 시민적 편안함을 무시하는 것은 밤의 어두움을 추구하던 시대정신의 기초에 속했다. 에디트 역시 햇빛과는 등을 지고 살았지만, 그것은 그러한 시대적 경향에 부응하기 위해서가 아니라 그녀가 일생 동안 시달린 불면증을 도발적으로 은폐하기 위한 것이었다.

잠자는 것은 시간을 잃어버리는 것이다. 잠자는 것은 나를 불안하게 만든다. 잠은 죽음의 한 형태이다. 나는 잠을 혐오한다.

그러나 '새벽에 또는 해질녘에 아직도 살 가치가 있는가, 그리고 왜 사는가 하고 자문할 때면 마음을 죄어오는 이 끔찍한 고독'과 혼자 있는 것을 그녀는 그 무엇보다 무서워했다. 그녀는 공연 후 다음날까지 이어지는 밤의 술자리를 통해 이러한 두려움과 불안을 덮어버리려고 애썼다.

에디트라는 인물은 가열된 파리의 분위기 속에서는 이상적인 배역이었다. 그녀의 고통이 그 배역을 운명지었다. 무엇보다도 잔인하게, 그리고 일관성 있게 계속된 자기 비하와 파괴 속에서 그녀는 자학적

에디트 피아프와 이브 몽탕. 1947년.

성격의 전형과도 같은 삶을 완벽하게 살았다.

나는 나쁘다, 나는 품위가 없다. 나를 사랑해줘! 어떤 사람도 나 같은 것을 사랑할 수는 없어.

이것이 모토였다. 그녀는 죽기 직전에 회고록에서 이렇게 쓰고 있다.

내가 내 인생의 남자를 찾았다고 믿을 때마다 모든 것이 수포로 돌아갔고, 나는 다시 혼자였다.

그리고 다음과 같은 내용도 있다.

내가 악마를 지니고 있었던 것은 아니다. 사랑받으려는 것, 내 자신이 추하고 혐오스럽다고 느낄수록, 그리고 사랑을 성취하지 못했다고 느낄수록 더 많이 사랑받으려는 것은 단지 집요한, 거의 병적인 욕구였다.

그녀는 약간의 징후만 있어도 자신의 이런 행위가 반복될 것이라는 사실을 안다.

때때로 하찮은 일 한 가지, 즉 내 사랑이 갑자기 사라졌고 내가 기적을 바라는 또 다른 사람에게 헌신하겠다는 선의의 거짓말 한마디면 족했다.

에디트는 모든 관계를 끝까지 몰고 갔다. 그녀는 버려진 여자가 아니었다. 오히려 그녀가 떠났다. 그녀는 자신이 스스로에게 부여한 고통으로 쇠잔했고, 그 고통을 자신의 노래 속에 담았다. 그녀는 어디에도 구속되지 못하는 자신의 속성을 자유를 향한 욕구로 미화했지만, 또한 그것을 형벌로, 그리고 운명으로 여기기도 했다.

단지 그것은 나를 자신에게 매어놓으려는 사람들을 사랑하지 않은 것, 또는 충분히 사랑하지 않은 사실이었다. 그리고 내가 기꺼이 결합할 수도 있을 다른 이들은 나를 사랑하지 않거나 자유롭지 않았다. 나는 한 남자에게서 다른 남자에게로 날아갔고, 결국 머물러 있을 수 있는 것보다 더 열망한 것은 아무것도 없었다.

많은 저명인사들이 그녀를 사모했다. 가장 유명한 사람 중 한 명이 작가인 장 콕토이다. 그는 에디트에게 그녀의 새 애인인 배우 폴 뫼리스와의 관계를 있는 그대로 묘사한 극작품 「무심한 미남」을 선물했다. 무대 위에는 말없이 신문을 읽고 있는 남편과, 때로는 시끄럽게, 때로는 조용히, 화가 나면서도 혹시나 해서 그의 주의를 끌기 위해 애쓰는 아내가 등장한다. 에디트는 아내 역을 직접 맡아 처음으로 무대 위에 섰다. 그녀는 빨리 배웠고 성공을 거두었다. 남편 역은 그녀가 바라는 대로 뫼리스가 맡았다. 그는 시민적이고 좋은 교육을 받았으며, 사생활에서도 멋있는 무심한 남자 역에 잘 어울렸다. 그녀는 무대와 스캔들을 통해 그에게 도발을 계속했고 자책도 함께했다. 언젠가 그녀는 "남자가 다른 것은 다 괜찮지만 무심한 것만은 안 된다"고 말한 적이 있다.

"나는 그를 의지하고 있으며, 그가 어떤 반응을 보일지, 그리고 그의 마음에 들지 않을까 봐 두려워하고 있는 게 틀림없다."

또한 자랑이라도 하듯 말한다.

"그리고 나서 그가 내 뺨을 때렸는데 눈이 시퍼렇게 되고 아파서 사흘 동안 아무것도 먹지 못할 정도였다."

뫼리스와 에디트는 결국 헤어졌다. 「무심한 미남」은 그녀의 삶의 일부로 남았다. 그녀는 애인이 바뀔 때마다 새로운 애인과 함께 그 작품을 연기했다.

그 동안 프랑스 전역에서 스타가 된 에디트는 자신을 연출하면서 더욱 바쁘게 살았다. 대중들은 매혹과 혐오 사이를 오가며 그녀에게 환호했다.

사람들이 시장 좌판 위에 구경거리로 세워 놓은 희귀한 동물을 보고 감탄하듯, 내 목소리를 통해 사람들의 귀를 사로잡는 재주꾼 대신 한 여성이자 스타가 되기까지 나는 3년이 필요했다.

그러나 그녀는 자신의 노력을 수포로 되돌리고 말았다.

그러나 그런 생활방식이 계속되자 결국 사람들은 나를 바람둥이로 여기게 될 수밖에 없었다. 나는 내 주변에서 웃음거리가 되었고, 편력이 심한 예술가들의 '피난처'로 취급받았다.

노래로 독일군에 저항하다

1941년, 독일군들이 파리로 행군해 들어왔다. 파리는 이제 점령지가 되었다. 유흥사업 역시 독일인들이 넘겨받았지만, 에디트와 그녀의 동료들 대부분은 계속해서 무대에 설 수 있었다. 그들은 저항군이 아니었고 자신들의 작은 파괴 활동에 만족했다. 에디트가 「두 친구」라는 노래로 무대에 등장했을 때 파리 사람들은 그녀에게 기립박수를 보냈다.

어느 날 아침 전쟁에 끌려간 친구들은 모두 어디에 있나?

노래 마지막 부분에 이르자 조명이 무대 배경을 이루고 있는 프랑스 국기의 삼색을 비춘 뒤 이 여가수를 클로즈업했다. 관객들은 열광했고, 함께 합창을 하며 눈물을 흘렸다. 독일군은 즉시 검열을 시작했고, 프로그램의 삭제를 요구했다. 이후 몇몇 전기에는 에디트가 비정치적이었다고 이야기하고 있다. 다만 "그녀의 개인적 저항은 그녀가 유대인 애인을 가졌다는 데에 그 이유가 있었다"는 것이다.

반면, 젊은 시절의 동료인 베르토는 이와는 다르게 생각했는데, 에디트가 유대인의 탈출을 도와주느라 '돈을 많이 썼다'고 했다. 또한 포로수용소를 위해서도 그녀의 '지갑은 늘 열려 있었고, 그녀의 마음은 늘 조국 편이었다'고 전해진다. 1936년에 이미 반파시스트 모임에 가입했던 에디트는 마르세유에 잠적해 있던 유대인 작곡가 미셸 에메르뿐만 아니라 다른 많은 도망자들을 도와주었다. 그녀는 1942년 뫼리스와 함께 살았던 아나톨 드 라 포르쥐 거리에 있는 자신의 집에서 나와 난방이 더 잘된다는 이유로 빌쥐스 거리에 있는 마담 빌리의 유곽 4층으로 옮겼다. 빌리의 집에서는 암거래가 성행했을 뿐만 아니라 에디트를 따라다니는 사람들의 소동으로 인해 유대인 도망자들을 돕는 일이 더더욱 비밀스럽게 이루어졌다. 게슈타포는 에디트를 의심했다. 그러나 그녀는 장교들을 조소했다. 심문하는 동안에도 그녀는 자신의 비서인 앙드레 비가르에게 이렇게 말했다.

"데데, 너는 내가 결코 부자가 되지 못할 거라고 늘 말하지. 봐, 네가 잘못 생각했어! 나는 마르세유에 배가 한 척 있고, 그 배로 상당수의 남자들을 영국으로 실어 나르고 있잖아."

나치는 어디에서도 인기 있는 에디트에게 독일에서도 노래할 것을 요구했다. 그녀는 그 요구에 응했지만 프랑스 포로들이 있는 수용소에서만 무대에 서기를 원했다. 그녀는 베를린으로 갔고, 스타들이 으레 하는 행동을 했다. 그녀는 투정을 하고 불평했으며, 이에 종업원과 직원들이 어찌할 바를 모르게 했다. 방은 난방이 제대로 되지 않고 음식은 시원찮다는 것이었다. 요제프 괴벨의 초대에 그녀는 한 시간이나 늦게 요란을 떨며 나타났다. 순회공연 동안 그녀는 친위대 소위의 뺨을 때리기도 했다. 1944년 6월에는 독일에 있는 한 포로수용소가 폭격을 당해 많은 프랑스 포로들이 목숨을 잃자 그녀는 파리에서 유족들을 위한 자선쇼를 열었다. 그녀는 고급 관객들에게서 장신구와 모피를 걷어들여 그것들을 다시 기부자들을 대상으로 경매에 부쳤다.

그녀의 보호막 아래에서 해방 활동이 이루어지고 있었다. 뮌헨의 강제노동 수용소에서 그녀는 기념사진을 찍는다는 핑계로 포로들과 사진을 찍었다. 이 사진은 프랑스에서 확대시킨 후 위조 여권으로 만들어졌고, 수용소 직원을 사치품으로 매수한 뒤 포로들에게 밀거래되었다. 그런 다음 이들 포로들은 오케스트라 단원으로 에디트 일행에 합류하여 국경을 넘었다. 이 모든 활동을 주도적으로 한 것은 앙드레 비가르였다. 그러나 에디트 피아프가 이것을 전혀 몰랐을 리도 만무하다. 나중에 그녀는 이 일에 대해 이렇게 말했다.

"아니, 나는 레지스탕스에 가담하지는 않았어. 하지만 나는 우리 군인들을 도왔어."

해방이 된 후 그녀의 저항 활동을 내세우는 사람들 모두에게 에디트는 반어적으로 응수했다.

"내가 지금 무엇을 보고 싶은지 아십니까? 나는 겁쟁이를 즐겨볼 겁니다."

이브 몽탕과의 사랑과 변함없는 우정

에디트 피아프가 친구를 사귈 줄 알고 마음이 넓으며 대단히 관대했다는 사실에 대해 한때 그녀의 애인이자 그녀의 보살핌을 받은 사람들, 즉 이브 몽탕, 샤를 아즈나부르, 조르주 무스타키 등 많은 이들은 그녀에게 내내 감사해했다. 그녀가 그들 모두를 실제로 '만들어낸' 것은 아니지만 그들이 유명해지는 데 도움을 준 것은 사실이다.

나는 그들이 이미 가지고 있던 것을 발견해내는 데 도움을 주었다. 우리는 그 누구도 인위적으로 양성할 수 없으며, 단지 발전할 수 있도록 도움을 줄 뿐이다.

이것을 위해 그녀는 많은 것을 요구했다. 복종, 단련, 야심 그리고 끊임없는 노력 등이 그것이다. 그녀가 후원하는 사람은 스포츠맨이든, 가수이든, 배우이든 간에 항상 그중에서 최고여야 했다. 거의 3년간 그녀와 동거했던 이브 몽탕은 다음과 같이 회상하고 있다.

그녀는 나에게 많은 도움을 주었다. 사람들이 종종 주장하듯이 그녀가 나를 출세시킨 것은 아니다. 그러나 그녀는 내가 시간을 벌게 해주었다.

그녀는 이 가수에게서 카우보이 나비 넥타이를 벗게 하고 새 가사들을 써주었으며, 영화에서 처음으로 배역을 맡도록 주선해주었다.

에디트는 나에게 조언만 해준 것이 아니었다. 그녀는 정말로 대단했다. 간단하게 말해 그녀는 나에게 모든 것을 주었다.

금 펜던트, 라이터, 커프스 단추, 멋있는 양복 등 에디트에게 표준적인 차림새들도 당연히 그 모든 것에 속했다. 이브 몽탕 역시 그녀의 요구를 기꺼이 받아들였고, 그녀의 타협하지 않는 성격과 위트에 감탄했다.

그것은 모든 것을 비관적으로 보면서도 동시에 나와 함께 죽도록 웃었던 그녀, 에디트에 대한 큰 사랑이었다.

이브 몽탕은 그녀가 죽은 후에도 계속해서 그녀의 명예회복을 위해 변호를 해주었다. 어느 라디오 인터뷰에서 그는 이렇게 말했다.

사람들이 오늘날 우리들 관계에 대해 이야기하는 것은 모두 다 사실이 아닙니다. 죽은 사람을 욕보이는 이런 잘못된 시각은 나를 매우 불쾌하게 만듭니다. 아시겠지만 에디트는 아름다웠습니다. 1944년 내가 그녀를 알게 되었을 때 그녀는 정말 예뻤습니다. 많은 사람들은 아마도 그녀의 삶이 끝날 무렵, 그녀가 너무나 비참해 보일 때에야 비로소 그녀를 발견한 것 같습니다.

에디트 피아프는 항상 남자들에게서 버림받은 여자였는가? 대부분의 애인과 다를 바 없이 행동한 이브 몽탕은 불쾌해했다.

당신이 그렇게 말하는 것은 기분 나쁜 일입니다! 내가 그녀를 버린 게 아니었어요. 그녀가 그랬고 그녀가 나를 떠났어요. 나는 그녀를 떠나지 않았습니다. 그것이 내게는 정말 힘들었습니다.

그리고 이렇게도 말했다.

그녀는 훌륭했고 상냥했으며 아주 헌신적이었지만, 한 사람과 헤어지는 순간에는 대단히 잔인했습니다.

그는 지치지 않고 같은 행동을 되풀이하는 그녀를 용서했다.

그녀는 사랑에 빠져 있을 때면 훌륭하게 노래를 불렀습니다. 그러나 내면적으로 산산조각이 나 있을 때에도 노래를 잘했습니다. 누군가를 떠나는 것이 그녀를 아프게 했기 때문이지요. 그러면 우정이 찾아왔어요. 헤어진 후 6개월 내지 8개월이 지나면 말입니다.

그때쯤이면 그녀는 다음 남자와 사랑에 빠져 있었다.

1951년에 음악 코미디인 「작은 릴리」에서 그녀의 파트너가 되어 유명해진 에디 콘스탄틴 역시 그녀에게 감사했다. 그는 에디트가 그레타 가르보의 집에 손님으로 왔을 때 자의식이 강하고 신랄했던 그녀의 면모를 보여주는 일화를 하나 소개했다.

나는 가르보 옆에 앉아 있었습니다. 그녀는 나에게 에디트가 노래를 한두 곡 부르게 할 수 있겠느냐고 물었습니다. 그러나 에디트는 노래하기를 원하지 않았습니다. 그녀는 더 이상 먹을 것을 위해 노래할 필요가 없다는 것이었습니다.

콘스탄틴은 실제로 자신이 밀려나기 전에 먼저 에디트를 떠났다. 하지만 그녀는 한 번도 그것을 나쁘게 생각하지 않았다.

계속되는 스캔들

1947년 에디트는 미국을 정복했다. 물론 첫 번째 시도에서는 아니었다. 그녀가 발굴한 새로운 그룹인 아홉 명의 '샹송 친구들(콩파뇽스 드 라 샹송)'이 그녀보다 더 많은 박수갈채를 받았다. 미국인들은 새털

목도리도, 캉캉춤도 없고 섹스어필하지도 않은 이 작고 소박한 인물과
전혀 다른 파리 여성을 기대했다. 그 대신 그녀는 비꼬기 좋아하는 사
람들에게 놀림감이 되었다.

그 조그만 여성은 진하게 화장한 눈에다 토마토 주스 한 캔을 단숨에
비워버릴 것 같은 입을 가지고 있었다.

에디트는 그녀대로 뉴욕을 좋아하지 않았다.

이 마천루들은 나를 불안하게 한다. 너무나 거대하다. 고층 건물이 너
무 많다.

그러나 그녀는 싸웠고 그래서 그녀가 얻은 승리의 진군은 더욱 값졌
다. 뉴욕의 최고급 카바레 '베르사유'의 관객들은 그녀에게 광적으로
열광했다. 〈뉴욕 헤럴드 트리뷴〉지(誌)는 놀라워하면서 이렇게 썼다.

그녀는 전혀 예쁘지 않고 쇼 비즈니스 세계에서 그렇게 중요하게 평
가되는 뛰어난 외모를 지니고 있지도 않다. 그러나 그녀가 내뿜는 영
혼의 광채가 너무나 압도적이어서 그녀가 하는 모든 행위가 그녀를
아름답게 만든다.

그녀는 그해에 새로운 연인인 권투선수 마르셀 세르당과 지극히 아
름다운 사랑을 나누었다. 그녀는 그 옆에서는 다시 작은 소녀, 유랑 공
연장의 에디트 조반나 가송이 될 수 있었으므로 행복했다. 세르당은

에디트를 값싼 뉴욕 스넥바로 데리고 가서 맥주와 파스트라미 햄을 먹였다. 또한 대목장이 열리는 곳으로 그녀를 데리고 가서 "이리 와, 회전목마를 타봐!"라고 부추길 때면 그녀는 너무나도 감격했다. 그녀는 더없이 행복했다.

우리는 아이들처럼 신나서 거리로 나갔다. 그 다음 그는 나를 도깨비집에 데리고 가서는 내가 무서워서 소리 지르는 동안 신이 나서 환호성을 질렀다.

행복은 세르당의 죽음과 함께 끝이 났다. 그가, 그녀가 꿈에 그리던 진정한 남자였는지에 대한 대답은 유보된 채로 남았다. 세르당이 1949년 10월 항공기 추락으로 죽지 않았다면 그가 더 이상 동화 속의 왕자로 남지 못했을 것이라고 에디트의 친구들은 추측했다. 그러나 그녀는 죽은 세르당에게 진실했고 그의 죽음을 슬퍼했다.

예전에는 불장난이었던 것이 이제는 그녀에게 죽음과도 같이 심각한 문제가 되었다. 그녀는 마약을 했고 술에 취했으며, 자신을 비하하고 무대 위에서 비틀거리고 가사를 잊어버렸다. 그녀는 자신의 마약 중독을 세르당의 죽음과 그에 따른 스트레스, 술 그리고 정신적 공포로 인한 일련의 자동차 사고 탓으로 돌렸다.

나의 운명, 나의 나쁜 팔자가 다시 한 번 나를 감시하고 있었다. 계집아이 에디트는 막 기어 나오려고 할 때마다 매번 다시 진창에 빠져버릴 것이라고 어디엔가 쓰여져 있기라도 한 것처럼 말이다.

에디트는 순회공연에 열중했다. 그녀는 파리와 미국, 금단 요법과 방종 사이를 오갔다. 1953년에 뉴욕에서 그녀와 결혼한 가수 자크 필스 역시 그것을 조금도 바꾸지 못했다.

난 이번에는 이렇게 생각했다. '이제 끝났어. 마침내 나는 사랑을 찾았어. 일생 동안 함께 행복할 수 있는 그런 남자, 남편을 말이야!'

하지만 그 결합은 실패로 끝났다.

에디트는 많은 일행을 데리고 순회공연을 다녔으며, 자신이 얼마나 돈을 벌고 지출하는지 알지 못했다. 진작부터 그녀는 더 이상 후원받는 대상이 아니었다. 그녀는 젊은 남성들을 선정해 가르치고 부양하여 다시 내보내는 후원자였다. 그녀는 자신의 노래처럼 살았기 때문에 청중들을 사로잡았다. 그녀의 방종한 삶만큼이나 그녀의 애인들 역시 그들을 매혹시켰다. 신랄한 성격의 에디트 피아프는 그녀의 낭비벽이 불러일으키는 분노에 대해 웃어 넘겼다.

나는 어렸을 적 거리에서 잠을 자야 했던 것에 복수를 했다. 내가 성공을 거둔 밤이면 나는 포복절도를 했다. 왜냐하면 나의 어린 시절을 생각했기 때문이다.

그녀는 애인들에게 금 장신구와 자동차를 선물했다. 그럴 때면 때때로 양심의 가책도 느꼈지만 유머와 스스로에 대한 빈정거림도 있었다. 그녀는 빌라를 하나 구입했지만 집이 너무 커서 거기에서 살려고 하지는 않았다. 또한 파리 서쪽에 있는 농장도 하나 구입했다.

당시에는 그것이 유행이었다. 그러나 4년 동안 수확이라고는 2킬로그램의 강낭콩, 1파운드의 딸기, 그리고 토마토 조금뿐이었다. 가축은 닭 두 마리, 토끼 한 마리, 그리고 주변의 고양이들이 전부였다.

1958년에 그녀는 한 인터뷰에서 자신이 가정적인 여자가 되어보려 한 것을 빈정대고 있다.

나는 책을 읽고, 뜨개질을 합니다. 무언가를 짜는데 결코 끝을 내지 않지요. 풀오버도 짜고 침대 양말도 짜고……. 나는 이미 뜨개질에 익숙해 있었지만 결코 무엇을 완성해보지는 않았습니다.

에디트는 세르당의 죽음 이후로 미신에 심취했다. 이미 어린 시절에 그녀는 성 데레사를 자신의 개인적인 수호성인으로 지명했다. 그녀는 이 성녀가 장미향기로 자신에게 계시를 준다고 확신하고 있었기 때문이다. 그녀의 미신은 단계적으로 강화되었다. 그녀는 마술사, 투시자, 점성술사와 무당들을 찾아갔고 예시적인 꿈을 믿었다. 어린 시절의 '말하는 책상'이 우습게도 다시 그녀의 삶 속에 들어온 것이다. 그녀는 죽은 세르당과 연락을 취할 때 쓰는 두드리는 작은 탁자 없이는 여행을 하지 않았다. 그녀의 충직한 여비서가 몰래 그것을 없애버렸을 때 그녀는 몇 주 동안 화가 나 있었다. 모든 사건들이 그녀에게는 계시가 되었다. 그녀는 자신의 '십자가의 길', 즉 잦은 병상의 고통에 대한 보상으로 피안에서의 더 나은 세상이 따를 것임을 확신하고 있었다.

가수인 에디트가 독립적이면서도 자신의 삶과 뗄 수 없이 연결되어 있는 작품을 남기지 않았더라면 이 모든 것이 재미없었을 것이다. 그것은 바로 2백 곡이 넘는 상송으로, 죽음에 직면한 군인들, 버림받은 처녀들, 가난하고 좌절한 사람들, 그리고 실패한 사랑들에 대한 송가이다. 이것들은 거의 모두 애정과 고통의 혼합물이다. 그중 30개가 넘는 곡에 그녀 자신이 가사를 썼다. 그녀는 초기에는 큰 소리로 영혼과 정열을 바쳐 노래했으나 나중에는 음조를 바꿔 낭랑하고 날카롭게, 공격적으로 상처를 주듯 노래 부르다가 다시 반항적이면서도 낙관적으로, 또는 어두우면서도 따뜻함과 위로를 가득 담아 노래했다. 가장 강력한 느낌을 주는 음반은 고통의 시기인 1950년대에 나온 것들로 그녀가 자신을 제대로 관리하지 않은 탓에 그녀의 목소리는 훼손되었지만 노래는 더욱더 가슴을 파고든다.

어려운 시기에도 에디트 피아프는 자신과 노래가 완전히 일치될 때까지 노래의 행 하나하나, 동작 하나하나를 몇 시간이고 연습하는 예술가였다. 그녀는 스포트라이트 속에서 검은 옷을 입은 여윈 모습으로 서 있곤 했는데, 종종 하얀 손, 하얀 얼굴만 밝게 빛났다. 그녀는 제스처는 아꼈지만 극적이었고, 자신이 가장 사랑한 관객들에게 전적으로 집중했다. 그녀는 자신의 상송을 가리켜 이렇게 말했다.

그것은 나 자신이며 나의 육체이고 피이며 머리이고 가슴이며 영혼이다.

장밋빛 인생, 그 비참한 나날들

그녀의 가장 유명한 곡 중의 하나가 「장밋빛 인생」이다.

그가 나를 그의 비참함 속에 받아들일 때
그가 나에게 나지막이 말할 때
나는 장밋빛 인생을 보게 된다.

그녀의 성공 비밀은 그녀 자신에 있다. "그녀가 아니면 사람들이 그녀의 많은 상송을 전혀 귀담아듣지 않았을 것이다"라고 그녀의 전기 작가인 조엘 몽세라는 쓰고 있다.

그 노래들은 기이할는지 모른다. 몇몇은 심지어 우습기까지 하다. 그러나 그녀는 각각의 이야기를 너무나 심도 있게 체험하고 그것을 실제로 느끼며 너무나 극적인 예술로써 표현해서 사람들로 하여금 최악의 것에도 갈채를 보내게 할 정도이다.

그녀가 여성 동료들을 미워했으며, 그들을 경쟁자로만 여기고 좋지 않게 대했다는 사실은 많이 알려져 있다. 그녀가 질투심이 많고 독단적이었으며 오만하고 다른 여성들을 무시하거나 이용했다는 것이다. 그러나 에디트는 아마도 남성에 비해 여성에게 더 나쁘게 대하지는 않았을 것이며 오히려 많은 여성들에게 더 잘 대해주었을 것이다.

그녀는 미국에서의 첫 공연 이후 마를레네 디트리히와 친구가 되었다. 이 스타는 키 작은 가수의 예술에 열광했고, 처음부터 그녀의 후원자를 자처하며 에메랄드가 박힌 금 십자가를 선물했다. 그녀의 기억에 따르면 디트리히는 그녀를 '내 친구 피아프'라 불렀고, 위대한 디트리히가 피아프 옆에서는 '시골 출신의 사촌'이 되어 에디트의 연애 이야기에 몰입했다고 한다.

그녀는 유혹적이었고 생각해낼 수 있는 온갖 즐거움을 모두 약속했다. 그리고 그 모든 것은 독특하고 믿기지 않는 정체성을 가지고 있었다.

마를레네 디트리히는 자그마한 친구에게 사로잡혔고, 미국의 관객들에게 그녀를 위해 선전했다.

나는 그녀가 필요로 하면 시간을 가리지 않고 나의 모든 지위를 이용해서 그녀에게 헌신했다. 그녀는 나를 좋아했다. 아마도 그녀는 나를 사랑했을 것이다.

그러나 사실상 디트리히에 대한 에디트의 우정은 그녀가 종종 기계적으로 맺었던 여성들과의 관계 중 하나일 뿐이었다.

디트리히는 마르셀 세르당이 죽었을 때 에디트를 지켜주었다. 그녀는 애인이 죽은 날 저녁 무조건 무대에 서려고 하는 친구가 불안했다. 그녀는 최소한 에디트가 '네가 죽으면 나 역시 죽을 거야'라는 가사가 있는 「사랑의 찬가」는 부르지 말기를 바랐다. 그럼에도 에디트 피아프는 이 노래를 불렀다. 그녀는 어느 때보다도 노래를 더 잘 부르기 위해 마치 고통과 슬픔, 고뇌, 비탄을 이용하는 것 같았다.

하지만 마를레네 디트리히는 피아프가 마약을 하는 것만큼은 더 이상 참지 못했다.

나는 그녀를 탕아로 여기고 포기했다. 그리고 그녀를 동정했고, 그녀에 대해 슬퍼했으며, 그녀를 영원히 내 마음속에 고이 간직했다.

샤를 아즈나부르는 포기하지 않고 에디트의 일탈 행동을 그녀의 말 년까지 인내심을 가지고 참아준 친구들 중의 하나이다. 1947년 에디 트의 눈에 띄었을 때 그는 이미 숙련된 가수였다. 그는 그녀와 함께 술 을 마시고 웃었으며 그녀는 그를 괴롭히고 몰아대고 조롱했다. 그리고 '슬럼가 출신의 작은 언니'는 그에게 코수술 비용을 대주었다. 그 역시 자신이 좋아하는 영화를 열두 번이고 함께 보고, 자신이 먹는 것을 함 께 먹는 추종자가 되기를 강요하고, 모든 사람에게 선탠을 하지 못하 게 한 폭군 에디트에게 복종했다. 아즈나부르는 이렇게 불평했다.

'창녀', 그녀는 그녀의 적인 태양이다. 그것은 우리가 여기에 머무는 동안 내내 그러하다. 여기는 더 이상 리비에라 해안이 아니고 카옌의 수용소이다. 그녀의 살롱 그늘 속에는 누군가가 그녀의 동무가 되어 주기 위해 차례를 기다리며 웅크리고 있다.

그 모든 것에도 아즈나부르는 에디트의 평생 친구로 남았고, 그녀는 그가 명성을 얻는 과정에서 유익한 조언을 해주었다.

'너에게 돈을 꾼 사람들이 떼먹으려고 하면 할수록 너는 그만큼 최고 의 길 위에 있는 거야' 하고 에디트는 나에게 말했다.

이 같은 인식은 에디트가 죽기 직전에도 그녀를 즐겁게 해주었다.

나는 사람들이 나의 것을 훔치는 걸 잘 알고 있다. 내가 살아오는 동 안 사람들은 내내 나의 주머니를 털어갔지만 나는 도둑이 누구인지 항상 알고 있었다. 물론 그것은 전혀 중요하지 않았다.

또한 장 콕토와 에디트 피아프를 위해 처음으로 샹송 가사를 지은 작가이자 시인인 자크 부르자 역시 평생 친구로 남았다. 에디트는 자크에게 편지를 보냈는데, 그는 나중에 그 편지들을 국립도서관에 기증했다. 그리고 그 편지들은 2004년 안에 출판될 수 있을 것이다.

에디트와 같은 날 죽은 콕토는 그녀에게 자신의 정신적 사랑을 고백했다.

도마뱀 같은 손을 가진 이 작은 존재를 바라보라. 그녀는 보나파르트의 이마에 빛을 다시 찾은 장님의 눈을 가지고 있다. 그녀는 어떻게 노래할까? 그녀는 자신을 어떻게 표현할까? 그녀의 빈약한 가슴에서 어떻게 밤의 커다란 비탄이 터져나올까? 지금 그녀는 노래한다. 그녀는 오히려 4월의 나이팅게일처럼 자신의 사랑 노래를 울려 나오게 하려고 노력한다. 당신들은 지금껏 나이팅게일이 어떻게 그것을 하는지 들어본 적이 있었는가? 그녀는 애를 쓰고, 활기차면서도 쉰 목소리로 소리 지르고 질식하며, 고공비행을 하다가 추락한다. 그러다가 그녀는 갑자기 스스로를 발견한다. 그녀는 지저귀듯 노래를 흥얼거리고 주변을 압도한다.

1957년 에디트는 무엇이 자신의 성공을 이루게 했는지 짧은 말로 표현했다.

나는 키 작은 사람들을 위해서, 뚱뚱한 사람들을 위해서, 소심한 사람

1950년대의 에디트 피아프

들을 위해서 노래한다. 그리고 그들에게, 어느 날 그들에게도 사랑이 찾아올 것이라는 희망을 준다.

전기작가인 모니크 랑에는 이렇게 쓰고 있다.

그녀는 자신이 그랬던 것처럼 다른 사람들의 마음도 찢어지게 하려는 듯이 노래를 불렀다. 그녀는 고통을 더해주기 위해 노래 불렀다.

그러나 그녀는 무엇보다도 스스로에게 더 큰 고통을 주었다. 약과 마약, 이미 오래 전부터 그녀를 괴롭히고 있는 류머티즘 치료약인 코티손, 고통을 견디기 위한 모르핀, 안정제와 각성제 복용은 점점 더 많아졌다. 그녀는 스스로를 속였다. 어린 시절의 동료인 모모네는 치료 과정에 대한 이처럼 가차없는 묘사를 보여주었다.

그녀는 하루에 두 번만 주사를 맞을 것이라고 맹세했다. 의사가 그녀에게 명목상 허용했던 두 번의 횟수를 그녀는 전혀 고려하지 않았다. 그러나 그녀는 중독에서 벗어나려고 했기 때문에 가능한 한 오래 주사를 맞지 않고 버텼다. 그러다가 너무 지친 그녀는 주사기와 바늘을 삶거나 알코올로 소독할 시간도 없어서 그냥 팔이나 허벅지에 주사기를 꽂았다.

모모네는 에디트 피아프가 자기 파괴적인 생활을 하고 있을 때 늘 그녀를 부추긴 사람들 중의 하나이다. 모모네는 의리가 있으면서도 음험했다. 이미 많은 에디트의 친구들이 그녀를 몰아내려고 했지만 헛수고였다. 마르셀 세르당 역시 모모네를 떼어버리려고 애썼지만 성공하지 못했다. 그녀는 항상 다시 돌아왔다. 그녀는 자신의 친구를 자극했고 친구의 병실에 마약과 술을 몰래 들여놓았으며, 친구의 돈을 마음대로 쓰고 헌옷들과 버려진 애인까지도 자신이 챙겼다.

친구 에디트의 삶에 대한 그녀의 책은 때때로 세세한 것까지 냉소적이다.

에디트의 취향은 경악스러웠다. 그녀는 주름 장식, 레이스 장식 그리고 야한 립스틱을 무엇보다도 좋아했다. 그녀는 파란색, 보라색, 노란색, 초록색을 동시에 매치하여 입는 것을 전혀 마다하지 않았다. 우리가 함께 외출할 때면 나는 그녀가 편안히 카니발 행렬 속에서 여기저기 뛰어다니도록 내버려두었다. 나는 약간 끼는 듯한 작고 소박한 옷을 입었다.

그런데 싸구려 술집에 있을 때처럼 에디트와 함께 목욕을 하고 같은 침대에서 잠을 잔 모모네도 언제 자신이 물러나 있어야 하는지는 알고 있었다. 예를 들면 멋있는 폴 모리스가 에디트의 애인일 때처럼 누군가 그녀 옆에 있을 때였다. 그녀는 자신이 다음번에, 남자가 바뀌면 돌아올 것이라는 사실을 알고 있었다. 왜냐하면 그녀는 '혼자 있는 것이 익숙하지 않았고 잠이 깨었을 때 너무나 자주 에디트가 내 옆에 누워 있었기' 때문이라고 말했다.

에디트의 말년은 신문들의 많은 주목을 받았다. 그들은 항상 새로운 인터뷰와 그녀가 별로 내켜하지 않는 고백들을 하도록 요구했다. 그녀는 연이어 콘서트를 열었고, 새로운 음반을 취입했으며, 영화에서 작은 역할을 맡았다. 그녀는 최고의 성공을 거두었다.

그리스인인 조르주 무스타키는 에디트에게, 한 술집에서 여자친구를 바다 건너로 떠나보낸 신사를 위로하는 어느 싸구려 술집 처녀의 적극적이며 낙천적인 노래 가사를 써주었다.

이리로 오세요, 영국 신사님,
내 탁자 옆에 앉으세요.
바깥은 너무 춥고
이곳이 훨씬 안락하지요.

열여덟 살이나 어린 무스타키는 처음엔 에디트가 섬뜩하다고 생각했다. 하지만 나중에는 그 역시 그녀의 독단에 굴복했고, 그녀의 삶을 정상적으로 만들려고 애썼지만 소용이 없었다. 그 대신 그는 희한한 사고를 연거푸 겪었다고 한다. 1958년 비 내리는 9월의 어느 날 그는 에디트 피아프를 그녀의 시골집에서 오를리 공항까지 데려다주다가 공교롭게도 '라 그라체 드 되(하느님의 은혜-옮긴이)'라는 거리에서 충돌 사고를 당했다. 에디트는 병원에 실려 가야 했다. 그녀는 이마에 부상을 입었고 손의 힘줄 두 개를 꿰매었다. 그녀는 대규모 해외 공연을 위해 정확하게 출발해야 했는데 그것이 어렵게 되자 그녀는 다시 한 번 사고 장소로 가자고 다그쳤다. 그런데 바로 똑같은 위치에서 타이어 하나가 펑크 났다. 하지만 아마도 그것은 전설일 것이다. 에디트와 관련된 수많은 사건들은 신뢰할 만한 정보가 없이 전해지고 있는 게 사실이다.

계속된 미국 순회공연은 1959년 2월 에디트가 뉴욕 장로교 병원에서 쓰러지며 끝이 났다. 이때부터 병이 악화되었고, 그녀의 목소리는 더욱 약해졌다. 그럼에도 에디트는 강철 같은 의지로 재기를 위해 애썼고 억지로라도 관객들 앞에 섰다.

그런데 1960년 말 거의 두 달에 걸쳐 산소 호흡기 신세를 지고 일 년이 넘게 무대에 서지 못한 후 의사로부터 사망선고를 받은 그녀는 파리의 올림피아 뮤직홀 무대에 올랐다. 파리의 유명 인사들과 저널리스트들이 몰려들었다. 공연이 끝날 무렵 사람들은 더 이상 자리에 앉아 있지 못하고 의자에서 일어나 눈물을 흘리며 기립박수를 보냈다. 한 리포터는 이 여성의 무엇이 가난한 사람이나 부자를 막론하고 모든 이의 마음을 사로잡는지에 대해 이렇게 전하고 있다.

처음에는 무거운 불안감이 공연장을 누르고 있음을 몇몇 시선들에게서 볼 수 있다. 무대 위에서 불안정한 자세로 서 있는 저 여성이 다시 쓰러질 수도 있다는 불안이다. 그러나 그녀는 균형을 되찾는다. 그녀는 가사를 한번 잊어버린다. 그녀는 처음부터 노래를 다시 시작한다. 그 다음에는 노래가 이어질 때마다 박수갈채가 더욱 커진다.

에디트 피아프는 쓰러지지 않았다. 이번에는 아니었다. 그리고 그녀와 함께 모든 사람이 다시 한 번 위험을 넘겼다.

스무 살이나 어린 그리스인으로, 그녀가 테오 사라포라고 부른 테오파니 람부카스와의 결혼은 그녀에게 찾아온 마지막 사랑이었다. 그녀의 허락하에 그녀는 농담거리가 되고 언론의 가십거리가 되었다. 연애 사건의 합법화에 대한 생각은 〈프랑스 일요일〉이라는 신문의 편집회의에서 이루어졌다. 이 신문은 에디트의 인생 고백을 실음으로써 이미 판매 부수가 몇 배 증가해 있었다. 에디트는 그것을 좋아했고, 신문에 결혼 약속을 공개했다. 1962년 10월 9일, 그녀는 다뤼 거리에 있는 그리스 정교 교회에서 결혼했다. 대중들은 그녀에게 환호를 보냈다.
"프랑스의 작은 신부 만세!"
다음날 그녀는 흥분과 진통제 때문에 몸을 가누지 못해 다시 병원에 들어갔다. 〈프랑스 일요일〉의 편집장은 나중에 슬퍼하면서 이렇게 말했다.
"우리는 3년 동안 그녀가 죽음과 벌이는 투쟁으로 먹고 살았다."
병과 그녀의 훈련된 오뚝이 정신은 마침내 에디트 피아프를 내숭 떠는 전후 독일에서도 고상한 신분으로 만들어주었다. 어느 큰 일간지의 여성 칼럼니스트는 그녀에게 면죄부를 주었다. 1962년 가을 '올림피아'에서 에디트와 테오 사라포의 공연을 본 후 그녀는 다음과 같이 썼다.

그러고 나서 에디트 피아프는 노래를 불렀다. 무언가 신비로운 느낌이 그 커다란 공간에 가득 찼다. 내가 그 어둡고도 떨리는 목소리로 슬픔과 위트, 우울함과 놀라운 힘이 가득한 목소리로 부르는 노래를 들었을 때 어떤 신비로운 것이 내 등골을 오싹하게 했다. 팽팽하게 가득 찬, 믿어지지 않는 에디트의 인생이 그 속에 있다. 콜레트, 모파상, 그리고 블레스 상드라르가 함께 만들어냈을 수도 있는 에디트의 인생이. 그녀의 두려움과 용기, 사랑에의 동경과 다가온 죽음이 함께 울려 퍼진다. 이미 의사들이 열한 번이나 포기했지만 '검은 옷을 입은 사랑의 천사'는 다시 살아났고 노래했고 또 노래했다.

에디트는 1963년 3월 8일 오페라 드 릴르에서 자신의 마지막 공연을 무대에 올렸다.

에디트의 자서전인 『나의 인생』은 죽어가는 여성의 자서전이다. 그것은 여자는 남자 없이는 절반의 가치도 지니지 못한다고 확신하는 여성의 사랑 고백이다. 그것이 페미니스트들을 화나게 할는지도 모른다. 그러나 에디트 피아프에게는 사랑이 인생에서 가장 중요한 것이었다. 에디트는 색녀였다고 시몬 베르토는 쓰고 있다. 한 여성 저널리스트는 그녀에 대해 '리보마닌('사랑에 심취한 여인' 정도로 해석할 수 있다 - 옮긴이)'이라는 개념을 만들어냈다. 그녀는 인생을 사랑했고, 남자들과 샹송을 사랑했다.

나에게 있어 샹송과 사랑은 하나이다. 나는 사랑에 빠진 여자이다. 나는 사랑 없이는 살 수 없다. 그것은 불가능하다.

에디트 피아프는 1963년 10월 10일 니스 근교 플라카시에서 47세를 일기로 숨을 거두었다. 그녀의 시신은 파리로 이송되어 란네 거리에 있는 그녀의 집에 안치되었다. 10월 14일 엄청나게 많은 사람들이 쇼팽, 몰리에르, 발작과 사라 베르나르 등이 안장되어 있는 파리의 페르 라쉐즈 묘지로 향하는 쇼 기획자의 딸이자 인기 있는 여가수의 마지막 길을 전송했다. 여성들이 그녀의 무덤에 몰려와 경찰 차단벽을 뛰어넘었다는 것은 그리 놀랄 일이 아니다. 이미 그 전에 수만 명이 그녀의 시신을 보고 갔다.

1980년대에 크레스팽 뒤 가스트 거리 5번지에 세워진 그녀의 박물관은 슬픈 장소이다. 퉁퉁 부은 발에 슬리퍼를 신은, 판지로 만든 에디트 피아프는 그녀의 시장 노점으로 되돌아가 있는 것처럼 보인다. 한 안락의자에는 그녀가 죽기 직전에 테오 람부카스가 그녀에게 선물한 커다란 테디베어가 때가 찌든 채로 앉혀져 있다. 그리고 엽서, 편지, 사진, 속옷, 손수건 같은 일상생활의 잡동사니들을 볼 수 있다. '아니, 나는 아무것도 후회하지 않아'라고 그녀는 자신의 가장 유명한 샹송에서 노래했다. 그렇다, 그녀는 아무것도 후회하지 않았다.

하이데 플라텐

나는 그리스인으로 태어났고
그리스인으로 죽을 것이다

Melina Mercouri

멜리나 메르쿠리(1925~1994, 여배우 · 정치가)

_멜리나 메르쿠리

그리스의 아테네 상류 가문에서 태어났고,
어려서부터 무엇이 되겠다는 자의식이 강했다.
세계에서 가장 위대한 여배우가 되겠다는 그녀의 꿈은
감독 줄스 다신을 만나면서 이루어졌다.
「일요일은 참으세요」가 결정적 성공을 거두면서 영화배우로 입지를 다졌고,
줄스 다신과 수많은 작품을 함께했다.
하지만 1967년 군사 정부가 강압적으로 권력을 유린하자
반파시스트 운동을 전개하면서 인생의 전환점을 맞는다.
이후 그녀는 정치가로서 살면서 문화부장관을 역임했다.

어머니와 딸

멜리나는 사람들을 매혹시켰다. 그녀의 미모와 매력, 영향력, 육감적인 목소리, 무엇보다도 그녀의 불꽃처럼 빛나는 개성으로써 말이다.

프랑스 문화장관 자크 랑의 멜리나 메르쿠리에 대한 이 사랑 고백은 가까운 친구들과, 먼 곳에 있는 그녀의 숭배자들이 그리스의 여배우이자 나중에 정치가가 된 여성을 얼마나 사랑했는지 다시 한 번 말해주고 있다. 그녀는 어디에 등장하든 항상 사람들을 사로잡았다.

무대에서, 그리고 스크린에서 그녀는 보기 드문 연기자 중 한 명이었다. 그녀는 욕정과 길들여지지 않은 삶의 욕망을 발산하며 추함과 내면의 파괴를 몸으로 보여줄 수 있었고, 그러면서도 우아함과 유연성을 지니고 있었다. 이 인간적인 풍요로움은 그녀가 정치가로 성공하는 데에도 발판이 되었다. 그녀는 망명생활을 하면서 그리스 군사정권에

타협하지 않는 반대자로서, 나중에는 항구 지역인 피레우스의 국회의
원으로서, 그리고 그리스 문화유산 보존을 위해 투쟁한 문화장관으로
서 활발한 활동을 했다. 삶은 그녀에게 많은 선물을 안겨주었지만, 그
때문에 그녀는 어려운 결정을 내릴 수밖에 없었다. 하지만 그녀는 그
결정에서 가장 쉬운 길을 택하지는 않았다.

멜리나 메르쿠리는 특별한 무엇이 되겠다는 자의식을 갖고 성장
했다.

나는 결코 여느 어린 소녀들 같지 않았다. 내가 나였던 이래로 나는
멜리나였다.

1925년 10월 18일, 그녀는 특별히 부자는 아니었지만 매우 명망 있
는 아테네의 상류 가문에서 태어났다. 멜리나는 처음에 친할아버지 집
에서 성장했는데 그녀의 할아버지 스피로스는 30년이 넘도록 아테네
시장을 지냈으며, 정치에서 뿐만 아니라 그가 일종의 족장처럼 대표로
있던 대가족에서 그 누구도 대항할 수 없는 권위를 지니고 있었다. 그
의 아내 아말리아는 존경심에 가득 차서 남편을 '시장님'으로 불렀다.
그는 손녀를 사랑했고 응석받이로 길렀다. 멜리나는 그의 '작은 여왕'
으로 지붕 없는 마차에서 할아버지 옆에 앉아 아테네 거리를 지나며
미소 띤 얼굴로 오른쪽 왼쪽을 보며 인사했다.
멜리나가 나중에 이름을 붙였듯이 '위대한 스피로스'는 귀족적인
인물이었다. 모습이 출중하고 늘 단정했으며, 그에게서는 장미향과 바
질향이 났다. 멜리나와 일찍이 헤어졌던 아버지도 할아버지와 비슷한

인상을 주는 외모를 가지고 있었다. 아버지는 다른 여자 때문에 어머니 이리니를 떠났는데, 공교롭게도 멜리나의 남동생 스피로스를 임신하고 있을 때였다. 스스로 수많은 '연애 사건의 권리'를 포기한 할아버지는 그 때문에 여러 해 동안 아들과 말도 하지 않았다.

이리니는 그녀의 어머니에게 가기로 결정했고, 그것은 멜리나의 삶에 깊은 상처를 남겼다. 처음에 그녀는 자신이 매우 불행하다고 느꼈다. 마치 자신이 '카니발에서 수도원으로' 온 것 같다는 생각이 들었다. 왜냐하면 외가에서의 생활은 엄격하고 음울했기 때문이다. 어머니가 이해심을 가지고 그녀에게 매일 할아버지의 사교 점심식사 모임에 가도록 허락해준 것이 그나마 멜리나에게는 위안이 되었다.

버려진 어머니에게 강요된 역할은 멜리나에게 깊은 상처를 주었다. 이리니는 아름답고 감정이 풍부한 여성이었다. 그래서 멜리나는 다음과 같이 회상할 정도로 어머니를 신처럼 여겼다.

"나를 아는 사람들은 내가 어머니가 살아계신 동안 내내 어머니를 닮으려 애썼고, 특히 어머니의 웃는 모습을 따라하려 했다는 사실을 알고 있다."

친할머니인 아말리아 역시 사랑스럽고 매력적인 여성으로 며느리와 똑같은 운명을 겪었다. '위대한 스피로스'는 때늦은 나이에, 멜리나가 심하게 모욕을 받아서 표현한 바에 의하면 '낯선 여자'와 사랑에 빠졌다. 멜리나는 여성의 삶과 남성의 삶의 토대가 되는 두 가지 척도가 얼마나 부당한지를 격분하며 지켜보았다.

멜리나 집안의 여성들은 멜리나가 이미 일찍부터 싫어했던 주부와 어머니로서의 전통적인 역할에 따랐다. 그러나 그들은 자의식과 자부심이 있었으며, 조용히 견디려고 하지 않았다. 그들은 어른들의 생활에 대해 그 당시 일반적으로 그랬던 것보다도 훨씬 더 많은 것을 멜리나에게 털어놓았다. 그들은 멜리나에게 완전히 터놓고 남편들의 불성실함에 대해 이야기했으며, 그녀를 자신들의 탄식 속으로 끌어들였다.

따라서 멜리나에게는 어떤 경우에도 이처럼 굴욕적인 여성의 역할을 받아들이지 않겠다는 결심이 일찌감치 형성되었다. 그녀는 아버지가 어머니를 떠났다는 사실 때문에 오래도록 아버지를 용서하지 않았다. 뒤늦게야 비로소 그녀는 여성들을 많이 정복했다고 해서 가족들 사이에 '달타냥'이라 불린 아버지와 긴밀한 관계를 발전시켰다. 그러나 할아버지와 아버지는 자신과 다른 성에 대한 멜리나의 생각을 특징짓게 했다. 그녀는 여성에 대해 강한 영향력을 가졌던 남성들 쪽에서 자신의 인생을 보냈다.

손녀와 할아버지의 서로에 대한 깊은 애정은 멜리나의 어린 시절 그 어떤 관계보다도 훨씬 더 많이 멜리나의 본질을 형성해주었다. 연극에 대한 할아버지의 열정은 멜리나에게도 전염되었다. 그는 그녀가 어렸을 때 이미 손녀딸을 데리고 인형극장에 갔다. 그곳에서 멜리나가 악당 때문에 놀라 울면서 눈을 감자 그는 멜리나가 그 후로 종종 기억하곤 했던 한마디 말을 남겼다.

"울지 마라, 그리고 눈을 감지 마라."

그의 엄한 사랑을 통해 그녀는 자신이 보호받고 있으며 강해지는 느낌을 받았다. 모든 사람으로부터 존경받고 힘있는 이 남자의 사랑을 받는 역할 속에서 그녀는 한편으로는 자신에 대한 확신이 더 강해지고 고집스러워졌으며 다른 한편으로는 사랑과 찬미에 의존하게 되었다. 그녀는 타협하지 않았고 어렸을 때 이미 학교의 일상생활에 따라야 한다는 것을 이해하지 못했다. 그녀는 공부를 지루하게 생각했고 이 학교에서 저 학교로 옮겨 다녔다. '위대한 스피로스'의 영향력이 없었더라면 그녀는 상급 여학교의 졸업시험을 보지 못했을 것이다.

멜리나에게는 자신이 교실이 아닌 다른 곳에서 박수갈채를 받겠다는 생각이 확고했다. 그녀는 어머니의 드레스를 입고 테이블 위에서 자신을 지켜보며 즐거워하는 남자들에게 둘러싸여 춤을 추는 것이 훨씬 더 자극적이라는 것을 알았다. 어머니가 그런 그녀를 발견했을 때 멜리나는 그때 막 열 살이었다. 그녀는 뺨을 맞았지만 전혀 개의치 않았다.

이 순간 나에게는 단 한 가지만이 중요하다고 생각되었다. 그것은 사람들이 나에게 박수갈채를 보내는 것이다. 이 순간부터 나는 그들 마음에 드는 것 외에 다른 아무것도 원하지 않았고 그들의 박수갈채 외에 다른 칭찬은 바라지도 않았다.

'세계에서 가장 위대한 여배우가 되는 것'이 그녀의 어릴 적 꿈이었다.

정치가 일상적인 일에 속하는 할아버지의 집은 늘 열려 있고 자유로웠다. 국회의원, 사업가, 예술가, 농부 등 많은 사람들이 들락날락 오고 갔다. 그곳에 오는 모든 사람들은 시장으로부터 환영의 뜻을 나타내는 '야소우 마티아 모우!'라는 사랑스러운 인사를 받았다. 이 인사를 번역하면 '인사 받게나, 내 눈의 기쁨이여'라는 뜻이었다. 아테네는 단순하고 공정하게 돌아가는 큰 마을이었다고 멜리나는 회상한다.

나는 사회가 계급으로 나누어지는 것을 결코 참을 수 없었다. 우리 집
에서는 그것을 생각할 수 없었다.

할아버지 집의 민주적인 분위기가 그녀에게 자리잡은 정치문화
였다.

멜리나 집안의 남자들 외에 어머니 역시 그녀의 정치적 권리의식을
일깨워주었다. '전쟁', '감옥' 그리고 '망명' 같은 단어들을 멜리나는
어머니에게서 처음 들었다. 그녀의 집안은 신생 그리스 공화국의 국내
정치 투쟁에서 직접적으로 피해를 입었다. 왕정주의적 성향을 지닌 그
녀의 아버지는 1924년 정치적인 이유로 구금되었으며, 그녀의 어머니
와 감옥에서 결혼식을 올렸다. 1936년 멜리나가 열한 살이었을 때 그
는 메탁사스 장군의 파시스트 독재하에서 추방되어 망명길에 올랐다.
권위주의적인 정권의 인권을 무시하는 처사들(추방, 감금, 고문, 비밀경
찰 등)을 멜리나는 일찌감치 알게 되고 경멸하게 되었다. 그것을 통해
그녀의 마음속에서 자라난 자유와 정의의 정서는 조국에 대한 정열적
인 사랑과 연결되었다. 그리스는 연극 이후 그녀의 두 번째 꿈이자 이
상으로, 그녀는 이후 자신의 삶에서 그 이상을 위해 고통을 겪고 싸우
게 될 운명이었다.

기적과도 같은 만남

열네 살이 되던 해에 멜리나는 자신보다 나이가 많은 젊고 잘생긴
배우를 열정적으로 사랑하게 되었다. 매일 저녁 멜리나는 극장 맨 앞

줄에 앉아 있었다. 그녀는 집에다 거짓말을 하고 돈을 모아 입장료를 마련했다. 그녀는 자신의 우상에게 전화를 퍼부었고 그의 집까지 집요하게 따라갔다. 그런데 그는 이 어린 소녀에게 조금도 관심이 없었다. 결국 그녀의 가족이 그것을 알게 되었다. 멜리나는 그와 동침했다는 의심을 받았고, 그녀는 반박했지만 아무도 그녀의 말을 믿으려 하지 않았다. 이렇게 해서 특히 할아버지의 신뢰가 떨어지자 그녀는 심한 상처를 받았다. 극적인 몸짓으로 그녀는 자동차에 몸을 던졌다.

그것은 멜리나가 연극적인 것에 이끌리는 자신의 성향에 못 이긴 첫 번째 사건이었는데, 이것은 마지막이 아니었다. 그녀는 눈물을 터뜨리고, 발작과도 같이 화를 내거나 극적인 연출을 하여 자신이 원하는 바를 관철했다. 또한 그녀는 종종 경솔하고 충동적으로 행동했는데도 무사히 지나가곤 했다. 자동차에 뛰어들었을 때도 마찬가지로 그녀는 타박상만 몇 군데 입었을 뿐이다. 오히려 할아버지와의 단절이 그녀에게 훨씬 큰 상처를 입혔다. 몇 달 지나지 않아 두 사람이 제대로 화해도 못한 상태에서 할아버지가 세상을 떠나자 그녀는 심한 위기에 빠졌다.

그녀는 할아버지의 죽음을 배신처럼 느꼈다. 그녀는 할아버지에게 사기 당한 느낌을 지울 수 없었다. 어떻게 할아버지가 사랑하는 멜리나를 버릴 수 있었을까? 그녀는 스스로를 제어하지 못하고 거의 히스테리와도 같은 슬픔에 빠졌다. 그녀는 절망하여 할아버지의 사진을 모두 없애버렸다. 여러 달이 지난 후에야 비로소 그녀는 할아버지가 어디에 있든 자신을 생각하고 자신을 사랑하는 것을 결코 멈추지 않을 것이라는 생각을 하면서 위안을 찾을 수 있었다.

멜리나는 사람들의 보호와 친밀감이 필요했다. 그녀는 혼자서 살 수 없었다. 그런데 가족들이 자유를 갈망하는 그녀의 욕구와, 무엇보다도 여배우가 되겠다는 그녀의 소망에 반대했을 때 그녀는 가족이 너무 답답하게 느껴졌다. 멜리나는 닥쳐오는 갈등을 교묘하게 해결했다. 말하자면 1941년에 매력적이고 부자이면서 관습에 얽매이지 않는 판 카라코포스와 결혼하는 식이었다. 캠브리지 대학교 졸업생인 그는 그리스적이기보다는 영국적으로 보였다. 그는 루마니아 무용가와 첫 번째 결혼을 했는데, 그것은 보수적인 아테네 사회에는 심한 충격이었다. 그는 스캔들로 둘러싸여 있었고 멜리나는 바로 그 점 때문에 그에게 관심을 보였던 것이다. 그들은 급하게 사랑에 빠졌고, 그녀는 그와 도망을 쳤다. 일주일 후에 그녀는 몰래 결혼식을 올림으로써 그녀의 가족들에게 결혼을 기정사실화했다.

멜리나처럼 판 역시 전통적인 가정의 질서에는 관심이 없었다. 멜리나는 그녀와 가까운 사람들을 결혼할 때 함께 데리고 갔다. 그녀의 보모인 늙은 엘레니, 요리사이자 하녀이며 동시에 친구로 그녀와 평생을 같이 지낸 안나, 마지막으로 멜리나의 친한 친구들 중 한 명으로 모든 것을 그녀와 함께 겪어낸 쾌활하고 원기 있는 레나가 바로 그들이었다. 제2차 세계대전 중에 그리스가 독일군에게 점령당하여 모든 것이 부족했을 때 더 많은 멜리나의 친구들과 그녀의 남동생 스피로스가 판의 훌륭한 집에서 피난 생활을 했다. 집주인은 편안히 신문을 읽기 위해 가까운 곳에 있는 공원으로 나갔고 그런 식으로 평범하지 않은 거주 공동체의 혼잡함을 피했다.

판은 멜리나를 자유롭게 내버려두었다. 그는 배우가 되겠다는 그녀의 꿈을 밀어주었고, 그녀의 재능을 키워주었다. 열여섯 살이 되면서 멜리나는 자신이 원했던 것을 이루었다. 그녀는 모든 관계에서 자유로운 남자의 아내로 아테네 국립극장 연극학교에 다녔다. 그녀는 입학시험에 물론 비밀스럽게 이미 합격했다.

외적으로도 이미 성숙한 여인 같은 멜리나는 단호하게 자신의 인생을 손에 쥐었다. 강한 인상을 풍기는 얼굴, 진한 눈썹 아래 크고 뚜렷한 눈, 그리고 육감적인 입술로 그녀는 당시에도 이미 고집스럽고 육감적이면서 새침한 매력을 지닌 미인이었다.

그녀는 매일 연극학교에 다녔다. 그녀의 삶은 그것으로 채워졌다. 거기에 멜리나는 더 이상 없었고 그레트헨, 오필리아, 엘렉트라 같은 그녀의 역할만이 있었다. 그녀는 마치 하늘에 있는 것 같은 느낌이 들었다. 나중에 그리스 국립극장 감독이 된 그녀의 교사 론디리스는 그녀에게 엄격한 실습을 시켰다. 3년 동안 그녀는 그와 함께 주로 그리스 비극을 공부했다. 그녀는 연습에서 집요하고 헌신적으로 어떤 인물을 해석하는 자신만의 방법을 발전시켰다. 그녀는 교사가 그녀에게 요구하듯이 역할 속에 자신을 집어넣고 내면에서부터 그 역할에 다가가는 분석가는 아니었다. 그녀가 어떤 인물을 인지하고 감정을 이입하는 방법은 육체를 통해서였다.

나는 내가 표현해야 하는 인물처럼 그렇게 걸어가고 앉아 있으며 손을 돌릴 수 있게 되면 그 움직임들이 내 마음속, 골수까지 파고들어온다. 그런 방식으로 나는 그 인물이 된다.

교사와 멜리나 사이에 격렬한 논쟁이 일어났다. 론디리스는 그녀를 위대한 비극배우로 만들려고 했다. 반대로 그녀는 유진 오닐이나 테네시 윌리엄스와 같은 당대 작가의 작품을 좋아했다. 1947년 그녀가 자신과 가깝다고 느끼는 「욕망이라는 이름의 전차」의 블랑쉬 역을 맡으려 했을 때 론디리스는 엄중히 반대했다. 멜리나는 격분하여 그 자리에서 뛰쳐나가 전차에 몸을 던지려고 했다. 그녀의 선생이 뒤쫓아갔고, 마지막 순간에 그녀를 팔로 안아 붙잡았다. 그리고는 연극에서 그녀의 첫 성공이 될 그 역할을 맡도록 허락했다. 멜리나는 론디리스를 이겼다. 그녀는 자신의 연극적 재능을 다시 한 번 유감없이 발휘하여 성공적으로 자신의 인생을 개척해 나갔다.

멜리나는 자신감과 의욕에 가득 차서 파리를 정복하기 위해 노력했다. 파리는 전후 지성인들과 예술가들의 정신적인 중심지였다. 그녀는 자신의 원군으로 친구인 레나를 데리고 갔으며, 판은 그녀에게 연락할 사람 몇몇을 소개시켜주었다.

실제로 멜리나는 프랑스 극작가 마르셀 아샤르와 자크 드발에게 자신의 재능을 확인시키는 데 성공했다. 그녀는 처음에는 좋은 평을 받지 못했지만 아샤르가 그녀에게 헌정한 『과자로 만든 풍차』에서 능숙하게 연기했다. 프랑스 아방가르드의 인정을 받았음에도 그녀는 고향 아테네로 돌아왔다. 그곳에서 그녀는 1965년까지 백 편 이상의 고전과 현대 작품에서 공연했다. 그리고 완전히 그리스적인 작품으로 영화계에서 국제적인 이력을 쌓는 일을 시작했다.

1953년에 작가인 요코보스 캄파넬리스는 연극무대를 위한 극작품을 하나 썼다. 그는 작품의 타이틀 롤인 '스텔라' 역으로 멜리나를 염두에 두고 있었다. 그의 친구로 후에 「알렉시스 소르바스」로 유명해진 영화감독 미카엘 카코야니스는 그 작품에서 영화를 위한 이상적 소재를 발견했다. 물론 멜리나를 주연으로 하는 것이었다. 그녀는 자신을 사랑하는 남자를 애인으로서는 원하지만 결혼은 하지 않으려는 활기

차고 독립적인 처녀 역할을 했다. 주인공 스텔라는 사회적 강요를 무
시한 대가를 죽음으로 치를 수밖에 없었다.

멜리나는 이상적인 캐스팅이었다. 그녀는 스텔라를 자신의 내면에
가지고 있었다. 멜리나는 그녀와 똑같이 활력 넘치고 자유를 사랑했으
며 관습에 얽매이지 않았다. 판과의 결혼은 빠른 속도로 순수한 우정
의 관계가 되었다. 멜리나에게는 알렉시스라는 새로운 애인이 생겼다.
그는 자신이 싫어하는 독일인 점령자들과 사업을 하며 돈을 물 쓰듯
하는 경솔한 도박꾼 기질을 지닌 사람이었다. 이처럼 자유분방한 연애
사건을 치른 후 그녀는 다시 피로스를 사랑하게 되었다. 그는 삶의 기
쁨, 낙천주의 그리고 관능적 욕망으로 가득 찬 사람이었고 멜리나가
볼 때 이교도적인 그리스의 아름다움을 구현하고 있었다. 단지 그녀의
눈에 띄는 단 한 가지 약점은 그가 고치기 힘든 남성 우월주의자라는
점이었다. 그녀는 7년 동안 그와 함께 살았고 평생 친구로 지냈다.

1950년대 초반 그리스에서는 여전히 엄격한 가부장적 윤리가 지배
하고 있었다. 남자들에게는 연애가 가능했지만 여성들에게는 어떤 자
유도 허용되지 않았다. 멜리나의 생활은 가십거리가 되었고, 「스텔라」
와 같은 영화는 전대미문의 것이었다. 이 영화는 부주키(그리스 민속음
악에서 사용하는 현악기의 일종 – 옮긴이)가 연주되는 술집이 무대인데, 여
기서 서민 출신의 남자들이 우울한 기타 음악을 들으며 우조(포도주에
아니스 향을 첨가한 그리스 산 리큐르주 – 옮긴이)에 취해 아름다운 스텔라
가 몸을 흔들며 추는 춤에 박수갈채를 보낸다. 그리스에서는 오히려
스캔들이 되었지만, 이 영화는 국제적으로 대성공을 거두었고, 1955
년 칸 영화제에 초대되었다. 멜리나는 그 역할로 사람들의 마음을 움
직였고, 여우주연상을 받을 것 같았다. 그런데 심사위원회는 그녀와

미국 여배우 사이에서 결정을 내리지 못하고 수상자 선정을 아예 포기
해버렸다.

그런데 한 사람이 「스텔라」에 마음을 빼앗겼다. 그 사람은 바로 미
국 감독인 줄스 다신이었다. 그는 갱 영화 「리피피」로 칸 영화제에서
감독상을 받은 바 있다. 우연히 그는 그리스 영화를 상연하는 곳에 들
어가 스크린에서 멜리나를 보았다.

"나는 '오, 이럴 수가…… 오, 이럴 수가……' 하고 생각했다."

27년 후 줄스 다신은 한 텔레비전 인터뷰에서 이 순간을 이야기하
면서 표정이 환해졌다.

멜리나도 첫 만남을 기억할 때면 미소를 떠올린다.

상연이 끝난 후 나는 좌석에서 벌떡 일어난 한 남자를 보았다. 그는
지식인 같기도 하고 운동선수 같기도 했다. 그는 나에게 말했다.
"당신이 움직이고 웃는 모습은 굉장해요!"

두 사람에게 그것은 우연한 만남이 아니었다. 멜리나 역시 "그것은
기적과도 같았다"라고 말한다. 두 사람은 이미 그 순간에 한 몸이 되
는 느낌을 가졌다. 멜리나가 몇 주 후에 그를 다시 보았을 때 그녀는
이 매력적이고 감성적이며 지성적인 줄스가 자신의 인생을 결정지을
남자임을 확신했다. 그도 마찬가지였다. 그는 헤어지면서 멜리나에게
"나는 당신에게 걸려들었소"라고 말했다.

줄스 다신은 그 당시 결혼을 한 상태였고, 아들과 두 딸이 있었으며,
그들에게 강한 애착을 가지고 있었다. 그에게는 이러한 개인적인 문제
에 정치적인 문제까지 겹쳐 있었다. 그는 파리에서 여권 없이 살고 있

었다. 그는 미국에서 매카시 선풍이 일어난 시기에 '전복을 꾀하는 불법적 구성원'으로 간주되어 박해받았던 좌파 지식인이었던 것이다. 그는 자기 나라에서 생존 가능성이 완전히 박탈되었고, 그래서 나라를 떠날 수밖에 없었다. 경제적으로도 그때가 그에게는 제일 어려운 시기였다.

폴란드 출신의 유대인 이민자 아들인 그는 뉴욕 로어 이스트 사이드에서 성장했다. 그의 어린 시절은 경제적으로 불황의 시기였는데, 이발사인 그의 아버지는 적극적인 노동조합원이었다. 이처럼 정치적인 분위기 속에서 줄스 다신은 참여적인 사회주의자가 되었고, 1950년대 초에는 '블랙리스트'에 올랐다. 오랫동안 그에게 미국은 갈 수 없는 곳이었다.

최고 여배우로서의 꿈을 이루다

멜리나와 줄스는 이상적인 커플이었다. 그는 그녀의 감독이었고, 그녀는 그의 배우였다. 그들은 아홉 편의 영화를 함께 만들었는데 멜리나에게는 자신이 출연한 작품들 중 최고의 영화들이었다. 다신이 그의 예술 창작에 있어 멜리나의 말에 복종했다고 말하는 사람들이 있다. 실제로 그는 그녀와 함께 만들 수 없었던 영화들을 거절했고, 그럼으로써 많은 기회를 놓쳤다. 멜리나는 자신이 질투 때문에 그를 구속했다고 고백했다. 그러나 두 사람은 공동 작업을 자신들 관계의 일부라고 느꼈다. 나중에 멜리나가 정치 때문에 배우로서의 일을 포기했을 때 그녀는 이렇게 말했다.

앞으로 그의 영화에 더 이상 출연하지 못하는 게 아쉽다. 그것은 사랑의 유희였다.

그가 감독하는 한 그녀는 자신이 지닌 감정과 표현력을 충분히 살릴 수 있었다. 그리고 줄스 다신은 그녀의 재능에 반했다.

그녀는 '나는 여러분 모두를 사랑해요, 나도 사랑해주세요, 그리고 우리 그것을 즐깁시다'라고 말하는 것처럼 보인다. 그리고 관객들은 거기에 빠져든다.

처음부터 그들은 매우 친근하게 느꼈는데, 그럼에도 그들은 많은 점에서 근본적으로 달랐다. 멜리나는 자유분방한 성격을 지니고 있었고, 즐기는 일을 좋아했다. 또한 늘 친구들에게 둘러싸여 있는데다 그리스 '케피(그리스어로 유쾌함, 즐거움을 뜻함 - 옮긴이)'의 기질을 상당 부분 지니고 있었다. 즉 그녀는 생에 대한 애착과 자신에 대한 믿음, 대담성과 자발성의 혼합체였다. "나는 나쁜 습관을 가지고 있었다"라고 그녀는 말했다.

나는 나이트클럽, 춤 그리고 시시덕거리는 것을 좋아했고, 그러면 승낙하는 누군가가 왔다. 그러나 이와는 다른 삶, 다른 사랑이 있고 다른 진실이 존재한다.

줄스 다신은 그녀의 삶을 변화시켰다. 그녀는 그에게서 책임과 규율을 배웠으며, 이후 자신의 삶에 중요한 요소인 정치적 견해에 있어서

「일요일은 참으세요」에서의 멜리나 메르쿠리, 1959년

도 영향을 받았다. 멜리나가 죽을 때까지 40년 동안 그들은 함께 일하고 함께 살았다. 처음에는 그리스와 파리에서, 나중에는 뉴욕에서, 그리고 마지막에는 아테네에서 살았다. 두 사람은 첫 번째 배우자와 이혼을 한 뒤 1966년에 결혼했다. 칸에서 처음 알게 되었을 때 서로에게 받았던 직접적이고 깊은 인상은 틀리지 않았다.

줄스 다신은 그녀에게 자신이 만드는 다음 영화에서 역할을 맡아달라고 제의했는데 니코스 카잔차키스의 『그리스의 열정』을 개작한 것이었다. 그렇지만 그들이 함께 크레타 섬에서 영화 촬영을 시작하기까지는 여러 달이 걸렸다. 영화는 별로 돈을 벌게 해주지는 못했지만 지식인들로부터 많은 인정을 받았다. 1958년에 두 번째 공동 작품이 이어졌다. 지나 롤로브리지다와 이브 몽탕이 함께 출연한 「더운 바람이 부는 곳」이었다. 멜리나는 젊은 남자와 비극적 연애를 하는 중년여인을 연기했다. 줄스가 멜리나를 위해 내놓은 영화 각본에서는 늘 인간적 열정이 주제로 다루어졌다. 그는 그녀에게 꼭 맞는 역할을 써주었다.

그녀가 처음으로 결정적인 성공을 거둔 것은 1959년 작품 「일요일은 참으세요」에서였다. 늘 그렇듯이 경제적으로 큰 위험 부담을 가지고 시작한 영화였다. 줄스 다신이 이 영화를 만든 계기는 당시에는 아직 결혼을 하지 않아 법적이지는 않았지만 사실상 장모였던 이리니 덕분이었다. 그녀는 종종 의견을 달리했고, 그는 그녀와 화기애애한 분위기에서 긴 논쟁을 벌이곤 했으며, 자주 그 논쟁에서 이겼다. 어느 날 함께 아침식사를 하면서 그가 어느 영화에 대한 장모의 의견을 들으려고 했을 때 그녀가 되물었다.

"그 영화를 좋게 생각해도 되겠는가?"

그녀의 질문은 그를 당황하게 했다. 그는 깊은 생각에 잠겼다. 이렇게 해서 다른 사람에게 자신의 생각을 강요하려는 어느 바보의 이야기, 「일요일은 참으세요」의 아이디어가 떠오른 것이다.

단 열흘 동안 그는 시나리오를 썼다. 그 내용은 이렇다. 어느 수줍고 지적인 미국인이 자신은 그리스인들에게 그리스란 나라에 대해 이야기해 줄 수 있다고 믿는다. 그는 피레우스에서 육감적이고 마음이 넓은 항구 처녀 일리아를 만난다. 그리고 모든 것이 달라진다. 그녀는 '호머 노페이스'에게서 메마른 이성을 없애고 진정한 삶을 보여준다. 이 역으로 멜리나는 스타가 되었으며, 재정적 어려움 때문에 순진한 미국인 역을 직접 맡아 어설프지만 매력적인 연기를 보여준 줄스 다신도 마찬가지였다. 이 영화는 부주키 음악을 유명하게 만들어주었을 뿐

아니라, 가볍고 재미있으며 삶의 기쁨이 넘치는 영화이다. 멜리나가 쉰 목소리로 부른 「배가 들어올 것이다」라는 노래는 영화만큼이나 국 제적으로 인기를 얻었다.

1960년 칸 영화제에서 멜리나는 일리아 역으로 황금종려상 여우주 연상을 받았다. 줄스와 그녀는 파티를 열었고 이 파티에서 우아하게 차려입은 7백 명의 손님들이 새벽까지 춤추고 마시고 그리스식으로 컵을 땅바닥에 던져 박살냈으며 부주키 음악에 취했다.

일리아 역으로 멜리나는 오스카상 후보에도 올랐다. 소문대로 그녀 는 '외국인'이었으므로 상을 받지 못했지만 타이틀곡에는 오스카상이 수여되었다. 사방에서 그녀에게 출연 제의가 쇄도했고, 배우 장 모로, 앨버트 피니, 로미 슈나이더, 감독인 비토리오 드 시카, 칼 포어먼과도 함께 영화를 찍었다. 종종 비평가들로부터 많은 칭찬을 받았지만 근본 적으로 대중적인 성공을 거둔 작품은 없었다.

그녀는 줄스 다신과 함께 작업하는 것을 제일 좋아했다. 그들이 함 께 찍은 다음 영화는 한 여인이 연정 때문에 의붓아들을 파멸로 이끄 는 그리스 비극을 현대적으로 개작한 「페드라」였다. 이스탄불에서의 보석 강도를 다룬 악당 코메디로 로버트 몰리, 페터 유스티노프, 막시 밀리언 쉘과 같은 뛰어난 배우들이 주연을 맡은 「토프카피」도 멜리나 의 매혹적인 영향력 덕을 보았다. 이 영화는 대히트를 쳤고, 두 번째 로 대성공을 거두었다. 그럼에도 멜리나는 다시 무대에 마음이 끌렸 다. 1967년에 그녀는 「일요일은 참으세요」의 뮤지컬판 개작인 「일리 아 달링」으로 뉴욕 브로드웨이에 진출할 기회를 잡았다. 그녀는 노래 하고 춤추고 연기했으며, 그녀의 팬들은 열광했지만 비평가들은 실망 했다. 멜리나와 연출을 맡은 줄스 스스로도 자신들의 작업에 만족하지 못했다.

쿠데타라는 암울한 정치적 상황

1967년은 멜리나의 삶이 근본적으로 변화한 해이다. 4월 21일 파파도풀로스와 파타코스가 이끄는 군사 정부가 강압적으로 그리스의 권력을 잡았다. 정치적으로 불안한 여러 해를 보낸 후 공산주의로의 전환이 우려되자 군사 정권이 쿠데타로 선수를 친 것이다. 이 소식은 멜리나에게 충격으로 다가왔다. 먼 곳에 있었지만 그녀는 정부가 얼마나 무자비하게 대응하는지를 함께 경험했다. 만 명 이상의 정치가, 지식인, 노동조합원들이 이미 첫날밤에 체포되고 전쟁포로 수용소로 추방당했다. 당시 런던에 있으면서 이미 병이 든 아버지 스타마티스는 맨처음 저항을 호소한 사람들 중 하나였으며, 모든 민주국가들에게 도움을 청했다.

아직 뉴욕에 있던 멜리나는 즉시 군사 정권과의 투쟁을 시작하려 했다. 망명 시절을 직접 겪었던 줄스 다신은 그녀에게 신중히 생각할 것을 부탁했다.

"조심해요. 그건 독재이고 에스파냐처럼 40년이 갈 수도 있소. 아마도 당신은 그리스를 다시 볼 수 없을지도 모르오."

그것은 멜리나로서는 견디기 힘든 생각이었다. 그런데 더 견디기 힘든 것은 그리스가 독재하에서 고통을 겪어야만 한다는 것이었다. 그녀는 두려움과 내면의 고통으로 가득한 40일을 보냈다. 그러는 가운데 저항을 위해 얼마나 많은 용기와 힘이 자신에게 요구될는지 명확해졌

멜리나 메르쿠리. 1960년대 초반

다. 그러자 그녀의 마음속에 확고한 결심이 생겼다. 그녀는 독재에 침묵하지 않으려 했다. 그렇게 하지 않으면 그녀는 질식할 것 같았다.

멜리나에게 있어 자유와 문화의 구현체였던 사랑하는 그리스를 잃은 것은 그녀의 내면에서 오랫동안 잠자고 있던 삶에 대한 무엇을 일깨워 주었는데, 그것은 바로 그녀의 가족이 지닌 반(反)파시스트적인 전통이었다. 그녀의 할아버지와 아버지라는 모범을 눈앞에 놓고 그녀는 참여적인 투쟁자로 발전해 갔다. 분노에 가득 찬 그녀는 자신의 입장을 확고히 했다.

불의를 통해 나는 존엄성을 발견했다. 파타코스가 내게 영혼을 주었다.

공개적으로 독재에 맞서 투쟁하겠다는 그녀의 결정은 그녀를 다른 여성으로 변화시켰다. 사치스러운 여배우에서 독재정권에 대항하여 싸우고, 그것을 위해 비싼 값을 치를 준비가 된 확신에 찬 정치가로 변모한 것이다. 빛나는 태양과 산, 그리고 끝없는 바다를 가진 그리스를 그녀는 7년 동안 고통스럽게 그리워했다.

미국 전역에 방송된 NBC 텔레비전 인터뷰에서 멜리나는 군사 정권에 대한 공격을 시작했다.

그리스는 사슬에 묶인 나라입니다. 여행자들이 그리스의 섬을 방문하려 한다면 그들은 그 섬들 몇몇 곳에 사람들이 고문당하고 있는 감옥들 있다는 사실을 알아야 합니다. 여행객들이 그들의 달러화로 테러 정권을 뒷받침해주려 한다면 그리스로 여행을 해야겠지요.

그것은 분명한 말이었다. 그녀는 신상에 미칠 파장을 고려하지 않고 자신이 생각한 것을 단도직입적으로 말했다. 효과는 어김없이 나타났다. 그녀에게 열광적인 박수갈채와 거친 비방이 쏟아졌다.

‘창녀’라든지 ‘공산주의자’라고 공격하는 편지나 전화의 위협에 개의치 않고 그녀는 투쟁을 계속했다. 「일리아 달링」의 공연이 끝날 때마다 그녀는 무대 앞에 나와 작곡가 미키스 테오도라키스의 곡으로 자유에 대한 믿음을 고백한 「조르바」를 불렀다. 공산주의자 음악은 그리스에서는 금지되어 있었고 작곡가는 숨어 있었다. 그는 은신처에서 카세트테이프 하나를 멜리나에게 몰래 보냈는데, 거기에서는 다음과 같은 그의 목소리가 흘러나왔다.

“선봉에 선 이들은 그리스인들이 투쟁에 나서도록 호소하며, 우리의 깃발에는 자유가 아니면 죽음이 있다.”

멜리나가 울면서 이 노래를 들었던 밤에 미키스 테오도라키스는 체포되었다. 멜리나는 격분하여 그를 감옥에서 해방시킬 수 있는 공개적인 저항 조직을 결성했다. 멜리나가 무대에서 군사 정권에 대항하여 셀 수 없을 만큼 불렀던 그의 노래는 저항의 상징이 되었다.

쿠데타가 일어난 지 몇 달 지나지 않아 멜리나는 고통스러운 상실감을 겪었다. 1967년 4월 7일 그녀의 아버지가 런던에서 암으로 세상을 떠난 것이다. 여느 때의 저녁처럼 그녀는 이날도 브로드웨이 무대에 서야 했다. 공연이 끝난 후 ‘그리스 민주주의와 자유를 위한 미국 위원회’의 모임에서는 8백 명의 손님들이 그날 저녁의 스타를 기다렸다. 큰 슬픔이 닥쳤음에도 불구하고 그녀는 무대로 올라가 열정적으로 말했다.

나의 아버지가 오늘밤 여러분 곁에 있을 수 있고 여러분과 함께 투쟁할 수 있었다면 행복했을 겁니다. 아버지는 몇 시간 전에 돌아가셨습니다. 아버지의 이름을 걸고 나는 여러분께 말합니다. 굴복하지 마십시오. 민주주의는 승리할 것입니다!

5일 후 새벽 네 시쯤 그녀는 영국 신문 〈이브닝 스탠다드〉 기자의 전화벨 소리에 깨어났다. 그는 그녀에게 그리스 내무장관인 파타코스가 그녀를 국가 반역자로 선언했음을 알려주었다. 그녀의 시민권과 재산이 몰수되었다는 것이다.

"그것에 대해 뭐라고 말씀하시겠습니까?"

멜리나는 잠깐 동안 숨이 막혔다. 그리고는 세상에 내보낼 말을 했다.

"나는 그리스인으로 태어났고 그리스인으로 죽을 것입니다. 파타코스는 파시스트로 태어났고 파시스트로 죽을 것입니다."

이 말은 신호탄과도 같은 작용을 했다. 그것에 대한 반응은 그리스 군사 정권에는 타격이었다. 왜냐하면 멜리나의 캠페인이 엄청난 여론의 주목을 끌었기 때문이었다. 이때 그녀는 그리스 군사 정권을 후원해주는 미국 역시 가만 내버려두지 않았다. 멜리나는 겁내지 않고 그리스계인 미국 부대통령 스피로 애그뉴를 향해 '얼굴에 침을 뱉었으면' 좋겠다고 공격했다. 3개월 동안 그녀는 경찰의 보호를 받았는데, 그녀로서는 보호를 받는 건지 감시를 받는 건지 명확하지 않았다. 이 같은 조처가 뉴욕 시 입장에서 너무 많은 돈이 들게 되자 줄스 다신은 그녀를 위해 개인 보디가드를 고용해주었고, 그 보디가드에게서 빠져나오는 것이 멜리나의 가장 큰 즐거움이 되었다.

멜리나의 순회공연을 기획한 남동생 스피로스의 도움을 받아 그녀는 독재에 반대하는 선전전을 감행했다. 먼저 미국을 돌아다녔고 이어서 1968년에는 유럽을 돌았다. 그녀는 망명 정치가인 안드레아스 파판드로우가 결성한 범-헬레니스트 해방운동, 즉 PAK 저항운동과 연대를 이루었다. 멜리나가 나타나는 곳에서는 늘 열렬한 환호성이 그녀를 맞았다. 청중들은 '멜·리·나', '자·유', '혁·명'을 분절하여 복창했고, 멜리나는 그 사람들을 향해 연설을 하고 춤을 추고 노래를 불렀다. 그녀는 스스로를 '팔리카리'(가족과 소원해졌다고 생각한 성공한 사업가가 조국 그리스로 돌아오는 이야기를 그린 영화 「나의 팔리카리」에서의 팔리카리-옮긴이)로, 불행 속에서도 웃을 수 있고 다른 사람들에게 용기를 북돋우는 힘을 가진 투쟁가로 여겼다.

군사정권으로부터 '민족의 적'으로 추적받는 그녀 자신이 가장 많은 용기가 필요했다. 그녀는 빛나는 외모 속에다 자신의 절망감을 숨겼다.

"나는 두려움에 쫓겨 더 이상 편안히 잠들지 못하고 그리스를 위해 죽을 준비가 되어 있는 여자가 되었다."

그녀가 등장할 때마다 군사 정권에서 고용한 폭력배들이 나타났고 그녀는 1969년 제노바에서 천행으로 폭탄 공격을 면할 수 있었다.

해방에 대한 믿음, 정당하지 못한 정권의 종말에 대한 믿음으로 그녀는 이때 자신의 전기 『나는 그리스인으로 태어났다』를 썼다. 그녀는 이 전기로 사람들을 일깨우고자 했다.

우리는 한 가지 진실을 숨길 수가 없다. 그들, 억압하는 자들이 컴퓨터와 무기를 가지고 있지만 그들은 소수이고 우리는 다수이다. 우리는 그들보다 훨씬 강하다. 그런데 그들이 우리를 겁쟁이로 만들고 있다.

그녀의 기대는 청소년들을 향해 있었다. 그녀가 요구하는 것은 삶이 의미를 가져야 한다는 것이다. 그녀의 머리에 떠오르는 것은 아름다움과 선, 진실로 환히 빛나는 삶의 비전이다. 그 비전은 우리를 자유롭고 더 아름다운 세계로 이끌어준다. 나는 온 영혼으로 그것을 믿는다.

멜리나는 이념적 투쟁을 이끌었을 뿐만 아니라 콘서트, 음반 녹음, 영화 출연료 수입으로 물질적으로도 저항운동을 뒷받침했다. 예를 들면 「게일리, 게일리」 같은 영화는 예술적 신념보다는 돈을 벌기 위해서 촬영한 것이다. 재산을 몰수당하고 돈이 별로 없다는 사실이 경제적 어려움 없이 살아온 멜리나에게 큰 영향을 끼치지는 않았다. 오히려 그것이 그녀를 자유롭게 해주는 것처럼 보였다.

줄스 다신과 함께 그녀는 1969년 로맹 가리의 자전적 소설을 영화화한 「새벽녘의 약속」을 촬영했다. 1974년에는 인명 피해를 내며 진압된 아테네 대학생 봉기를 그린 다큐멘터리 형식의 영화 「실험」을 함께 만들었다. 아서 밀러, 로렌스 올리비에 그리고 막시밀리언 셸과 같은 유명 작가와 배우들이 함께 일했고, 그렇게 해서 그들이 그리스 국민과 단결되어 있음을 알렸다.

멜리나 메르쿠리는 미국에서 망명 생활을 하는 7년 동안 단 한 번 그리스에 입국할 수 있도록 허락받았다. 1972년 그녀의 어머니가 예기치 않게 세상을 떠났을 때였다. 군사 정권은 그녀가 여섯 시간 동안 체류하도록 허락했는데 어머니의 집에는 들어갈 수 없었다. 새벽 3시에 그녀는 다시 고국을 떠나야 했다.

1974년 7월 키프로스에서의 위기로 그리스 군사 정권이 붕괴되었다. 단 48시간 후에 여권도 없이 멜리나는 고향으로 돌아왔다. 영원히 그곳에서 살기 위해서였다. 해방된 그리스를 다시 보는 것은 그녀의 인생에서 가장 행복한 순간이었다. 고통은 지나갔다. 자신도 여러 해 동안 망명 생활을 했던 남편은 그녀의 기분을 잘 이해해주었다. '사람이 제일 먼저 고통을 겪고 제일 먼저 웃었던 곳에 뿌리가 있다.' 그에게는 그런 장소가 뉴욕이었지만 그는 그녀와 함께 그리스로 갔다. 왜냐하면 멜리나가 다시는 그리스와 헤어질 수 없다는 것을 그가 알았기 때문이다.

여배우에서 저항하는 여성전사

멜리나는 너무 오랫동안, 그리고 너무 집중적으로 정치에 참여하여 이제는 정치에서 물러설 수 없을 정도가 되었다. 여배우로서 그리고 저항하는 투쟁가로서의 그녀의 인기는 그녀가 가장 유명한 정치적 인물 중 하나가 되는 데 도움을 주었다. 파속(PASOK: 안드레아스 파판드레우의 범그리스주의 사회주의 운동) 소속의 국회의원으로 국회에 진출하려는 그녀의 첫 시도는 얼마 안 되는 표 차이로 실패했다. 그러자 그녀는 정치적 기록영화를 촬영하는 데 몰두했다. 그녀는 저널리스트로서 군사 정권의 장군인 요아니디스의 재판에 대해 취재했는데, 그가 빈정대며 그녀의 '많은 직업'을 꼬집자 그녀는 그를 향해 신랄하게 내뱉었다.

"나는 많은 직업을 가지고 있다. 하지만 나는 결코 형리는 될 수 없을 것이다."

1977년에 그녀는 다시 사회당으로 입후보했고, 무난히 국회의원이

되었다. 그녀의 선거구는 소외되었던 항구 지역으로 예전에 「일요일
은 참으세요」가 촬영되었던 곳이다. 열정적인 그녀는 그곳 주민을 위
해 전력을 다했다. 그녀는 그들과 함께 가난과 열악한 학교, 오물과 부
족한 보건위생을 개선하기 위해 싸웠다. 아테네 전체의 쓰레기가 여기
서 정화되지 않은 채 바다로 버려졌을 때 그녀는 경찰이 휘두르는 경
찰봉의 위협을 받으면서 사람들과 함께 길에서 쓰레기차를 막았다. 홍
수로 재해가 났을 때에도 그녀는 그들과 함께 위험한 집에 남아 있기
를 고집했다. 사람들은 그녀를 좋아했고 또 기꺼이 사랑을 받은 멜리
나는 자신의 새로운 역할 속에서 행복해했다.

그녀는 '피레우스의 처녀'였고 그들 중 하나였다. 그녀 자신도, 노동
자 가족들도 그녀가 부촌인 콜로나키에 있는 펜트하우스에 살면서 유
행하는 비싼 옷을 입는다는 사실에 거부감을 느끼지 않았다.

"사회주의자들은 가난하고 초라한 옷을 입어야만 하나요?"

그녀는 자신의 생활방식에 대한 질문에 유연하게 대답했다. 그녀가
낡아서 삐걱거리는 무개지프차 안에 앉아 머리에 팔레스타인 사람들
이 두르는 두건을 쓰고 피레우스 거리를 지날 때면 그녀도 다를 수 있
다는 것을 증명해 보였다.

국회에서 그녀는 3백 명의 남성의원에 비해 극히 미미한 숫자였던
열한 명의 여성의원 중 한 명이었다. 그녀는 바지 정정을 입고 회의에
참석하여 물의를 일으켰다.

"내 바지들은 절대적으로 단정합니다."

그녀는 이렇게 항의했지만, 어쩔 수 없이 여성들의 의복 규정에 따
랐다. 그녀는 중요하지 않은 국면에서 시간을 낭비하지 않을 만큼 똑
똑했다. 그녀는 정치가로서 진지하게 받아들여지기를 바랐고, 그래서

자신에게는 익숙하지 않은 기록과 보고에 관한 공부에 매달렸다. 그리고 그녀는 권위를 세우는 방법을 빠르게 터득했다. 그녀의 큰 강점은 국회에서 자신의 요구를 밝힐 때의 감동적인 연설이었다.

1981년 10월 18일 멜리나의 생일날 파속(PASOK)이 선거에서 승리한 후 안드레아스 파판드레우는 그녀를 문화부장관으로 임명했다. 그녀야말로 이 임무에 안성맞춤이었다. 그녀는 문화의 세계가 편했고 망명 생활을 통해 최고의 국제적 관계를 형성하고 있었다. 그녀에게 반대하는 사람들은 그녀의 능력을 부인하고 그녀가 경험이 없다는 문제점을 지적했다. 어느 미국 저널리스트의 비판적인 질문에 그녀는 다음과 같이 응수했다.

미국에서는 대통령이 되기 위해 3류 영화배우면 족하잖아요. 왜 그리스에서는 훌륭한 여배우가 문화부장관이 되면 안 되지요?

새 장관이 일하는 스타일은 전적으로 그녀의 생동적인 성격과 일치했다. 그녀의 집무실에는 사람들의 왕래가 잦았다. 그녀는 방문객을 호화찬란한 책상 뒤에서 맞지 않고 책상 모서리에 앉아서 맞았다. 그녀는 대개 필터 없는 담배를 입에 물고 성냥을 당기면서 어깨와 턱 사이에 수화기를 끼운 채 전화를 한다. 한 손이 자유로우면 방 저편에 있는 손님에게 손으로 입맞춤을 보낸다.

친구들이나 적들은 그녀를 '멜리나'로 불렀고 그녀는 이처럼 친근한 어법을 좋아했다. 그녀가 공식적으로 나타나는 곳에서는 늘 '안녕 멜리나'라는 구호가 울려 퍼졌다. 그녀가 장관 서약을 하러 갈 때 그녀의 팬들은 그녀를 어깨 위에 메고 국회 건물까지 걸어갔다. 인간적인 친밀감이 그녀에게는 기본적인 욕구였다. 그녀는 어느 후임 장관도 따라가지 못할 만큼 인기가 있었으며 파판드레우 내각의 매력 덩어리였다. 그녀는 극장 무대에서처럼 정치적인 무대를 지배했고 대중에게 영향을 끼치는 장면의 연출을 즐겼다. 그녀는 문화적인 이해를 위해 헌신적으로 싸웠고, 눈물로 문화 예산을 두 배로 늘리는 것을 관철했으며, 아테네뿐만 아니라 전국에 극장, 박물관을 세우고 문화재 발굴을 추진했다. 그리고 모든 계층이 교육받을 수 있도록 투쟁했다. 그녀는 가능한 한 당내의 토론으로부터는 거리를 취하고, 이데올로기를 중시하기보다는 감정에 호소하는 방식으로 행동했는데 그것이 그녀를 사랑받게 하는 데 도움을 주었다.

멜리나는 1800년경 대영제국의 고고학자인 엘진 경이 런던으로 가져간 파르테논 신전 대리석판 프리즈를 그리스로 반환할 것을 요구하는 캠페인으로 국제적인 주목을 받았다. 그 프리즈는 그리스 정신의 조각으로, 그것을 탈취해 간 것은 야만적인 행위라며 멜리나는 영국인들을 비난했다. 그녀는 대영박물관을 방문했을 때 온갖 방법을 다 동원했다. 그녀는 탈취당한 대리석 말의 코 윗부분을 쓰다듬으며 이렇게 위로했다.

"너는 너무 아름답구나. 우리는 너를 곧 집으로 데려갈 거야."

멜리나의 요구는 남아메리카, 아시아, 아프리카의 국가들에게 어마어마한 반향을 불러일으켰다. 이미 오래 전부터 그 지역 사람들은 서방국가들을 자국의 문화재를 강탈해간 제국주의적인 강도로 여기고 있었다. 1982년 멕시코시티에서 열린 유네스코 세계 대회에서 멜리나는 참석자들 사이를 오가며 분위기 조성을 위해 애썼다. 영국인들이 파르테논 프리즈에 붙인 이름인, '엘진 대리석'을 반환하라는 그녀의 제의는 절대다수의 표를 얻어 채택되었다. 프랑스 문화부장관인 자크 랑의 지지로 그녀는 미국에 '블루진, 영화, 음악, 게임 그리고 바와 호텔'로 민족적 문화 가치들을 휩쓸어버린 책임을 물었다. 소수에 의해 조종되는 매체 산업이 '대세 순응주의와 규격화'를 초래하게 된다는 것이다.

또한 당시 세계에서 단 열 명뿐인 여성장관 중 하나였던 멜리나 메르쿠리는 남성이 지배하는 정치를 꼬집었다. 더 많은 여성들이 책임 있는 자리에 있다면 세상은 더욱 문명화되고 인간다운 곳이 될 거라는 것이다. 그리고 그리스 신화 속에서 자유와 지혜는 항상 여성에 의해 대표된다고 주장했다. 그렇다고 해서 그녀가 전적으로 여성의 단결을 믿은 것은 아니다. 그녀는 영국 수상인 마가렛 대처가 파르테논 프리즈를 고향으로 돌려보내지 않을 것임을 예상했다. 그녀가 옳았다. 오늘날까지 그것은 대영박물관에 있으며 멜리나가 꿈꿨던 것처럼 그리스의 푸른 하늘 아래로 돌아오지 못했다.

멜리나는 '미국의 문화 제국주의'라는 주제에 계속 매달렸다. 그녀는 그 동안 가까운 친구가 된 자크 랑의 생각에 열광했는데, 그것은 매년 돌아가며 '유럽의 문화 수도'를 선정하는 것이었다. 또한 유럽 공동체는 '토마토보다는' 더 많은 내용을 지녀야 하며 미국의 문화적 침입을 견제해야 했다. 1985년 아테네가 첫 번째 '문화 수도'로 선정된 것은 멜리나의 개인적 승리였다.

이 같은 유럽의 움직임에 대해 미국 대통령 로널드 레이건은 대단히 속좁게 반응했다. 이른바 안전상의 이유로 아테네 공항을 이용하지 말 것을 호소한 것이다. 유럽인들은 그래도 놀라지 않았다. 멜리나의 매력에 빠져 그녀의 강력한 전우가 된 독일 외무장관 한스 디트리히 겐셔는 아크로폴리스 언덕에서 문화 축제의 개최를 선언하는 연설을 했다. 20개가 넘는 국가가 참여했고 여러 주일, 여러 달 동안 아테네는 예술, 연극, 음악의 공연장이 되었고 그 이후로 매년 유럽의 다른 도시에서 이 행사가 열렸다.

멜리나는 문화적인 활동으로 여러 개의 국제적인 상과 훈장을 받았다. 또한 그녀는 재임을 했는데, 이것은 위기로 점철된 그리스 내각에서는 극히 보기 드문 예였다. 1989년에 보수주의자들이 선거에서 이기자 그녀는 8년 동안의 문화부장관직을 마치고 다시 국회의원이 되었다. 당시 그녀의 건강은 이미 나빠져 있었다. 일 년 전부터 그녀는 심한 흡연으로 인해 폐암을 앓고 있었다.

멜리나는 정치 활동 외에도 배우의 일을 완전히 떠나지 못했다. 정치가가 됨으로써 그녀는 여성으로서의 자신의 역할에 대해 다른 의식을 갖게 되었다. 이미 그녀는 여배우로서 강하고 자의식 있는 여성을 연기했지만 이제는 자신이 얼마나 남성과 관련되어 살아왔는지를 더 명확히 알게 되었다.

나는 남자들에게 종속되어 있다. 모든 것이 남성적이다. 매체 광고, 정치, 권력이 있는 곳 모두 그렇다. 수천 년 동안 우리는 다른 여성들이 적이라고 가르침을 받아왔다. 이제 나는 자매 같다는 것이 무엇을 의미하는지 배우고 있다.

그녀가 국회의원으로 활동하면서 여름휴가 동안 아테네 극장에서 공연했던 여성들의 역할, 테네시 윌리엄스의 작품 「청춘의 달콤한 새」에서의 알렉산드라, 아이스큅로스의 「오레스테이아」에서의 클리템네스트라 같은 역에서 이런 감정을 표현하려고 노력했다.

1978년 줄스 다신은 다시 한 번 그녀를 위해 특별한 배역을 만들어 냈다. 그것은 그리스 비극을 현대적으로 개작한 「정열의 꿈」에서의 메데아 역이었다. 멜리나는 작품에서 메데아 역에 적격인 여배우상을 구현했다. 그녀는 신화의 메데아처럼 자신을 속인 남편에게 복수하기 위해 자신의 두 아이를 죽이고 감옥에 수감되어 있는 여자 역할을 아주 감동적으로 해냈다. 그녀의 연기는 관객들에게도 충격을 주었다.

그 무엇도 그녀를 놀라게 하지 않는다. 과격함도, 폭력도, 심한 성적 행위까지도……. 여배우를 곤경에 빠뜨렸음직한 것, 그것은 그 여배우에게는 자연스러운 유희가 되며 그것을 통해 그녀는 끊임없이 경계를 확대해 간다.

멜리나에게 있어 메데아는 가장 중요한 여성상 중의 하나로, 스스로에게 충실할 수 있다는 믿음을 위해 극단으로 치닫는다.

우리는 그녀를 인간적으로는 괴물로 간주한다. 그러나 그 작품은 그렇게 쓰여지지 않았다. 에우리피데스는 그녀에게 공감한다. 그는 그녀의 편이다.

스스로에게 충실한 여성은 멜리나 메르쿠리의 삶에서 모범적 여인상이었다. 그녀는 열정적으로 그레타 가르보를 숭배했는데, 그녀에게 그레타 가르보는 '아름다움의 진수요, 여성 예술가의 최고의 완성이자 비할 데 없는 마술사'였다. 그녀는 위대한 여배우 그레타가 더 이상 예전의 모습을 보일 수 없게 되자 숨어버린 사실에 대해 최고의 존경심을 보이고 있었다. 멜리나가 그리스 섬을 여행하던 중에 그레타 가르보의 배에서 그녀의 환영을 받았을 때 멜리나는 너무 흥분해서 오줌을 지릴 정도였다고 나중에 고백했다. 또한 가르보가 그녀의 소원대로 선글라스를 벗고 그 신비한 눈을 볼 수 있게 해주었을 때 그녀는 너무나 행복했다고 덧붙였다.

멜리나가 찬탄을 아끼지 않은 또 한 명의 여성이 있었는데, 그녀는 에스파냐의 프랑코 파시스트 정권에 대항한 라 파쇼나라였다. 멜리나는 에스파냐를 여행하던 중에 그녀를 알게 되었고, 전설적 인물과 마주 대하고 있다는 생각을 했다. 그녀의 아름다움과 생동감 속에는 멜리나가 인간에 대해 가장 매료당하는 점, 즉 진실, 용기 그리고 저항을 위한 능력이 구현되어 있었다.

멜리나 메르쿠리는 스스로가 자신이 그렇게 숭배하는 여성들과 나란히 설 수 있다고 보지 않았다. 그녀는 자신의 약점과 모순을 의식했다.

내가 어떤 때는 인생의 모든 즐거움을 거리낌없이 즐기는 여자로, 어떤 때는 잔다르크 같은 여자로 보인다면 그것은 내가 양쪽 모두이기 때문이다.

그녀는 정치적 투쟁가로서의 역할을 자의적으로 고른 것은 아니며, 삶이 그녀에게 그렇게 하지 않을 수 없게 했다고 자신의 회고록에서

아테네 집에서 줄스 다신과 멜리나 메르쿠리, 1992년

말하고 있다. 그러나 그녀는 타고난 힘과 타협하지 않는 자세로 그 역할에 몸을 바치는 대신 더 편안한 길을 택할 수도 있었다.

우리는 오늘날 우리 모두가 그런 상황에 내몰리게 되는 일이 일어날 수 있는 시대에 살고 있다.

멜리나 메르쿠리는 인생에서 단 몇 가지만 두려워했다. 혼자 있는 것을 두려워했고, 사람들에게서 친근감을 잃는 것이 그녀를 두렵게 했다. 그녀가 암을 이기지 못할 것이 분명해졌을 때 그녀는 이렇게 말했다.

나는 병에 대한 두려움은 없다. 나는 사람들이 더 이상 나를 사랑하지 않는 것이 가장 두렵다.

그녀는 고통을 품위 있게 참아냈고, 마지막까지 병과 싸웠다. 그러나 뉴욕에서 받은 수술도 그녀를 구해내지는 못했다. 1994년 3월 6일에 그녀는 숨을 거두었다. 멜리나는 그리스 제트전투기의 호위를 받으며 고향으로 돌아왔고, 정치가로서 명예롭게 안장되었다. 그리스 전역에서 사람들이 아테네로 몰려들었다. 네 시간 동안 조문 행렬이 아테네 도심에서 멜리나 메르쿠리가 가족묘에 묻힌 중앙묘지까지 이어졌다. 셀 수 없이 많은 조문객들은 더 이상 사랑받지 못할까 하는 그녀의 가장 큰 두려움이 얼마나 터무니없는 생각이었는지 그녀에게 증명해 보였다.

크리스티네 폰 뎀 크네제벡

나는 세계의 위인들과 사귈 거예요

Elisabet Ney

엘리자베트 나이(1833~1907, 조각가)

_엘리자베트 나이

성공한 최초의 독일 여성 조각가로 알려져 있다.
'세계의 위인들과 사귈 것'이라는 그녀의 말처럼
루트비히 2세, 가리발디 장군, 철학자 쇼펜하우어 등의
조각상을 만들면서 유명해졌고, 그들의 숭배를 받았다.
이후 삶의 무대를 미국 텍사스로 옮겨 대농장을 경영하면서 새로운 생활을 시작했다.
첫째 아들의 죽음과 둘째 아들에 대한 실망이 오랜 고립 생활로 이어졌지만,
60세의 나이에 뒤늦게 다시 예술에 대한 열정을 불태워
자신의 예술 세계를 평가받았다.

성공한 최초의 독일 여성 조각가

이렇게 흥미로운 여성 예술가가 수많은 다른 여성들처럼 소리 없이 역사에서 잊혀졌다는 사실은 믿기 어렵다. 엘리자베트 나이는 성공한 최초의 독일 여성 조각가로서 그녀의 작품들은 브로크하우스 백과사전에서 수십 년 동안 '명확하고 표현이 강한 사실주의'라는 평가를 받고 있다. 그런데 요즘 그녀는 제2의 고향인 미국 남부 텍사스에서 주목받고 있다. 텍사스에 있는 '엘리자베트 나이 박물관'은 그녀의 웹사이트를 만들어 인터넷을 통해 이 '여성 조각가'를 알리고 있다. 독일에서 왕, 정치가, 대학자들의 초상을 조각상으로 만든 이후 삶의 무대를 미국 텍사스로 옮겼는데, 이곳에서 그녀는 전설적 인물이 되었다. 1931년에 출간된 유일한 독일어판 전기와 그 이후에 나온 그녀의 삶을 다룬 소설이 모두 잊혀지고 절판된 반면, 최근 미국에서는 이 여성 예술가에 대한 다섯 번째 책이 출판되었다.

엘리자베트 나이는 이미 소녀 시절에 빨리 유명해지기 위해서는 무엇이 중요한지를 알고 있었다.

"나는 세계의 위인들과 사귈 거예요."

이 말은 그녀가 부모님을 감탄시키기 위해서 당돌하게 한 말이기도 하거니와 그녀의 삶에서 볼 수 있듯이 성취력이 아주 강한 명확한 목표 설정이기도 했다.

엘리자베트 나이는 1833년 1월 26일 뮌스터에서 태어났다. 세례자 명부에는 그녀의 이름 마지막에 h자가 들어간 'Elisabeth'로 기록되어 있다. 그녀의 부모는 3년 전에 이미 쌍둥이를 얻었는데, 딸아이는 죽었고 아들인 프리드리히만 남게 되었다. 부모는 모두 인물이 좋았다. 부친은 '루벤스가 그린 사도와 같은 복장'을 한 것으로 알려져 있다. 그는 자신의 외모에 큰 가치를 부여했고, 자신만의 취향을 가지고 있었다. 사람들은 그가 예술가적 야망을 지닌 석공으로서 특이한 복장을 하는 것에 대해 용인하고 있었다. 베스트팔렌 주의 수도 뮌스터는 엄격한 가톨릭교의 풍토를 지닌 도시로 이곳에서는 사실 똑같은 복장을 해야만 했다. 일찍부터 부녀 관계가 돈독했기에 엘리자베트는 규칙적으로 부친의 아틀리에를 찾아갔다. 그녀는 특이한 복장을 하고 아버지와 함께 구시가지를 산책하는 것을 좋아했다. 이미 어릴 적부터 그녀는 아버지가 교회와 묘지에 세우기 위해 조각한 부드럽게 늘어뜨려진 성모 마리아의 의상이나 천사들의 의상을 무척 좋아했다. 그리고 어머니에게 이와 비슷한 옷을 만들어달라고 조르기도 했다.

나중에 엘리자베트는 재미있는 일화를 하나 소개한 바 있다. 언젠가 주일 미사가 끝난 뒤 한 아이가 그녀를 뚫어지게 쳐다보더니 낄낄거리고 웃더라는 것이다. 그때 그녀는 돌멩이를 와락 움켜쥐고는 화난 눈길로 놀란 그 아이 주위를 춤을 추듯 돌며 소리쳤다고 한다.

"자, 웃고 싶으면 웃어봐."

이 어린 소녀는 눈에 띄는 자신의 모습을 가장 효과적으로 돋보이게 하는 방법을 일찌감치 알았던 게 틀림없다. 그녀는 유달리 키가 크고 말랐는데, 평범한 얼굴은 아니었다. 이마는 튀어나왔고, 코는 길고 반듯했으며, 짙은 색 눈에 붉은 갈색 곱슬머리를 하고 있었다. 그녀의 대단한 자신감은 무엇보다도 자신이 프랑스 장군인 나이의 조카 손녀였다는 사실에서 비롯되었다. 비록 먼 친척뻘이었지만, 그녀는 나폴레옹과 같은 이 영웅을 평생 동안 용기 있는 인물의 모범으로 삼았다.

엘리자베트의 매력은 요즈음 말로 하자면, '강한 신체의 매력'으로 바꾸어 말할 수 있을 것이다. 또한 그녀에게 상당한 카리스마가 있음을 인정할 수도 있을 것이다. 그녀의 오빠가 어떤 식으로든 오빠 노릇을 하거나 집안의 아들로서 특권을 요구하려고 할 때면, 그녀는 눈을 번득이며 그 앞에 똑바로 서서 똑같이 대우해줄 것을 주장했다. 당시 여성의 경우에는 보통 열다섯 살이면 학업을 마치고 집안 일을 돌보았는데, 학교교육을 마친 후에도 그녀는 집안 일을 강하게 거부했다. 그녀는 결혼을 부정했고, 결혼과 함께 어머니가 되려는 소망도 거부했다. 그 대신 아버지 일에 대해 더 많은 것을 배울 수 있게 해달라고 졸라서 작업실에서 함께 일하게 되었다.

엘리자베트는 부친의 아틀리에에서 여러 가지 도구들의 사용법을 익혔다. 조소용 고리, 조소용 주걱, 흙손, 붓, 솔 그리고 흉상과 입상을 받쳐주는 뼈대로 필요한 보강재, 얼굴의 비율을 본에 옮기는 데 쓰는 컴퍼스 같은 도구들이 두루 사용되었다. 그런데 부친은 대상을 마음대로 골라 조각하는 일은 거의 하지 않았다. 무엇보다도 묘비나 교회의 부조를 해달라는 부탁이 들어오면 그는 우선적으로 어떤 날씨에도 견딜 수 있는 돌에다 끌과 줄과 긁어내는 도구로 작업을 했다. 이렇게 해서 그녀는 화강암이나 사암의 강도와 내구성을 알게 되었고, 값비싼 대리석의 탁월한 아름다움 같은 것을 알게 되었다.

그러나 엘리자베트의 관심은 오지그릇을 만드는 구석에 놓인 녹로와 아버지가 선반에 놓아둔 석고상에 쏠렸다. 어느 날 그녀는 자신의 첫 작품을 아버지 앞에 자랑스럽게 내놓았다. 그 작품은 집에서 키우는 티라스 개를 점토로 만든 것이었는데, 그녀는 여러 달 동안 몰래 그것을 만들어왔다. 부친은 딸의 작품에 대해 개의 느긋한 여유로움을 잘 표현했다고 칭찬했다. 아버지가 딸의 재능을 인정하던 그때 그녀는 이미 고향을 떠나기로 마음먹고 있었다.

가족들은 엘리자베트가 유명한 조각가인 크리스티안 라우흐 밑에서 공부하기 위해 베를린으로 가려고 한다는 사실을 알고 깜짝 놀랐다. 그것은 그야말로 당돌한 생각이었다. 혼자서 대도시에 살면 타락할지도 모른다는 부모의 걱정에 대해 그녀는 근거를 대며 반박하고 나섰다. 즉 홀로 무언가를 성취하려는 여성들이 당연히 존재했다는 것이다. 어머니는 그녀에게 이미 5년 전에 아버지의 작품세계를 이어받아 슈트라스부르크의 대성당에 성 요셉상을 조각한 자비나 폰 슈타인바흐 이야기를 되풀이하지 않았던가. 여러 해가 지난 후 엘리자베트 나이는 친구이자 자신의 전기를 쓴 브라이드 네일 테일러에게 자신의 계획을 관철하기 위해 결국 낡은 정치적 수단을 사용했다고 이야기했다. 그녀는 단식에 돌입했고 부모를 압박했다.

"떠나지 못하게 하면 죽어버릴 거예요."

결국 뮌스터 대성당 주교가 엘리자베트 편에 서서 부모와 타협을 했다. 뮌헨에도 유명한 예술 아카데미가 있는데, 베를린보다는 뮌헨이 안정되고 가톨릭교의 영향을 더 많이 받으며 예의바른 도시일 거라는 말이었다. 또한 뮌헨에는 어머니의 친척이 있어서 엘리자베트가 머물 수 있었다.

1852년 가을, 엘리자베트 나이는 뮌헨 역에 내렸다. 뮌스터보다 네 배나 크고 인구도 11만 5천 명이나 되는 대도시의 화려함과 분주함이 그녀를 흥분시켰다. 그녀는 자신의 작은 방을 재빨리 정리한 뒤 주민 관청에 가서 의식적으로 자신을 '예술가'로 등록했다.

그녀는 시간을 허비하지 않기 위해 먼저 역사화가인 베르델레의 사립미술학교에 다니기로 했다. 또한 그녀는 3년 전부터 뮌헨 예술 아카데미를 이끌어온 화가 빌헬름 폰 카울바흐를 만나기 위해 애썼다. 그녀가 그를 처음 찾아갔을 때 그는 이렇게 말했다.

"회화반이라면 여학생들이 몇 명 있으니 받아줄 수도 있겠지만, 조각반이라니? 우리는 지금까지 한 번도 여학생을 받아들인 적이 없다네!"

그녀로서는 자신이 거부당할 이유가 전혀 없었다. 실제로 며칠 지나지 않아서 이 19세 소녀는 카울바흐의 생각을 바꾸는 데 성공했다. 그의 가장 큰 걱정은 그녀가 남학생들의 정신을 산만하게 해 작업을 방해할 수도 있다는 것이었는데, 그것은 기우에 지나지 않았다. 엘리자베트는 자신의 취향과는 달리 평범한 복장을 하고 매일 씩씩하게 아카데미에 등교했으며 동료 남학생들을 전적으로 무시했다.

그녀는 해부학 강의를 들었고 누드모델의 자세를 연구했으며, 정확히 스케치하는 방법을 배웠다. 무엇보다도 점토로 모형 만드는 일을 반복해서 연습해야만 했다. 학생들은 아카데미의 작업장에서 섬세함이 요구되는 점토 굽기 작업과 석고 작업에 대한 교육도 받았다. 그들은 점토로 만든 원래 모형(포지티브)을 석고형(네거티브)으로 둘러싸서 건조 후에 포지티브를 작업 방식에 따라 조심스럽게 떼어내거나 파괴해버리는 과정을 훈련했다. 그런 뒤에 그들은 네거티브에서 포지티브의 새로운 석고본을 만들어냈다. 그리고 돌에 작업하기 전에 계속 이어지는 주조 기술들을 잇달아 배웠다.

뮌헨에서 지내게 된 지 얼마 지나지 않아 엘리자베트는 미술학교 출신 여학생인 요한나 카프와 친하게 지냈다. 엘리자베트는 부모님의 승낙을 얻어 1853년 여름방학을 하이델베르크에 있는 요한나의 집에서 보냈다. 요한나 집의 살롱에는 종교 비평가인 루트비히 포이에르바흐도 드나들었는데, 이곳에서 스무 살의 엘리자베트 나이는 그녀보다 두 살 어린 의학도 에드먼드 몽고메리를 만났다. 그는 아주 다양한 혁명적 이념들에 대해 열변을 토하곤 했다. 이 여성 조각가는 미국에서 할머니가 되어서까지도 에드먼드의 날씬한 몸매, 커다란 푸른 눈, 그리고 '파란색 벨벳 재킷의 옷깃 위로 흘러내리는 긴 금발 곱슬머리'와 첫눈에 반한 이 사랑에 대한 이야기를 늘어놓았다. 그는 '그녀의 낭만적 영혼이 책에서 튀어나온 신성한 영웅'과도 같아 보였다. 그리고 그가 그녀와 함께 산책을 하면서 자신의 생각을 털어놓을 때마다 그녀는 자신의 '영혼 속에서 반란의 메아리'를 들었다. 에드먼드 자신도 18세 소년의 자만심으로 그녀를 '단호하고 재능이 있으나 교양이 없는 아가씨'라고 표현했지만, 그 즉시 '배움에 집착하는' 그 아가씨를 사랑하게 되었다. 50년 후에 그는 그들의 관계에 대해 이렇게 요약했다.

우리가 하이델베르크에서 처음 만나 함께 이상적인 삶을 살아가기로 약속한 이후로 우리는 기쁨과 걱정을 나누어 가졌다.

에드먼드 몽고메리는 1835년 3월 19일 에딘버러에서 이사벨라 몽고메리의 아들로 태어났다. 여러 가지 근거로 추정해볼 때 그의 아버지는 십중팔구 스코틀랜드의 부유한 귀족 출신이었을 것이다. 에드먼드는 일생 동안 자신의 출신에 대해 회피했다. 여하튼 유복했던 어머니는 아이들을 데리고 일찌감치 섬나라인 영국을 떠나 유럽의 여러 나라에서 살았다. 에드먼드는 이미 1848년 혁명 때 13세 소년으로 프랑크푸르트에서 바리케이드를 끌었던 적이 있었는데, 엘리자베트는 이같은 낭만적인 독일에 가장 마음이 끌렸다. 하이델베르크, 뷔르츠부르크, 베를린에서 의학 공부를 마친 에드먼드는 로마, 빈, 프라하에서 다양한 실습을 한 뒤 1859년부터 성 토머스 병원에서 여러 해 동안 의사로 일하게 되어 런던으로 갔다. 엘리자베트는 그리움이 너무 커질 때면 중간 지점에서 그와 만나거나 서로 상대방을 찾아갔다. 유감스럽게도 두 사람 사이에 주고받은 편지는 모두 없어지고 말았는데, 아마도 일부는 그들 스스로 폐기했을 것이다. 왜냐하면 그들은 떨어져 있게 되면서 평생에 걸쳐 정기적으로 편지를 교환했기 때문이다.

2년간의 뮌헨 생활 끝에 1854년 7월, 아카데미 수료증을 손에 쥐게 되자 엘리자베트는 베를린에 있는 크리스티안 라우흐를 통해 자신의 지식을 심화시키는 데 전력을 다했다. 77세의 크리스티안 라우흐는 당대 최고의 조각가로 명성을 날렸다. 그는 장난기 많고 경박한 바로크와 로코코에 등을 돌리고 예술을 고대와 연결시킨 신고전주의 학파를 대표하고 있었다. 그는 1857년 죽기 전에 자신의 문하에 엘리자베트 나이를 받아들여 예술대학에서 장학금을 받게 해주었고, 그녀는 그의 혜택을 받은 마지막 학생들 중의 하나였다. 노신사는 재능 있고 인물 좋은 여제자에게 무언가를 더 가르치고, 그녀를 상류층에 소개하는데 재미를 느꼈다.

엘리자베트는 곧 칼 아우구스트 바른하겐 폰 엔제의 집에 고정적으로 드나드는 손님이 되었다. 칼은 죽은 아내인 전설적 인물 라헬 바른하겐의 뒤를 이어 살롱을 이끌고 있었다. 엘리자베트는 라헬에 관한 이야기, 즉 그녀의 유대인 집안의 배경, 국외자적인 역할, 여성의 평등권과 자유연애에 관한 주장 등에 대해 듣는 것을 무척 좋아했다. 그녀야말로 젊은 시절 유별나게 여성들과 사귀지 못하고 오히려 남성들과 겨루었던 이 여성 조각가가 바라던 모범적인 여인상이었다. 라헬(Rahel)이 자신의 이름에서 ch가 아닌 h만을 썼다는 점에서 엘리자베트는 그와 비슷한 것을 생각해냈다. 그녀는 자신의 이름 끝 철자에서 h를 떼어냈고 그때부터 계속 '엘리자베트(Elisabet)'로 자신의 이름을 표기했다. 오랜 전통을 지닌 바른하겐의 집에는 항상 예술적·지적 지도층들이 모여들었고, 엘리자베트는 고무적인 대화를 나누며 자신의 수사학적 재능을 훈련시켰다. 세계를 여행하며 돌아다니는 알렉산드르 폰 훔볼트는 그녀에게 외국에 대한 이야기를 들려주었다. 그리고 그녀는 줄곧 그녀에게 반해 있었던 고트프리트 켈러와도 대화를 나누었는데, 켈러는 과격한 성격 때문에 걸핏하면 싸움을 하곤 했다. 또한 저녁이면 작곡가인 프란츠 리스트의 피아노 연주에도 귀를 기울였다. 리스트의 딸 코지마가 지휘자인 한스 폰 뷜로와 결혼했을 때 엘리자베트는 신부의 들러리를 서기도 했다.

1857년 젊은 여성 조각가는, 예전에 자신의 후원자였던 뮌스터의 주교를 위해 처음으로 큰 임무를 맡았다. 그것은 70센티미터 크기의 성 세바스티안 대리석상을 만드는 일이었다. 그녀는 14세기의 이 순교자를 이례적이게도 평온한 모습으로 표현했다. 그녀가 표현한 그의 품위 있는 모습에는 대부분의 교회 입상에서 볼 수 있는 고통받은 흔적이 없었다. 그때부터 그녀는 당대 주요 인물들의 초상을 만드는 데 열중했다. 그녀는 크리스티안 라우흐에게서 사람을 첫눈에 제대로 평가할 수 있는 자신의 재능을 손으로 작업할 때 잘 이용하는 방법을 배웠기 때문이다.

이때 엘리자베트 나이가 만든 첫 흉상도 완성되었다. 그녀는 동화 수집가이자 독일어 연구가인 야콥 그림의 얼굴을 모형으로 떴다. 그리고 그의 나이에 걸맞은 피곤한 모습 속에서 한때 반란을 기도한 그의 이력을 표현하는 데 성공했다.

뒤이어 바른하겐에게서 주문이 들어왔고, 훔볼트와 코지마 폰 빌로의 원형 부조를 만들어달라는 주문도 이어졌다. 엘리자베트는 목표를 가지고 이런 유명 인사들을 찾아다녔고, 마침내 그 집단에서 그녀의 초상 조각상들이 인정받게 되었다. 그녀는 영국의 빅토리아 여왕을 생각했지만, 에드먼드는 그녀에게 유명한 독일 철학자 아르투어 쇼펜하우어에게 주문을 청해보라는 아이디어를 주었다. 관습에 얽매이지 않는 이 여성 조각가를 좋아한 훔볼트나 바른하겐, 그림, 크리스티안 라우흐와 마찬가지로 쇼펜하우어 역시 창작활동의 전성기를 맞고 있었다. 그리고 '여성의 능력이나 인격을 전혀 인정하지 않는' 쇼펜하우어 조차도 그들의 대열에 합류하게 되었다.

쇼펜하우어의 조각상을 만들다

1859년 가을, 26세의 엘리자베트는 프랑크푸르트에서 71세의 노철학자 집 앞에 홀로 서 있었다. 그리고 그녀는 화려한 백발을 휘날리는 까다로운 거장의 생각을 바꾸기 위해서 정확히 두 번의 대화를 나누기만 하면 되었다. 그러나 이 노철학자는 석고 마스크가 눈에 나쁘지 않을까 하는 불안감 때문에 얼굴 모형을 만들도록 허락하지 않았다. 하지만 석고 마스크 없이는 쉽게 얼굴의 비율을 점토 흉상에 옮겨놓을 수 없었다. 그 당시 엘리자베트가 흰색 가운을 입고 아직 완성되지 않은 쇼펜하우어 흉상 옆에 서 있는 한 장의 사진이 있다. 허리띠만이 그녀의 가는 허리를 강조해주고 있었는데, 장신구조차 하지 않아서 믿을 수 없을 정도로 어려 보이는 그녀의 얼굴이 보는 이들의 눈을 떼지 못하게 한다.

놀랍게도 두 사람의 협동 작업은 기분 좋게 이루어졌다. 노년의 비관주의자는 엘리자베트와 함께 커피를 마시거나, 그녀와 함께 산책길을 걸으면서 새로운 생명력을 얻었다.

쇼펜하우어는 한 지인에게 이렇게 편지를 썼다.

아마도 당신은 조각가 엘리자베트 양을 아실 겁니다. 그렇지 않다면 당신은 많은 것을 잃는 셈이지요. 나는 그렇게 사랑스러운 처녀가 있으리라고는 생각하지 못했답니다.

엘리자베트도 다음과 같은 일화를 전하고 있다.

"왜 그렇게 저를 뚫어지게 쳐다보시지요?"

쇼펜하우어 흉상 앞에 서 있는 엘리자베트 나이. 1860년

그녀는 그의 흉상을 만드는 작업을 하다가 그에게 물었다.

"나는 자네에게 혹시 조금이라도 콧수염이 있는 게 아닌가 찾아보려고 온갖 애를 쓰고 있다네. 날이 갈수록 자네가 여자라는 것이 믿어지지가 않는다네!"

쇼펜하우어는 이 매력적인 여성과 시간을 보내는 것을 즐거워했는지도 모른다. 하지만 엘리자베트는 다시 떠나야만 했다. 하노버의 마지막 왕인 게오르크 5세의 흉상을 제작해달라는 주문을 받은 것이다.

그래서 이 뮌스터 출신 여성은 1859년에서 1860년 사이의 겨울을 하노버에 있는 왕궁에서 주문받은 조각상 작업을 하며 지냈다. 그리고 곧 다음 주문도 받았다. 동시에 그녀는 매일 뮌헨 아카데미 학장의 조카인 궁중 화가 프리드리히 카울바흐의 모델이 되었는데, 캔버스에는 그녀의 모습이 실물 크기로 담겨졌다. 38세의 화가는 성공한 이 젊은 여성을 당연히 사랑하게 되었다. 그가 그녀에게 지칠 줄 모르고 구애를 하는 동안에도 그녀는 계속해서 런던에 있는 에드먼드와 편지를 주고받았으며, 동시에 쇼펜하우어의 편지도 산더미처럼 받았다. 쇼펜하우어는 주위에서 많은 칭찬을 받는 자신의 흉상 주물을 받지 못했다고 불평을 했다. 그녀는 '가장 존경하며 왕좌에 드높이 앉아 있는 자신의 친구'에게 곧 미술 전람회용 복제품을 만들어 하노버와 베를린으로 보낼 것을 약속했다. 그런 다음 그녀는 비약이 심하고 모호한 어법으로 그에게 다음과 같이 털어놓았다.

이곳 사람들은 내가 정말 '쇼펜하우어 같다'고 여긴답니다. 때때로 살롱의 구석에서 제대로 수염이 난 인물들이 제게로 슬금슬금 다가와 열렬히 숭배하는 자신들의 마음을 바친답니다. 그것을 위해 항상 열

엘리자베트 나이 초상화. 1860년. 프리드리히 카울바흐의 그림

려 있는 제 주머니 속에다 말입니다.

그녀는 카울바흐의 애정 공세 또한 비웃었다.

큰 뇌를 가진 남자들이 순수한 예술에 대해 보여주는 경탄은 너무나 쉽게 '아페르 드 케르Affähr de Kehr('affaire de coeur' 즉 '연애')'로 변한다는 사실을 나는 경험을 통해 알게 되었습니다.

오늘날 '여성 예술가'라는 제목으로 하노버 주립박물관에 걸려 있는 카울바흐의 대형 그림 속에는 수수한 검은 드레스를 입은 엘리자베트가 작품 모형에 기대어 서 있다. 27세의 이 여인은 사랑에 빠진 카울바흐에게는 꾸밈없고 자의식이 강하며 눈에는 약간의 초조함이 서려 있는 모습으로 비춰졌다. 엘리자베트 나이가 일생 동안 이 그림을 아주 좋게 평가했던 것과는 달리 에드먼드는 이 그림이 '차갑고 이상화되어 있으며 진실되지 못하다'고 했다.

계속되는 남자들의 숭배

많은 남성들이 그녀를 숭배했다. 그녀가 1860년에 초상을 만들어준 율리우스 슈톡하우젠은 '짧은 곱슬머리를 하고 있지만 재능이 뛰어난 젊고 흥미로운 여성 조각가 엘리자베트 나이'에게 넋을 잃고 말았다. 고향 뮌스터에서 주문을 받게 되면서 그녀는 3년간 다시 부모의 집에 머물게 되었고, 이곳에서 갖가지 감정의 혼란을 겪었다. 부친의 아틀리에서 베스트팔렌 지방의 영웅 네 사람의 실물 크기 입상을 제작하는 동안 그녀를 숭배하는 남성들이 줄을 이었다. 학자인 헤르만 휘퍼는 그녀의 '천재적인 이해력'과 '때때로 독특하게 변하고 항상 깊은 곳으로 파고드는 생각들'에 열광했다. 하지만 그녀가 '한 젊은 영국인의 사진'을 그에게 보여주었을 때, 그는 가슴 아프게 그녀의 거절을 받아들였다.

아마도 이 무렵 에드먼드 몽고메리는 엘리자베트가 그를 지칭해 가장 즐겨 표현하듯 '최고의 친구'만으로는 만족할 수 없게 되었던 것 같다. 어쨌든 그는 그녀를 만나자 마침내 결혼할 것을 주장했다. 엘리자베트는 오랫동안 그의 청혼을 거부한 것으로 보인다. 결혼을 감옥으로 여겼던 그녀는 자신의 독립적인 지위가 위협받는다고 생각했다. 1863년 11월 7일, 마데라 섬에서의 결혼식을 둘러싸고 온갖 억측이 난무했다. 부모님의 이름과 직업이 다르게 소개되었고, 두 사람은 자신들이 28세라고 주장했다. 이 여성 예술가는 최소한 이 시점부터는 자신의 남편과 동갑이 되기 위해 항상 자신의 나이를 두 살 어리게 소개했다. 훗날 이 부부 사이에는 엘리자베트 나이가 계속해서 자신을 '미스 나이'라고 하면서 에드먼드에게 '최고의 친구' 역할만 고집한 일로 인해 불화가 잦았다. 세월이 지나자 그는 한 동료에게 아내의 변덕으로 인해 얼마나 많은 고통당했는지를 털어놓았다.

"그녀는 나를 웃음거리로 만들었고, 독립적 여성으로서의 역할을 유지하기 위해 나를 국외자로 길들였어."

하지만 동시에 그는 그녀가 자신을 항상 사랑했고, 그의 사랑에 지극히 종속되어 있었다고 강조했다.

한편 두 사람은 마데라에서 함께 살기로 결정을 내렸다. 에드먼드에게 결핵이 발병하여 따뜻한 기후 속에서 치료를 해야 했기 때문이다. 그는 당시 부유한 영국인들 사이에서 인기가 좋았던 이 섬에서 몇 년 동안 병원을 잘 이끌었다. 그리고 엘리자베트는 그곳 아틀리에 '포르모사(대만)'에서 그녀의 작품 중 가장 아름다운 작품 몇 점을 생산했다. 남편의 고전적 모습을 아주 잘 표현한 흉상, 서로 손을 잡고 즐겁게 활보하는 두 명의 나체 소년들의 조각상이 그것이다. 그녀는 나체 소년들의 조각상에 어느 시의 제목에서 따온 「주르줌Sursum」이란 이름을 붙였다. 그리고 시간이 흐른 뒤 그녀는 자연스러움과 삶의 기쁨이 구현체인 이 작품과 똑같은 것을 만들어달라는 주문을 여러 번 받았다.

그러나 전체적으로 보아 엘리자베트는 영국 고객들의 주문을 더 많이 기대했던 것 같다. 그래서 그녀는 돈을 버는 관점에서도 다시 세계의 위대한 인물들에게로 관심을 돌리기로 결정했다. 한 사람이 이미 오래 전부터 그녀의 목록에 올라 있었다. 그는 바로 당시 유럽 전체에서 존경받았던 이탈리아의 자유투쟁가이자 국민의 영웅인 주세페 가리발디였다. 그녀는 1865년 초 에스파냐와 프랑스를 거쳐 58세의 가리발디가 피난처로 자리잡고 있는 카프리로 갔다. 가리발디는 이미 몇 번 모델을 선 적이 있었는데, 그는 오랫동안 앉아 있는 것을 두려워했다. 그렇지만 그는 프랑스어와 영어를 섞어가며 자신과 협상하는 매력적인 이 독일 여성에게 거절의 말을 하지 못했다. 그런데 나중에 그녀는 이 바람둥이를 떼어내느라 무척 고생했다. "제발 나를 헤픈 여자로 보지 마세요"라고 그녀가 부탁하자 그는 상냥하고 느글거리는 웃음을 지으며 애정을 가득 담아 그녀의 이마에 입을 맞추었다고 엘리자베트는 그녀의 일기에서 밝혔다. 과연 그가 그것으로 만족하고 물러났을까? 그의 전기작가조차도 그에게 '충동적인 성적 욕망'이 있음을 인정한 바 있다. 엘리자베트는 가리발디의 흉상과 함께 소입상을 제작했고, 그 작품들은 1866년 런던에서 열린 대규모 미술 전람회에서 소개되었다. 그런데 그 작품들은 전혀 그녀의 능력에 걸맞지 않은 것들이었다. 농부가 되어 들판에서 오리를 쫓아다니는 카리스마 넘치는 영웅으로 묘사된 것이 아니었다. 그 대신 이 작품들은 신분 높은 로마의 야전 장군을 연상시킨다. 아마도 그녀는 그를 아주 냉정하게 표현했을 것이다. 왜냐하면 카프리에서 여름을 보내는 동안 그가 그녀를 상당히 혼란스럽게 했기 때문이다.

엘리자베트 나이에 대한 몇몇 책에서는 가리발디가 그녀를 스파이로 오해했거나 그녀가 의식적으로 정치에 개입한 것이 아닌가 하는 의문을 제시하고 있다. 어쨌든 이 여성 예술가는 에드먼드와 티롤에서 함께 지내던 1866년 여름에 다시 한 번 이 민중의 영웅과 접촉했다. 그 일은 오스트리아 여자인 첸치에 지마트에 의해 알려졌다. 첸치에는 에드먼드가 가정 관리인으로 고용하여 죽을 때까지 이 부부 곁에 머물렀던 인물이었다. 그녀는 "나는 그들이 가장 신뢰하는 매니저였고, 엘리자베트 나이와 가리발디 사이에서 비밀 편지를 전달하기 위해 내 목숨까지도 걸었다"고 자신을 밝히고 있다.

이것은 가리발디가 엘리자베트의 도움으로 오스트리아의 패배로 끝난 오스트리아와 프로이센 간의 짧은 전쟁에 개입했음을 의미하는 것일 수도 있다. 엘리자베트가 정확히 이 시기에 오토 폰 비스마르크 수상의 흉상을 제작해달라는 프로이센 왕의 주문을 받았다는 사실이 주목할 만하다. 비스마르크는 계속해서 그녀를 바이에른의 왕에게 추천했다. 추측컨대 그 속셈은 바이에른을 프로이센과 연결시키기 위해 엘리자베트가 젊은 왕 루트비히 2세에게 영향을 미치기를 기대한 것이 아닌가 한다.

스물세 살의 루트비히 2세와의 만남

1867년은 엘리자베트 나이에게는 매우 성공적인 한 해였다. 성공적으로 완성된 비스마르크의 흉상은 나체 소년 조각상인 「주르줌」이나 가리발디의 소입상과 마찬가지로 파리에서 열린 국제 미술 전람회에 전시되었다. 그녀 자신도 프랑스 수도에서 칭송을 받았고, 여기저기 살롱에서 부름을 받았다. 그녀는 자신이 중심에 서 있는 것, 그리고 박물관과 아틀리에를 다니면서 선도적인 위치에 오른 프랑스 조각계에 대해 정보를 얻는 것을 즐겼다. 그해 말에 그녀는 두 번째로 뮌헨에 갔고 에드먼드가 그녀의 뒤를 따라 그곳으로 갔다. 뮌헨에서 그녀는 예전의 관계를 회복할 수 있었고, 곧바로 유명한 화학자 유스투스 폰 리비히와 프리드리히 빌러의 초상을 만들어달라는 주문을 받았다. 엘리자베트는 무엇보다도 65세가 된 리비히의 젊은이 못지않은 열정에 매료되어 두 사람 사이에는 아주 진한 우정이 생겼다. 그녀의 첫 개인전에서는 실물에 가까운 그녀의 초상 조각들이 많은 칭찬을 빋았다. 반면 「주르줌」처럼 이상화된 모티브를 가진 작품들은 오히려 감정이 억제되어 있는 것으로 평가받았다.

그러한 호평에 힘을 얻은 엘리자베트는 이제 루트비히 2세의 입상을 제작하기로 마음먹었다. 루트비히 2세는 한 번도 자신의 모습을 조각하도록 허락한 적이 없었다. 엘리자베트가 마침내 어렵게 그를 소개받았을 때 막 스물세 살이 된 이 남자는 분명 유럽에서 최고로 잘생긴 군주였다. 그는 키가 거의 2미터에 달했고, 짙은 색의 긴 곱슬머리와 무언가에 열중한 듯한 푸른 눈을 가지고 있었고, 마치 동화 속의 왕과 같은 복장을 하고 있었다. 그런데 그는 여성들에 대해서는 전혀 호감을 갖고 있지 않았다. 그러니 야심 많은 여성 예술가에게는 골칫덩어리인 셈이었다.

처음에 그녀는 전혀 예상하지 못했던 것을 얻었다. 씀씀이가 큰 것으로 유명한 이 속물적인 왕은 여성 조각가를 훌륭한 환경 속에서 만나고 싶어했다. 그는 그녀에게 저택을 지어주려고 했다. 결국 그는 자신의 궁정들을 상상할 수 없을 정도로 사치스럽게 치장했다. 엘리자베트와 에드먼드는 처음에 슈바빙에 있는 슈타인하일 성에서 지냈다. 그곳은 한때 귀족의 화려한 성이었지만 지금은 황폐해진 곳이었다. 왕의 후한 인심 덕분에 여성 예술가는 오늘날 마리아 요제파 거리 8번지의 모퉁이에 토스카나풍의 빌라를 한 채 세웠고, 1869년 남편 에드먼드와 첸치에를 데리고 이사했다. 오늘날 같으면 느슨한 관계의 주거공동체로 여길 수도 있는 것이 당시에는 끊임없이 구설수에 올랐다. 이들 부부는 공식적으로 자유분방한 결혼생활을 했다. 저택의 이층에는 엘리자베트가 오랫동안 알고 지낸 사람으로 집사 역할을 하는 노인이 살았고, 손님들이 드나들었다. 엘리자베트는 정원에서 머리 감는 것을 아주 좋아했기 때문에 고상한 이웃을 놀라게 했다. 또한 긴 그리스 스타일의 드레스를 입고 머리에는 꽃을 꽂은 채 서둘러 시내로 가기 위해 마부석에도 서슴지 않고 앉는 그녀의 열정은 충분히 논란거리가 되었다.

그런데 루트비히 2세가 주문을 하지 않자 성공에 길들여진 이 여성 예술가는 신경이 날카로워졌다. 그녀는 왕에게 들뜬 글씨체로, 그리고 당시의 과장된 문체로 여러 번 편지를 썼다. '지존이신 폐하, 자애로우신 왕이시여'라고 칭하며 그녀는 또다시 폐하를 모델로 쓰도록 허락해 달라는 희망을 분명히 표현했고, '언제 제가 그것을 희망해도 되는지 제게 귀띔해주시는 자애를 베풀어주십사' 하고 그에게 청했다.

드디어 루트비히는 그녀의 모델 제의를 받아들였고, 작업을 위해 뮌헨에서 자신이 거주하는 저택의 오딧세이 홀을 아틀리에로 꾸밀 것을 명령했다. 그러나 막상 엘리자베트가 초상을 만들어갈수록 왕의 요구는 늘어났다. 그녀는 가능한 한 움직여서는 안 되었고, 말도 하지 말아야 했으며, 그를 쳐다보아서도 안 되었다. 그러나 그녀는 이 모든 명령을 치밀한 계획에 따라 서서히 무시하면서, 나중에는 심지어 조각상을 만들고 있는 중에도 괴테의 『이피게니』에 나오는 텍스트를 읽어준 사실은 그녀의 자의식을 말해주는 동시에 왕의 까다로운 성격을 잘 다루고 있다는 것을 말해준다. 당시의 목격자는 다음과 같이 적었다.

작품을 시작하면서 그녀가 연필로 왕의 코와 이마를 재자 왕은 매우 놀랐다. 그리고 이 같은 자유분방함이 자신에게는 얼마나 낯선 일인가를 다른 사람들에게 말했다.

루트비히는 흉상을 만든 이후에 입상도 하나 더 제작하자는 엘리자베트의 제안에 동의했지만 이내 자신이 가장 좋아하는 놀이인 노이슈반슈타인 성을 건축하는 데 정신을 쏟았다. 그가 산 속에 머무르는 동안 엘리자베트는 여러 날 동안 호출받을 준비를 하고 오딧세이 홀에서 참고 견뎠다.

그녀는 '사슬에 묶인 프로메테우스'의 모습을 만들어내는 작업을 시작했지만 이내 그녀는 한 여자 환자에게서 거액의 유산을 받은 에드먼드와 여행을 떠나기를 원했다. 그래서 그녀는 루트비히에게 다음과 같은 편지를 썼다.

> 여름에 이 작업을 하러 다시 오도록 해주십시오. 그리고 지금까지 완성한 것을 이대로 보존하여도 되겠는지요? 지금은 자유를 얻었으면 합니다. 제발 은혜를 베풀어주십시오. 제발, 제발입니다!

엘리자베트 나이는 휴가를 허락받았고, 남편과 함께 한 달 동안 근동 지방을 두루 여행했다. 두 사람의 일기에는 두 젊은이의 해방된 분위기와 남을 개의치 않는 무사태평함이 나타난다. 엘리자베트는 카이로에서 길고 넓은 바지와 긴 장화를 샀는데 에드먼드는 그것들이 '아주 멋있다'고 한 반면, 다른 여행객들은 그들을 계속 쳐다보았다. 두 사람은 보란 듯이 강에서 자신들의 속옷을 빨고 말이나 낙타를 타고 밤새 달렸다. '소박하고 청결한 환경'만을 원했던 두 사람은 '이른바 자신들에게 익숙한 관습들 중에서 하나도 포기하려고 하지 않는 여행객들'과는 상관없이 지내려 했다.

얼마 후 루트비히는 다시 그녀를 불렀고, 엘리자베트는 다시 한 번 과도한 부담을 진 젊은 루트비히의 걱정을 함께 이해하며 지적인 예술가의 역할로 재빨리 돌아갔다. 입상을 제작할 때 루트비히는 엘리자베트의 희망에 따라 감청색 벨벳에 은실로 수를 놓은 특별한 의상과 흰색 비단으로 만든 무릎바지를 입었는데, 이 작업을 하면서 두 사람이 서로 신뢰감 있는 관계를 구축했던 것이 틀림없다. 두 유별난 인물들이 서로 마주보고 있는 것은 전혀 놀라운 일이 아니었다. 두 사람 모두 열정의 소유자였다. 즉 루트비히는 자아도취적이었고, 여성 조각가는 과격하면서도 사명을 잊지 않는 인물이었다. 이 시기에 왕이 엘리자베트에게 매일 마차에 꽃을 가득 실어 보냈다는 이야기가 그 사실을 증명한다.

1869년 가을부터 1870년 말까지 엘리자베트가 왕에게 보낸 꽤 많은 편지는, 비록 그의 답장이 한 장도 남아 있지 않지만, 두 사람 사이에 편지가 빈번하게 오고 갔음을 말해준다. 그 편지들을 보면 그녀는 열두 살 어린 루트비히의 지도력이 위험할 정도로 약했음을 분명히 알고 있었다고 판단된다. 1870년 여름 프랑스와 프로이센의 전쟁이 일어났을 때 루트비히가 '거의 이름도 모르는 먼 곳'에 은거한 것에 대해 엘리자베트는 깜짝 놀라 뮌헨에서 인정받는 유스투스 리비히를 고문으로 추천했다. 설사 그녀가 부담이 과도한 군주에게 바이에른을 독일 제국에 합병시킬 것을 권유했다 하더라도 그것이 편지에는 드러나 있지 않다. 만약 그랬다면 그녀는 분명 그것이 민주화운동으로 가는 길을 터줄 것이라고 확신했을 것이다. 여하튼 1870년 겨울, 비스마르크는 미리 작성된 편지를 보냄으로써 루트비히가 프로이센의 왕 빌헬름에게 황제의 제관을 양보하게 했다.

아메리카 대륙을 향해 떠나다

엘리자베트는—특히 가리발디와 바이에른 왕 루트비히와의 교류를 통해―그 즈음 몇 해 동안 아주 많이 변해 있었다. 세계의 위인들과 작업하는 것은 상당히 지치는 일이었다. 루트비히만이 '도시의 소음과 혼잡함, 연기와 먼지에서 멀리 떨어진 평화로운 장소'를 찾은 것은 아니었다. 이제 엘리자베트의 마지막 편지들은 루트비히에게 쓴 것이 아니라 그의 부참사관에게 보내는 것이었다.

폐하, 은총을 베푸시어 저를 해고해주십시오. 저는 더 이상 기다릴 수가 없습니다. 오늘은 도시로 오지 말아주세요. 너무나 피곤해요. 저는 이기주의자도 아니고 하인도 아니랍니다.

이 내용에 대해서 엘리자베트 나이와 관련한 책에서는 여러 가지 추측이 난무했는데, 무엇보다도 한 가지 이유 때문이었다. 즉 37세의 이 여인은 그 당시 임신중이었다. 1950년대 여성작가인 조 폰 아머스 퀼러는 그 아이의 아버지가 루트비히라고 확신했다.

정신의학적으로 볼 때 의식적으로 또는 무의식적으로 동성애적인 성향을 가진 남자들은 때때로 한 특정한 여성에게서 이성에 대한 반감을 완전히 극복한다.

엘리자베트와 에드먼드의 관계는 평생 불투명한 채로 남아 있었고 '최고의 친구'라는 표현이 반드시 성적인 관계를 생각하게 하는 것이 아님에도 대부분의 사람들은, 그녀가 대외적으로 남편이 아니라고 주장한 에드먼드가 아이의 아버지일 것이라는 데 입을 모았다. 그것은 1871년 여름에 태어난 아들에 이어 그 다음해에 바로 두 번째 아들이 태어났기 때문이기도 하다. 어쨌든 임신은 부부가 독일을 떠나겠다는 결정을 하는 데 큰 역할을 했다. 당시 두 사람은 장 자크 루소의 '자연으로 돌아가라'는 명제에 매우 공감하고 있었다. 즉 아이들은 자연에 가까운 시골 생활 속에서 최상으로 발전할 수 있다는 것이었다.

나중에 엘리자베트 나이는 에드먼드와 자신이 아주 어릴 때부터 '유토피아와 같은 거주지', 즉 '손상되지 않은 아름다운 자연에 둘러싸이고 예술과 학문이 살아 숨쉬는 목가적인 장소'를 꿈꾸었던 것 같다고 얘기했다. 더 따뜻한 나라로 이민을 가게 된 또 다른 이유는 에드먼드가 결핵을 앓고 난 이후 폐에 거듭 문제가 생겼기 때문이었다. 그가 알고 지내는 폰 슈트랄렌도르프 남작이 똑같은 병 때문에 미국 남부의 조지아로 갔는데 그의 편지에서 아열대성 기후에 대한 칭찬이 대단한데다 마침 대규모 농장이 매물로 나와 있어서 결정적으로 그들이 유럽 대륙을 떠나는 계기가 마련되었다.

엘리자베트는 뮌헨에 있는 오딧세이 홀을 정리했다. 그리고 더 이상 루트비히 2세의 입상을 팔려고 애쓰지 않고 자신의 다른 조각들처럼 슈바빙에 있는 빌라에 가져다가 흰 수건을 씌워 놓았다. 그리고는 자신의 변호사인 칼 뒤르크에게 열쇠를 맡겼다. 이 당시 부부는 경제적으로 아주 상황이 좋았다. 엘리자베트가 바로 얼마 전에 많은 돈을 벌었고, 에드먼드 또한 가문의 유산을 상속받았으며, 이미 언급했듯이 한 고마운 여자 환자의 연금을 받았기 때문이다.

이러한 결정이 성급한 것이 아니었다는 사실은 1870년 12월 초에 유스투스 리비히가 그의 동료 뷜러에게 쓴 편지에서 알 수 있다.

엘리자베트 양이 자네에게 인사 전하라는구먼. 그녀는 참으로 특이한 인물이라네. 조각이 완성되자마자 그녀는 북아메리카로 여행을 떠난다네. 그곳에서 일 년 동안 머무를 생각이라고 하네. 그녀는 자신의 예술을 완전히 포기하려는 것같이 보인다네.

실제로 루트비히 2세의 입상이 오랫동안 엘리자베트 나이의 마지막 위대한 작품이었다. 그리고 그것이 마침내 뮌헨에서 열린 대규모 미술 전람회에 등장하기까지는 25년이라는 시간이 걸렸다. 루트비히 2세는 전람회가 열릴 당시에는 이미 죽고 없었다. 그는 1886년 6월에 정신착란자로 취급받고 자신의 노이슈반슈타인 성에서 쫓겨나 슈타른베르크 호수에 빠져 죽었다고 하는데, 그 죽음은 지금까지도 의문에 싸여 있다. 당시 그는 이가 빠지고 과다 체중이어서 엘리자베트 나이가 후세를 위해 남겨둔 자신감에 차 있는 우아함이라고는 조금도 찾아볼 수 없었다. 오늘날 그의 입상은 역시 그가 세운 헤렌힘제 성에 남아 있다. 그 사랑받은 바이에른의 키 큰 '키니'는 한 손을 옷자락이 퍼진 허리 위로 자연스럽게 받치고는 끊임없이 밀려드는 방문객들을 쳐다보고 있다.

엘리자베트와 에드먼드 부부는 뮌스터에 있는 나이 든 부모를 잠깐 방문한 후에 1871년 1월에 어떤 일에도 대담한 가정관리인인 첸치에 지마트와 함께 뉴욕으로 떠났다. 그리고 뉴욕에서 새로운 펄먼 여행기차를 타고 남쪽에 있는 조지아 주의 토머스빌로 갔다. 그들이 슈트랄렌도르프 남작의 농장 옆에 있는 넓은 땅을 매입한 것은 처음부터 잘못된 결정이었다. 그곳은 하천이 아주 많은데다 습기가 많고 따뜻한 지역이어서 말라리아가 기승을 부렸다. 그래서 주민도 매우 적었다.

그런데 주위 사람들 모두에게서 '완벽하게 비실용적인 사람들'이라는 말을 듣는 이 두 낭만주의자는 하필이면 여기서 슈트랄렌도르프 남작과, 그리고 다른 독일인들과 함께 농업 공동체를 키워나가려 했다. 몇 달 안 되는 동안에 세워진 원시적인 통나무집은 검은 '앨버트 왕자 재킷'에 하얀 바지, 긴 승마 부츠를 착용한 엘리자베트의 새로운 복장만큼이나 주된 웃음거리가 되었다.

1871년 여름의 어느 날 엘리자베트는 아이를 낳았다. 그리고 쇼펜하우어를 따라서 아르투어라는 이름을 지어주었다. 아이의 정확한 생일은 알려지지 않았다. 뒤늦게 슈트랄렌도르프 가족이 그들의 땅을 팔고 다시 독일로 돌아가려는 결정을 내렸을 때에는 모범적인 공동 주거 집단을 만드는 꿈은 이미 사라져버렸다. 곤혹스러운 분위기가 확산되었지만 독일로 돌아가는 것은 고려하지 않았다.

그래서 다시 임신한 엘리자베트와 에드먼드는 한 살 난 아르투어를 첸치에에게 맡기고 더 나은 주거지를 찾기 위해 미국을 횡단하면서 두루 여행했다. 우선 보스턴, 뉴욕, 필라델피아에 머물렀고, 나중에는 버지니아와 위스콘신에서도 체류했다. 1872년 가을, 부부는 둘째 아들 로르네를 안고 조지아로 돌아갔다.

황량한 서부, 텍사스를 향하여

결국 부부가 텍사스에서 새로운 보금자리를 찾겠다는 생각을 한 것은 신문에 난 열광적인 독자의 편지 때문이었다. 엘리자베트가 혼자서 '황량한 서부'를 여행하며 좋은 땅을 찾는 동안 에드먼드는 첸치에와 함께 아이들 옆에 남아 있었다. 몇 군데의 땅을 보고 난 후 그녀는 즉흥적으로 한때 어떤 부유한 에스파냐인의 소유였다가 몇 해 전부터 비어 있는 '리엔도 대농장'을 사기로 결정했다. 엘리자베트 나이는 초록빛 떡갈나무가 있는 공원, 높다란 기둥 위로 멋있는 발코니가 나 있는 하얀색 남국의 저택 등 너무나 아름다운 이곳에 무척 마음이 끌렸다. 커다란 공간들이 있는 건물이 너무 크고 붕괴 조짐을 보인 것이나 가장 가까운 헴스테드 마을이 8킬로미터나 떨어져 있는데다 더 큰 도시로 가려면 반나절을 가야 한다는 사실은 이 여성 예술가에게 전혀 문제가 되지 않았다. 그녀는 약 450헥타르에 달하는 거대한 토지를 만 달러에 할부로 사들였다. 그리고 최단 시일 내에 가족들을 데려왔다. 조지아에 있는 농장은 4년 후에나 팔렸는데 부부가 사들였던 돈의 반도 건지지 못했다.

폭력이 난무해 주민들 사이에 '여섯-총구-교차점(말하자면 리볼버 권총 교차점)'이라 불리는 작은 마을 헴스테드에서 숙련된 기술자를 찾는 것은 어려운 일이었다: 가구를 만드는 한 목수가 새로 이사 온 농장 주인에게 전나무 판자로 간단한 책상과 긴 의자 등 가구 몇 점을 대충 만들어주었다. 이 가구들은 비싼 쪽마루 바닥이나 빛 바랜 벽화들과는 두드러지게 대조를 이루었다. 에드먼드는 자신의 책들을 가지고 이층으로 올라갔다. 거기서 죽을 때까지 세포분열을 주제로 연구하기 위해서였다. 반면 엘리자베트는 대농장의 여주인 자리에 올랐다. 그녀는 자신의 가족을 부양하겠다는 생각을 가졌을 뿐만 아니라 넓은 땅 안에 오두막을 짓고 사는 22가구의 흑인 가족에게도 책임을 느꼈다. 노예들은 그녀의 감시하에서 목화와 곡식 재배는 오히려 소홀히 했고, 염소와 돼지를 기르고 칠면조와 오리를 키우는 일에 신경을 썼다. 여주인은 말을 한 마리 구입하여 하루 종일 돌아다녔다. 그러나 그녀의 열정도 곧 한계에 달했다. 한 관리감독자는 돈을 착복했고, 다음에 온 관리감독자는 얼마 되지 않아 대농장을 떠났다. 사람들 사이에는 끊임없이 싸움이 일어났고, 산전수전 다 겪은 상인은 수확물을 팔 때 경험 없는 이 독일 여인을 마음대로 주물렀다.

어느 날 밤 두 아이들을 돌보던 첸치에가 놀라운 사실을 알려왔다. 한 살 반밖에 되지 않은 아르투어가 높은 열과 오한에 시달리고 있었는데 아무런 반응이 없을 정도였다. 불안해진 엘리자베트는 제정신이 아니었다. 에드먼드는 의학 서적에서 어떤 병의 증상인지 찾아보는 동안 그녀는 이마에 물수건을 올려주고 아이의 손을 잡아주었다. 아이의 병은 당시에는 처방을 몰랐던 디프테리아였는데, 약을 쓰지 않으면 죽는 병이었다. 다음날 저녁에 아르투어가 죽자 엘리자베트는 아이와 함께 오랫동안 자신의 방에 틀어박혀 나오지 않았다.

아마도 그녀는 이 슬픈 밤에 아이의 데드 마스크를 만들었던 것 같다. 그리고 전염의 위험을 고려해서 시체를 불태우기로 결정했다. 여하튼 장례식은 없었고 소문만 무성했다. 누구는 그녀가 아이를 비단으로 감싸 자기 손으로 벽난로에 넣어 태웠다고 얘기했다. 또 어떤 이는 그녀가 아이를 석고로 완전히 싸서 복도에 세워 놓았다고 말했으며, 혹자는 그녀가 아이를 보존하기 위해 수조 속에 깊이 담가 놓았다고 주장했다. 심지어 KKK단이 이 신앙심 없는 미스 나이와 '자유연애주의자들'을 엄하게 다스리기 위해 벌을 가했다는 이야기까지 나왔다.

60년이 지난 후에도 농장의 새 주인이 된 사람은 작가 조 폰 아머스 컬러에게 자신은 도둑을 두려워하지 않는다고 말했다. 왜냐하면 리엔도 대농장에서 아이의 시체가 불태워졌고, 그 이후로 그곳에 유령이 나온다는 사실을 모르는 사람이 없기 때문이라는 것이었다.

아이의 죽음은 엘리자베트 나이에게 너무나 깊은 상처를 주었고, 그녀가 다른 사람의 고통을 나누어 가지는 능력이 더 강해지도록 해주었다. 나중에 그녀의 주변에서 가족, 특히 아이를 잃는 경우가 생기면 그녀는 종종 편지를 쓰거나 직접 찾아가 위로와 도움을 주었다.

어쨌든 대농장에서 지낸 이후의 나날은 '엄청난 고립'이라고밖에 말할 수 없었다. 부부는 아주 드문 예외를 제외하면 주민들과 교류 없이 지냈다. 첫째 아이의 죽음 이후 어린 로르네는 애지중지 키워졌다. 그는 이제 더 이상 흑인 아이들과도 놀아서는 안 되었다. 그리고 공부는 부모가 직접 가르치거나 가정교사가 가르쳤고, 옷은 대체로 연극 공연 때처럼 입었다. 엘리자베트는 그에게 파란색 벨벳 바지에 뾰족한 칼라의 파란색 블라우스와 스코틀랜드식 타탄체크 치마를 입혔는데, 때로는 그리스식 토가를 입히기도 했다. 어머니가 긴 금발의 곱슬머리를 한 이 아이를 데리고 쇼핑갈 때면 마을 아이들은 뒤에서 아이를 '셔츠 자락!'이라고 불러댔다. 귀여운 어린 소년은 왜 어머니를 '미스 나이'라 부르라고 하는지, 왜 어머니가 아버지를 '박사님'이라 부르는지 알 수 없었다. 텍사스에서의 이 시기에 대한 이야기를 보면 여기서 부부가 아이 교육을 망칠 수 있는 일은 모두 다 했음이 명백히 드러난다. 아버지는 자신의 학문적인 이론에 파묻혀 너무 자주 다른 곳에 관심이 가 있었고, 어머니는 자신의 아들이 자신보다 훨씬 독립적이지 못하고 자의식도 없다는 사실을 상상조차 할 수 없었을 것이다.

이렇게 하여 로르네는 다루기 힘든 아이가 되었고, 나중에는 정서불안 증세를 보였다. 로르네가 15세가 되자 에드먼드는 엘리자베트의 뜻과는 달리 동쪽 해안 지방에 있는 기숙학교에 보냈고, 나중에는 스위스의 기숙학교에도 보냈다. 하지만 로르네는 첫 학교에서 도망치고 말았다. 그리고 다음 학교에서도 역시 도망쳐서 아는 사람들의 도움을 받아 미국으로 되돌아왔다. 그는 부모의 돈을 훔쳐 여기저기를 떠돌아다니다가 열여섯 살 소녀에게 임신을 시켰고, 그들의 결혼은 엘리자베트에게는 놀라움일 뿐이었다.

"결혼이란 비슷한 영혼의 결합이어야 해. 아이들을 생산하는 것 이상의 일이지."

그러나 로르네는 여전히 불안정한 바람둥이였고, 모두 네 번 결혼하여 여섯 명의 아이들을 두었다. 그는 계속해서 예술가로서의 어머니 일을 무시했고, 아버지가 저술한 책들을 비웃었다. 이런 태도를 취함으로써 그는 부모에게 가장 큰 타격을 주었다. 아들이 자신들에 대해 아무것도 알려고 하지 않았으므로 엘리자베트 역시 나중에는 아들을 부정했다. 그 대신 그녀는 "내 딸은 어렸을 때 죽었다"고 주장했다. 로르네를 모델로 하여 만든 예쁜 두상 조각을 그녀는 시종일관 '젊은 바이올리니스트'라 불렀다.

새로운 창작을 향한 열정

반항적인 아들과의 끊임없는 다툼에 이어 심각한 금전 문제가 생겼다. 부부는 리엔도를 팔거나 소를 더 많이 사들여서 낙농업으로 돈을 벌 생각을 했으나 뜻대로 되지 않았다. 심지어 엘리자베트는 편지를 써서 이민을 원하는 독일 농부들을 모아 공동으로 일을 해보려는 시도까지 했다. 헴스테드 지역을 가로수 길로 아름답게 가꾸자는 그녀의 제안 역시 실패로 끝났다. 마을 주민들은 50그루에 달하는 복숭아나무를 선물하겠다는 그녀의 제안을 거절했다. 엘리자베트는 이제 시골 생활에 넌더리가 났다. 에드먼드 역시 심적으로 많이 지쳐 있었다. 그는 한 친구에게 편지를 썼다.

도대체 문제들이 끊이지가 않는다네. 그리고 여기 있는 사람들을 모두 먹여주고 입혀주어야 한다네.

이런 어려움 속에서 두 사람에게 유일한 즐거움은 늦은 밤 함께 테라스에 앉아 어둠 속에서 들려오는 자연의 소리를 듣는 것이다. 그럴 때면 그들은 새로운 용기를 얻었고, 모든 것을 되는대로 내버려둘까 하는 생각도 던져버렸다. 그러나 엘리자베트는 다시 한 번 갓 나온 점토로 무언가 살아 있는 것을 만들어내고 싶어했다. 그녀에게는 돈을 버는 일이 절박했다. 1890년에 그녀가 농장 경영을 남편에게 넘기고 수도인 오스틴에서 또다시 조각가로서의 직업에 충실하기 위해 노력하면서 그녀는 자신의 혁명적인 생각들과는 조금밖에 맞아떨어지지 않았던 19년의 힘든 세월을 극복했다.

판사이면서 나중에 텍사스 주지사가 된 오란 로버츠는 친구가 된 엘리자베트에게 편지를 썼다. 오스틴에 새로 건립되는 주 의회의사당에 세울 입상 몇 개를 그녀가 제작할 수 있을 것이라는 이야기였다. 그런데 예술에 대해 별로 조예가 깊지 않은 시민들로 구성된 위원회는 건물 건축에 붉은색 화강암을 사용하기로 결정했다. 화강암은 값은 쌌지만 조각을 하기에는 너무 딱딱한 돌이었다.

그러나 엘리자베트 나이는 텍사스 주의 문화적 업무를 더 이상 남자들에게만 맡기지 않았던 상류사회 여성위원회인 ‘텍사스의 딸들’의 지원으로 또 한 번 기회를 잡게 된다. 위원회는 비공식적 다과 모임을 통해 이 여성 조각가를 아주 좋아하게 되었다. 그녀는 넌더리 나는 관습들을 자주 무시했으며, 또한 유명한 조각상을 만들었던 유럽에서의 생활을 대해 완벽하고 재미있게 이야기했는데, 생동감 있고 자극적인 이 여성에게 드디어 그들이 주목하기 시작했다. 약간 살집이 있는 57세의 중년 여성은 이제 더 이상 모든 남성들을 마음대로 쥐락펴락하던 젊은 시절처럼 다른 여성들에게 위협을 느끼게 하는 모습이 아니었다.

‘텍사스의 딸들’은 이 여성 조각가가 아주 중요한 주문을 낙찰받는 데 많은 관여를 했다. 시카고에서 열린 아메리카 대륙 발견 4백 주년 기념 축제에 텍사스는 몇 개의 전시관을 만들어 참여했다. 이때 엘리자베트는 텍사스 출신의 애국자인 샘 휴스턴과 스티븐 오스틴의 입상 두 개를 제작했다. 그녀가 다시 화제에 오르기 위해 이 기회를 포착해야 한다는 것은 두말할 필요가 없었다. 그래서 그녀는 사례금을 포기하고 순수한 비용만 청구하는 것으로 만족했다. 하지만 유감스럽게도 오스틴의 입상은 제시간에 완성되지 못했다. 그러나 휴스턴의 입상은 시카고에서 대단히 인정을 받았다. 그곳 사람들은 특별한 명예의 전당에 이 입상을 전시하고 싶어했다. 그러나 여성위원회는 그 입상을 텍사스 전시관에 전시하기를 고집했다.

엘리자베트 나이는 그때까지 임시로 지하실에서 일을 했는데, 이제 그녀에게는 전문적인 아틀리에가 꼭 필요했다. 그녀는 어떻게든 돈을 모아야 했다. 그리고 드디어 1891년 오스틴에 공원같이 아름다운 땅을 사서 자신이 그린 투시도에 따라 아틀리에를 지었다. 커다란 문이 있고 북쪽으로 높다란 창문이 나 있는 가장 큰 방은 작업을 위한 방이었다. 거기에 욕실과 작은 식당, 그리고 조그만 침실이 붙어 있었다. 신선한 공기의 광신자인 그녀는 무더운 밤이면 이 침실을 통해 지붕 위로 올라가 해먹에서 밤을 지내곤 했다.

엘리자베트가 마데라 섬에 있었던 자신의 첫 번째 작업실을 생각하며 '포르모사'라 이름 붙인 이 아틀리에는 그리스 신전과도 같은 어떤 범상치 않은 매력을 발산했다. 나중에 그녀는 이곳에다 특이한 독일식 주석탑을 만들어놓았다. 그런데 이 60세의 여인이 공사가 계속되는 동안 그 옆에 있는 천막에서 지내며 기술자들을 감시했음에도 몇 가지는 일이 어긋났다. 돌로 만든 벽은 너무 얇았고, 굴뚝은 너무 짧았으며, 비가 새었다. 그런데도 엘리자베트 나이는 이 결과물을 자랑스러워했다. 그녀는 그때부터 계속 아틀리에의 사진을 자신의 편지지 머리에 넣었다. 그리고 전적으로 예술적인 목적에 의해 세워진 건물로는 이 건물이 텍사스 최초의 것이라는 사실이 신문에도 대서특필되었다.

다음해에도 이 여성 예술가는 의뢰받은 다양한 흉상들을 완성했고, 자유로운 예술 아카데미를 창립하려는 자신의 이념을 위해 전력을 다했다. 그녀는 이 아카데미에서 예술가들뿐만 아니라 야심 있는 수공업자나 직공들도 양성되어야 한다는 생각을 가지고 있었다. 그러나 그녀가 맹렬하게 '예술의 사명'을 주장했지만 대부분의 정치인들의 그녀의 제안에 대해 전혀 고려하지 않았다. 그녀는 때때로 다음과 같이 불평했다.

나의 몇 안 되는 친구들에 이르기까지 나는 여기 오스틴 한가운데에서 부시맨들에 둘러싸여 있었다.

1895년에 독일에서 온 편지 한 통으로 다시 한 번 전기가 마련되었
다. 변호사인 칼 뒤르크가 뮌헨에 있는 엘리자베트의 집을 잘 팔았을
뿐만 아니라 바이에른 정부가 루트비히 왕의 석고 입상을 사들여 베를
린에서 조각가인 프리드리히 옥스가 대리석으로 조각한다는 내용이었
다. 마침내 다시 돈이 들어왔다. 4만 마르크에 달하는 돈이었다. 62세
의 이 여인은 조금도 망설이지 않고 남겨두고 온 조각 작품들을 돌보
고 텍사스에서 만든 작품들 중 몇 개를 대리석으로 제작하기 위해 곧
바로 독일로 갔다.

조각가들에게는 이미 예전부터 골치를 앓던 문제가 있었다. 점토나
석고로 만들어진 작품을 '영원히' 보존하기 위해서는 그것을 돌로 똑
같이 만들어야 했다. 그것은 많은 돈과 시간을 요하는 작업이었다. 왜
냐하면 종종 이탈리아에서 우수한 대리석을 가져와야 했기 때문이다.
이른바 돌로 모형을 본뜨는 이 같은 '간접적 가공'은 지난 세기까지만
해도 조각가들이 직접 맡는 일이 매우 드물었다. 조각가들은 숙련된
기술자에게 작품을 넘기고, 그 기술자는 오늘날까지도 쓰이는 '점각
기'로 똑같은 돌조각을 정확히 만들어냈다.

조각은 영원히 살아 있다

독일에 도착한 후 엘리자베트는 본격적으로 재기에 나섰다. 그녀에
대한 기사가 등장했고, 그녀는 예전에 알던 많은 사람들을 다시 만났
으며, 그때까지 고향에서 건강하게 지내는 사람들을 찾아냈다. 부모님
은 이미 이 세상 사람이 아니었지만 그녀의 오빠 프리드리히, 그리고

무엇보다 그녀의 사촌과 이모가 그녀를 아주 반갑게 맞았다. 나중에 엘리자베트는 항상 훌륭한 분위기가 압도하는 그들의 '마법의 집'에 대한 이야기를 자주 했다.

그녀가 루트비히의 입상 만드는 작업을 감독한 베를린에서도 일은 잘 진행되었다. 그것은 생기 없는 섭정 전하가 다스리고 있는 뮌헨에서도 마찬가지였다. 마지막으로 그녀는 대리석으로 만든 흉상과 입상들을 오스틴에 있는 작업실로 보냈다. 그것은 위험이 따르는 일이었다. 아닌게아니라 아이들 조각상인 「주르줌」이 깨져버렸다. 미국으로 돌아오는 길에 엘리자베트는 자신이 타고 있는 배의 갑판에서 이렇게 기록했다.

비록 내가 애국주의에서 자유롭기는 하지만, 텍사스라는 이름은 나에게 매력을 느끼게 한다. 이 세상 다른 곳에서는 느끼지 못하는 그런 매력 말이다.

이 여성 예술가는 자신의 제2의 고향 땅을 힘차게 다시 밟았다.

에드먼드 몽고메리는 그곳에서 팔리지 않는 농장을 근근히 이어가느라 온힘을 쏟고 있었다. 그 외에도 그는 몇 년 사이에 사회적이고 공적인 임무를 점점 더 많이 맡게 되었다. 그는 헴스테드에서 다른 시민들과 함께 유색 인종을 위한 대학을 설립하고 도서관을 건립했으며, 때때로 오스틴의 대학교와 주의 행정부에서도 활동했다. '아이를 태운 여자'라든가 '마녀'라는 평판이 사라지지 않았던 엘리자베트와는 달리 그에게는 규범에서 벗어난 어떤 일탈도 용서되었다. 길고 흰 머리와 특이한 구레나룻 덕분에 그는 그곳 주민들에게서 최고로 매너 좋은 ‘귀족적 학자’로 대접받았다.

시간이 지나면서 엘리자베트 나이와 그녀의 아틀리에는 순회공연 중 오스틴까지 오게 된 유럽의 예술가들이라면 누구나 순례하는 장소가 되었다. 성악가인 카루소가 그녀 곁에 머물렀고, 젊은 무용수 파블로바와 오페라 무대의 프리마돈나이면서 엘리자베트의 독립적인 영혼을 특히 가치있게 생각하고 그녀와 아주 가깝게 지낸 슈만 하잉크도 그랬다. 심미주의자인 엘리자베트는 당시 일반적인 여성 패션이었던 지저분하게 땅에 끌리는 드레스, 주름 장식, 그리고 여성들을 끈으로 묶은 소시지처럼 보이게 하는 개미허리 패션을 일생 동안 비난했다. 그녀는 슈만 하잉크에게 무대 위에서 ‘쓸데없는 긴 옷자락’을 잘라버리라고 으름장을 놓기도 했다. 엘리자베트가 가장 즐겼던 작업실 앞 황소개구리 호숫가에서의 티파티에서 그녀는 그 사이에 정평이 난 자신의 의상을 입었다. 그것은 무릎 길이의 스커트와 튜닉의 혼합형 의상으로 더위에도 불구하고 거의 회색이나 검은색 벨벳으로 만들어졌다. 그리고 그 아래에는 반드시 단추가 높이 채워진 각반을 착용했다. 그녀가 그렇게 다리를 자유롭게 하는 것이 무엇을 의미하는지는 것은 계속해서 내숭 떠는 남부 사람들의 구설수에 올랐다.

호기심 많은 사람들은 엘리자베트의 아틀리에 앞에 있는 천막을 유심히 살펴보기도 했다. 그곳에는 양탄자와 비단 수건들이 비치되어 있었는데, 에드먼드가 기차를 타고 오스틴으로 그녀를 방문할 때면 그곳을 숙소로 썼다. 반면 엘리자베트는 리엔도로 갈 때면 언제나 자신의 말 파샤를 타고 이틀 동안 달렸다. 가끔 중간에 쉬어갈 필요가 있을 때면 언제나 ‘우드론’ 농장에서 환대를 받았다. 어느 날 그녀는 단숨에 우드론 농장의 울타리를 넘어 주인인 엘리샤 피스에게 자신을 소개했다. 엘리샤는 엘리자베트의 유쾌한 태도에 마음이 끌렸다. 그리고 이 여성 예술가가 처음 만나자마자 자신에게서 돈을 빌린 일을 정당하다고 생각했다. 그 뒤로 매번 이곳에 들를 때마다 그녀에게는 특별한 아침식사가 제공되었다. 마른 빵과 설탕을 넣은 생달걀, 그리고 코냑이 그것이었다. 이미 젊은 시절부터 채식주의자였던 엘리자베트는 평생 건강한 식사에 대한 자신의 독특한 생각을 지켜왔다. 그녀는 갓 구운 빵을 슬라이스로 잘라 며칠 동안 나무에 펴놓고 말렸다. 그녀는 그 빵에 요구르트, 과일, 견과류를 곁들여 먹었다. 샴페인만이 특별한 기회가 있을 때 그녀가 유일하게 즐기는 사치였다.

비록 끊임없이 다툼이 있고 보잘것없는 돈을 받기는 했지만 일은 계속 진척되었다. 엘리자베트는 주의 퇴역 군인을 위한 기념비를 예술적으로 바꾸는 일을 놓고 자신의 의뢰인들과 싸웠는데 성과가 없었다. 과연 그녀 같은 자유사상가가 그런 전몰장병 기념비를 만드는 일에 흥미를 가졌을까? 그녀는 아마도 텍사스 장군인 존스턴의 모습을 석관에 새겨달라는 대형 주문에도 별로 기뻐하지 않았을 것이다. 의뢰인은 심지어 기념비에 어떤 방식으로 동맹주들의 깃발을 새길 것인지에 대해서까지 못박으려 했다. 여러 번 그런 압박을 받자 그녀는 자신이 흉상을 만들었던 시인과 사상가, 그리고 '이상적인 젊은 왕'이 그리워진 것으로 보인다. 그러나 존스턴의 묘비는 미주리 주의 세인트루이스에서 열린 미술전람회에서 언론으로부터 많은 칭찬을 받았다. 1900년 무렵 엘리자베트 나이가 미국 남부에서 가장 유명한 조각가였음은 더 이상 의심의 여지가 없었다.

'텍사스의 딸들' 덕분에 샘 휴스턴과 스티븐 오스틴의 조각을 대리석으로 만드는 데 충분한 돈이 조달되었다. 그 조각들이 대리석으로 만들어지면 워싱턴에 있는 국회의사당에 자리가 확보될 예정이었다. 70세를 바라보는 엘리자베트에게 이는 곧 석고 조각을 가지고 다시 유럽을 향해 길고도 힘든 여행을 떠나야 한다는 것을 의미했다. 1902년에는 에드먼드 몽고메리가 동행했으며, 그 후에도 그녀는 필생의 작품을 완성하기 위해 두 번이나 더 혼자서 유럽으로 여행했다. 그때마다 그녀는 친척들 집에서 며칠 동안 머물렀다. 엘리자베트 나이도 노부인으로서의 감상적인 기억과 편안함에 익숙해졌기 때문이다. 그러한 사실은 1904년 그녀가 마지막으로 유럽에서 머물 때 이탈리아의 작은 마을인 세라베차에서 쓴 많은 편지에서 나타난다. 세라베차는 미켈란젤로가 자신의 작품에 쓸 대리석을 골랐던 곳이다. 그녀는 그곳에서 여러 달 동안 우수한 석공들과 조각가들의 공동체 안에 살면서 그들과 함께 존스턴의 묘비를 대리석으로 만들었다. 수십 년 동안 편안함을 요구한 적이 없었던 그녀는 여주인이 정성껏 마련해놓은 '레토 첼레스토(그녀의 황홀한 침대)' 즉 불에 달군 석탄을 담은 도가니가 있어 계속 따뜻한 상태를 유지하는 침대에 매료되었다.

"나는 네 사람의 장정을 감독해야 하고, 내 일도 하면서 이탈리아어도 배우고 있어."

그녀는 할 일이 많았음에도 밤이면 '마법의 집'에 편지를 쓰면서 평화로운 가족 생활에 대한 동경을 나타냈다. 심지어 여러 해 동안 부모님의 가정관리인이었던 '소중한 마리'에게도 그녀는 이렇게 전하고 있다.

"지금은 내게 신성한 것이 될 만한 것을 나는 아무것도 가지고 있지 않아요. 어머니가 쓰던 앞치마, 수건, 옷, 그 어느 것도 없어요."

아버지가 쓰던 금으로 된 회중시계가 있었더라면 그녀는 아주 좋아했을 것이다.

"부모님의 사진과 내 사진들은 어디에 있나요? 나는 아주 오랫동안 그것들을 찾기 위해 기도했답니다."

오스틴에 돌아와서 그녀는 미국 조각의 역사를 다룬 어느 책에서 그녀의 작품에 대해 대단히 긍정적인 평가를 하고 있는 것을 발견할 수 있었다. 예술비평가는 그녀의 작품들을 자세하게 묘사하고 그녀가 텍사스 주 최고의 조각가임을 인정했다. 그러나 "고립된 삶 때문에 그녀는 더 큰 경쟁을 통해 발휘될 수도 있을 자신의 잠재력을 온전히 펴낼 수 없었다"라는 그의 지적에 대해 엘리자베트는 불쾌해하며 "도대체 그가 거기서 무슨 헛소리를 했지요?"라고 응수했다. 하지만 그녀는 그 비평가의 말이 완전히 틀리지 않았다는 것을 인식했다. 처음으로 그녀의 전기를 쓴 브라이드 네일 테일러 역시 엘리자베트 나이가 '미국에서 조각이 관심을 일으키고 보스턴, 뉴욕, 시카고와 신시내티에 미술학교가 생기던 바로 그 시기에' 너무 오랫동안 리엔도에 '파묻혀' 지냈다는 의견을 내세웠다.

그 후 그녀는 뮌헨 시절에 이미 구상했고 스케치했던 인물인 레이디 맥베스 작업에 거의 전적으로 매달렸다. 그녀는 그 작품으로 자신의 필생의 작품을 끝내고자 했다. 그녀에게 시간이 그리 많이 남지 않았다는 징후들이 나타났다. 일생 동안 건강을 누려왔던 그녀에게 진폐증이 찾아왔다. 그것은 그녀가 대리석 작업을 한 결과였다. 그녀는 여러 번 쓰러졌고, 식품 중독으로 오랫동안 시달렸으며, 심장 발작도 여러 번 일으켰다. 유럽으로 건너가는 것은 더 이상 힘들 것 같았다. 그래서 그녀는 젊은 이탈리아 조각가 코시모 도치에게 세라베차에서 레이디 맥베스를 조각하기 위한 좋은 대리석을 골라 미국으로 와달라고 부탁했다.

「레이디 맥베스」.
엘리자베트 나이의 입상.
1905년

두 사람은 1905년 여름에 완벽한 팀을 구성하여 아침부터 저녁까지 비극적인 세익스피어의 인물을 만들어내는 일에 몰두했다. 코시모의 낙천적인 성격은 힘든 육체노동을 원활하게 진척시키고 그들이 훌륭한 결과를 가져오는 데 많은 기여를 했다. 엘리자베트 나이는 레이디 맥베스의 입상 속에 자신의 모든 감정, 무엇보다도 강했던 자신의 투쟁적인 자부심, 자신을 물리친 아들에 대한 걱정, 뭔가 특별한 존재가 되려는 욕구 등을 새겨 넣었다. 조각을 본 사람은 모두 그것이 특히 강한 인상을 준다고 말한다. 비탄에 가득 잠겨 두 손을 옆으로 깍지 끼고서 상체를 약간 뒤틀고 있는 모습의 이 여인상은 고통에 굴복당한 것처럼 보이지만 그럼에도 파괴될 수 없는 아름다움이 빛을 발하고 있다.

엘리자베트 나이는 1907년 6월 29일에 74세의 나이로 자신의 아틀리에에서 생을 마감했다. 마지막 몇 주 동안 그녀와 함께 지낸 에드먼드 몽고메리는 그녀와 약속한 대로 리엔도의 늘푸른 떡갈나무 그늘 아래에 그녀를 묻었다. 그리고 4년 후에 그도 그녀를 따라 그곳으로 갔다.

이 독일 여성은 죽은 후에도 '텍사스의 딸들'에 의지할 수 있었다. 실로 한동안 그들 중 누가 「레이디 맥베스」의 모델을 섰는가를 놓고 다투기도 했지만, 결국 그들은 공동으로 이 여성 예술가가 남겨놓은 빚들을 청산하고 그녀의 유산을 정리하는 데 성공했다. 엘리자베트의 추종자 중 한 사람인 엘라 디브렐은 포르모사 아틀리에와 그곳에 있는 조각을 모두 사들여 엘리자베트가 원했던 대로 그곳을 박물관으로 만들었다.

막달레나 쾨스터

불굴의 의지로 남성중심 사회의 벽을 뛰어넘다

위대한 예술이 그렇듯이 위대한 예술가들의 삶은 언제나 흥미롭다. 이 책에 소개된 여성 예술가들의 삶 또한 우리의 관심을 끌기에 충분히 매력적이다. 또한 그들의 삶은 단순히 흥미로운 이야기를 넘어서 우리에게 많은 것을 생각하게 한다.

이 책에 소개된 8인의 여성 예술가들은 19세기 또는 20세기에 자신의 분야에서 탁월한 실력을 발휘한 예술가들이다. 그렇다고 해서 그들 모두가 세계적인 명성을 얻은 유명한 인물은 아니다. 예를 들어 엘리자베트 나이는 일반인은 물론이고 조각을 공부하는 사람들에게도 낯선 이름일 수도 있다. 하지만 그녀는 그 당시 여성들이 근접하기 어려웠던 조각 분야에 과감히 도전하여 자기 나름의 예술 세계를 구축했다.

21세기에 접어든 지금 우리에게 여성 예술가는 너무나 익숙한 존재이다. 예술의 모든 분야에서 여성들은 남성들과 어깨를 나란히 하고 있고 많은 분야에서 남성들보다 더 뛰어난 활약을 보이고 있다. 하지만 이 책에 소개된 여성 예술가들이 주로 활동한 19세기와 20세기 초반에만 해도 여성이 예술가로서 자리매김한다는 것은 결코 쉬운 일이 아니었다. 그것은 앞에서 말한 조각 분야에만 해당되는 것이 아니라 거의 모든 예술 분야에서 그러했다. 릴리 불랑제는 1913년에 매년 최고의 신인 작곡가에게 수여하는 상인 '그랑프리 드 롬'을 수상했는데 여성이 이 상의 수상자가 된 것은 110년 만에 처음 있는 일이었다.

이 여성 예술가들의 공통점 또한 매우 흥미로운 사실을 제공해주기도 한다. 대부분 뛰어난 재능과 불타는 열정을 지녔을 뿐만 아니라 확고한 자의식과 불굴의 의지로 남성중심 사회의 벽을 뛰어넘었다. 많은 경우 그들은 그 시대의 평범한 여성들이 그러했듯이 남성들에게 종속된 것이 아니라, 반대로 남성들과 대등한 관계를 맺거나 심지어는 남성들을 자신의 숭배자로 만들었다. 그로써 그들은 예술가로서 뛰어난 업적을 남겼을 뿐만 아니라 남성중심 사회의 편견과 차별을 철폐하는 데 중요한 역할을 했다.

우리는 입센이 쓴 한 편의 희곡이 가부장적 질서 속에서 억압받는 여성의 해방에 얼마나 중요한 역할을 했는지 잘 알고 있다. 이 책에 소개된 여성 예술가들도 각자의 분야에서 마찬가지 역할을 했다. 그들은 험난한 과정을 극복하면서 자신의 길을 개척했고, 그로써 이후의 많은 여성들이 보다 쉽게 그 길을 갈 수 있게 만들었다. 우리에게 익숙한 인물이든 아니든 그들의 삶이 모두 흥미롭고 의미심장하게 다가오는 것도 바로 이러한 이유 때문일 것이다.

끝으로 이 책이 출판될 수 있도록 애써주신 들녘 식구들께 감사드린다.

2004년 5월 김명찬, 천미수

참고문헌

잉게보르크 바흐만

『단편전집Sämtliche Erzählungen』(München: Piper Verlag, 1996)

『시전집Sämtliche Gedichte』(München: Piper Verlag, 1996)

『말리나Malina』(Frankfurt/M.:Suhrkamp Verlag, 1978)

『맨해튼의 선신Der gute Gott von Manhattan』(München: Deutscher Taschenbuch Verlag, 1963)

『진실은 인간에게 기대할 수 있다Die Wahrheit ist dem Menschen zumutbar』(München: Piper Verlag, 1981)

『우리는 진정한 문장들을 찾아야 한다Wir müssen wahre Sätze finden』(München: Piper Verlag, 1983)

가브리엘레 뮌터

가브리엘레 뮌터 1877-1962(렌바흐하우스 내 시립미술관 전시회, 1962. 10.13-2.12. München: Eigendruck, 1962)

가브리엘레 뮌터 1877-1962, 회고전 1002(München: Prestel-Verlag,
　　1992)

안나 아흐마토바

『영웅 없는 시Poem ohne Held』(Göttingen: Steidle Verlag, 1989)

『레퀴엠Requiem』(Berlin: Verlag europäische Ideen, 1981)

『레퀴엠Requiem』(Berlin: Oberbaum Verlag, 1987)

『편지, 논문, 사진들Briefe, Aufsätze, Fotos』(Berlin: Oberbaum Verlag,
　　1991)

『거울 나라에서Im Spiegelland』(Hrsg. von Efim Etkind. München:
　　Piper Verlag, 1988)

『시들. 러시아어/독일어Gedichte. Russ./Dt.』(Hrsg. Ilma Rakusa.
　　Frankfurt/M.:Suhrkamp Verlag, 1990)

레오노라 캐링턴

『달걀형의 숙녀. 마법의 소설들Die ovale Dame. Magische
　　Erzählungen』(Frankfurt/M., Berlin: Ullstein Verlag, 1986)

『아래로Unten』(Frankfurt/M.: Suhrkamp, 1981)

『청진기Das Hörrohr』(Frankfurt/M.: Suhrkamp, 1986)

전시회 카탈로그: 레오노라 캐링턴, 회화, 스케치와 조각 1940-1990, 서
　　펜틴 갤러리 1991, 절판됨.

레오노라 캐링턴, 일본 전시회 카탈로그 1997.10-1998.5, 아트 브루스
　　터 갤러리 1997(일본어, 영어, 에스파냐어 논문 포함)

릴리 불랑제

가곡. 시그넘 시그 X39-00

휘페리온 CDA66726

릴리와 나디아 불랑제를 기리며. 릴리와 나디아 불랑제 그리고 에밀 나
우모프의 작품들. 마르코폴로 8.223636

릴리 불랑제, 파니 헨젤, 클라라 슈만, 합창과 가곡. 바이어-레코즈 LC
8498

파니 헨젤, 오라토리움-릴리 불랑제, 두 곡의 시편. 카루스 83.135

에디트 피아프

『나의 인생Mein Leben』(Reinbek: Rowohlt Verlag, 1966)

「장밋빛 인생La Vie En Rose」

「사랑의 찬가Eloge De L'amour」

「파리의 기사Le Chevalier De Paris」

「파담 파담Padam Padam」

「아니야, 나는 아무것도 후회하지 않아Non, Je ne regrette」

멜리나 메르쿠리

『나는 그리스인으로 태어났다Ich bin als Griechin geboren』(Berlin:
Blanvalet Verlag, 1971)

1955, 「스텔라」, 미카엘 카코이아니스, 그리스

1956/57, 「죽어야 하는 남자」, 줄스 다신, 프랑스/이탈리아

1958, 「더운 바람이 부는 곳」, 줄스 다신, 프랑스/이탈리아

1959/60, 「일요일은 참으세요」, 줄스 다신, 그리스/미국

1960, 「왕의 침대」, 클로드 오탕-라라, 프랑스/이탈리아

1961, 「재판은 열리지 않는다」, 비토리오 드 시카, 이탈리아/프랑스

1962, 「페드라」, 줄스 다신, 그리스/미국

1962/63, 「승리자」, 칼 포어먼, 미국

1963, 「토프카피」, 줄스 다신, 미국

1965/66, 「여름 밤 10시 30분」, 줄스 다신, 미국/스페인

1969, 「게일리」, 게일리, 노먼 제이슨, 미국

1970, 「새벽녘의 약속」, 줄스 다신, 미국/프랑스

1974, 「리허설」, 줄스 다신, 미국

1977, 「정열의 꿈」, 줄스 다신, 그리스/스위스

엘리자베트 나이 _엘리자베트 나이의 작품들은 다음 장소에서 관람할 수 있다.

엘리자베트 나이 박물관, 오스틴, 텍사스, 미국

시립박물관, 뮌스터

게오르크-아우구스트-대학교 미술관, 괴팅엔(야콥 그림)

쇼펜하우어-문고, 프랑크푸르트(아르투어 쇼펜하우어)

독일 역사박물관, 베를린(오토 폰 비스마르크)

헤렌하임제 궁전, 헤렌하임제 섬(루트비히 2세)

니더작센 주립박물관, 하노버(프리드리히 카울바흐의 나이-초상화)

미 국립 예술박물관, 위싱턴, 미국(레이디 맥베스)